KB005115

여행하고
사랑하고
고양이하라

여행하고
사랑하고
고양이하라

이용한 지음

B 북폴리오

머리말

세상을 떠돌며 고양이가 사는 구석들을 기웃거렸다.

그리고 보았다. 고양이와 사람이 어울려 사는 당연한 풍경을. 고양이의 무던한 일상과 사람들의 관대한 날들을. 한국에서는 당연하지 못한 것들이 당연하게 존재하는 현실은 때때로 눈물겨웠다.

본격적으로 고양이 영역에 발을 들여놓은 지도 벌써 7년이란 시간이 흘렀다. 그동안 만난 무수한 고양이와 낱낱의 사연은 몇 권의 책으로 남았다. 동네 고양이를 기록한 〈안녕 고양이〉 시리즈는 3권으로 마무리되었고, 고양이 여행 시리즈 국내편인 『흐리고 가끔 고양이』도 지난 해 여름 출간되었다. 『흐리고 가끔 고양이』가 국내 60여 곳의 고양이와 함께한 2년 반의 기록이라면, 이번 책은 지난 5년간(약 80여 일) 6개국 30여 개 도시와 섬을 여행하며 만난 고양이 이야기를 실었다. 누구나 인정하는 고양이의 천국 모로코와 터키를 비롯해 일본의 고양이 섬과 대만의 고양이 마을, 인도와 라오스가 그 배경이 되었다.

나는 궁금했다. 고양이에 대한 학대와 차별이 가장 심한 한국을 떠나 다른 나라의 고양이 현실은 어떨까. 그들은 어떤 묘생으로 이 세상을 건너갈까.

5년 전 라오스 루앙프라방에 갔을 때, 한국과 사뭇 다른 풍경에 적잖이 당황한 적이 있다. 노천식당에서 밥을 먹는데, 느닷없이 고양이가 무릎 위로 올라오는 거였다. 거리에 있는 상당수의 고양이는 당연한 듯 사람의 손길을 허락했다. 많은 사람들에게 위험한 국가로 낙인찍힌 인도에서조차 고양이는 학대의 대상이 아니라 공존의 대상이었다. 자신들조차 먹을 것이 없어 굶기를 밥 먹듯 하는 빈민촌 사람들이 생선 내장과 닭 부속을 얻어와 고양이를 먹이는 모습을 보면서 나는 가슴 한 편이 저릿해졌다. 모로코와 터키에서는 고양이와 함께하는 삶이 생활의 일부이자 신앙의 일부였고, 대만의 고양이 마을이나 일본의 고양이 섬은 굳이 미사여구를 동원하지 않아도 사람과 고양이가 행복하게 어울린 곳이었다.

돌아와 문득 나는 세상의 모든 고양이에게 안부를 묻는다. 생계가 되지 못한 고양이 여행은 여기서 마치지만, 고양이와의 동행은 끝나지 않았다. 고양이에게 적대적인 시각을 하루아침에 바꿀 수는 없다. 다만 나는 굴하지 않고 손을 내밀 것이다. 당신이 맞잡지 않아도 이 마음만은 굳건하다.

2014 여름에

이용한

차 례

제1부 모로코

지구에서 고양이를 가장 사랑하는 곳

제2부 터키 이스탄불
사랑하고 노래하고 고양이하라

제3부 일본의 고양이 섬
사람과 고양이의 공존

제4부 대만 인도 라오스

그들이 고양이를 사랑하는 방법들

여행하고 사랑하고 고양이하라

모로코

지구에서 고양이를 가장 사랑하는 곳

한국에서 온 고양이 스파이

단언컨대 모로코는 최고의 고양이 여행지다. 바로 그 점이 나를 모로코로 이끌었다. 의심 한 점 없이 나는 지구 반대편으로 날아갔고, 보름에 걸친 고양이 여행길에 올랐다. 모로코의 관문이자 유럽과 아프리카, 지중해와 대서양이 만나는 문명의 교차로 탕헤르(Tánger)는 이 모든 모험의 베이스캠프가 될 것이다. 하지만 처음부터 나의 여행은 순탄치 않았다. 도착 첫날부터 우기를 알리는 비가 내렸고, 우산을 구하지 못해 무작정 항구에서 가까운 숙소에 짐을 풀었다.

회반죽으로 칠해진 메디나(Medina, 옛 이슬람 도시의 구시가) 거리는 우중충했고, 미로 같은 골목은 007시리즈(실제로 영화에 탕헤르가 등장한다)의 제임스 본드가 아니더라도 이 건물에서 저 건물로 건너뛰기에 무리가 없어 보였다. 파울로 코엘료가 쓴 『연금술사』의 배경도시로도 등장하는 이곳은 꽤 많은 여행가와 탐험가의 마음을 부추기는 출발점이 되기도 하였는데, 중세 아랍의 여행가 이븐 바투타가 자신의 대기록 『이븐 바투타 여행기』를 시작하는 곳 역시 바로 이곳이다. "고양이 여행이라고?" 무작정 찾은 숙소에서 젊은 주인장은 고개를 갸웃거렸다. 아마도 그건 고양이와 여행의 낯선 조합 때문이었을 것이다. 그의 갸웃거리는 고개 너머로 나는 무작정 걸어서 메디나를 기웃거렸다.

그 첫인상은 나쁘지 않았다. 골목마다 고양이가 있었고, 좀 더 과장하자면 가는 곳마다 고양이가 있었다. 메디나의 출입구인 카스바(이슬람 도시의 방어를 위한 성곽, 요새) 북쪽 문을 나서자 화려한 요트와 어선이 즐비하게 늘어선 항구가 나타났다. 나는 이 장소로부터 본격적인 여행을 시작해 볼 참이다. 아침부터 항구에는 여러 명의 낚시꾼이 여기저기 자리를 차지한 채 낚시를 하고 있었다.

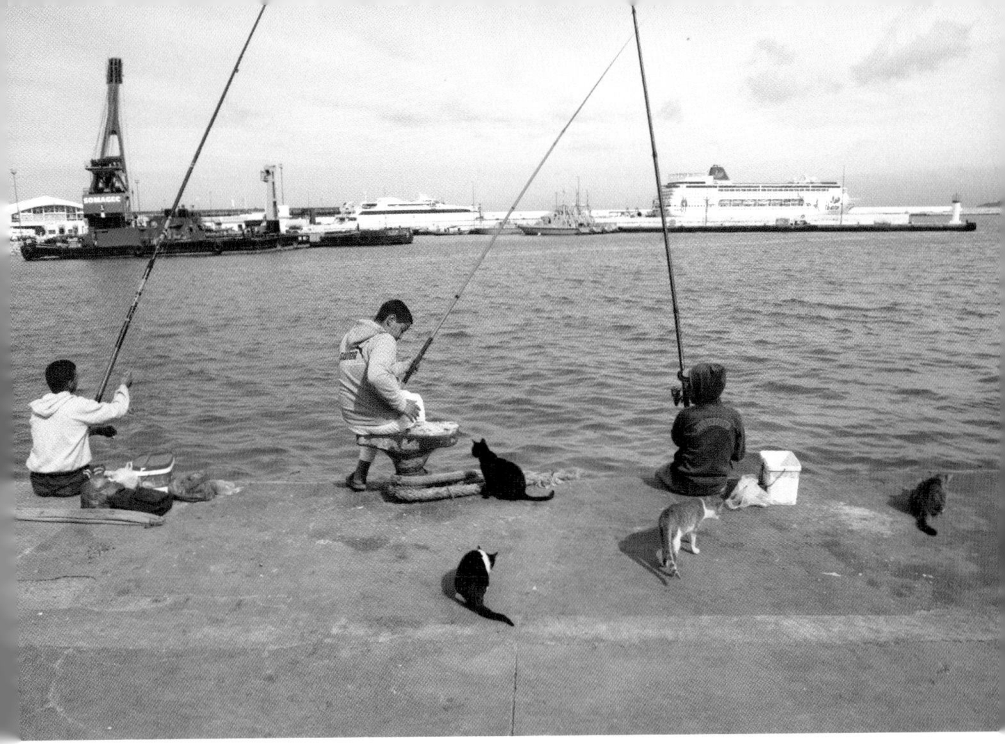

탕헤르 항구의 흔한 풍경.
낚시꾼이 있는 곳이면 어김없이
고양이를 만날 수 있다.

그런데 가만, 저것은? 어린 낚시꾼 옆에 검은 고양이 한 마리가 앉아 있었다. 그 뒤에는 턱시도와 고등어, 노랑이도 한 마리씩 거리를 두고 앉았다. 세 명의 어린 낚시꾼과 고양이 네 마리. 좀 더 위쪽에는 그물을 던지는 어부도 보였는데, 그의 주변에는 무려 고양이 일곱 마리가 맴돌고 있었다. 가만 지켜보고 있자니 꽤 구경하는 재미가 있었다. 어린 낚시꾼들 옆에 앉은 검은 고양이는 고기가 잡힐 때마다 마치 자기가 잡기라도 한 양 낚시에 걸린 고기를 낚아채곤 했다.

낚시꾼은 그 모습이 또 재미있어서 잡은 고기들로 장난을 쳤다. 세 명의 어린 낚시꾼은 잡아 올린 물고기의 상당수를 고양이들에게 던져 주었다. 자잘한 놈들은 모두 고양이 차지였다. 위에서 그물질을 하는 어부 주변의 풍경도 다르지 않았다. 그물을 던졌다가 끌어올릴 때마다 고양이들은 냥냥거리며 몰려들고, 어부는 자잘한 물고기를 모두 고양이들에게 던져 주는 거였다. 이곳에 고양이들이 몰려 있는 까닭을 알겠다. 탕헤르 항구에서는 낚시꾼이 있는 곳이면 어김없이 고양이가 함께 있었다. 이곳에서는 잡은 물고기를 고양이에게 던져 주는 것이 자연스러운 풍경이었다. 낚시꾼과 고양이가 나란히 앉은 평화롭고도 행복한 풍경들. 지중해의 멋진 물빛과 항구를 거니는 고양이의 모습은 그 자체로 빛나는 한 폭의 그림이었다.

두어 시간 넘게 나는 그곳에 머물며 항구의 고양이들을 사진으로 담았다. 그때였다. 항구로 경찰차가 한 대 들어오더니 경찰 둘이 내렸다. 그중 한 명이 나를 불러 세웠고, 내 카메라를 요구했다. "당신 왜 스파이 같은 짓을 하는 거야? 조사해 봐야겠군." 이게 웬 날벼락 같은 소리인지. 결국 경찰은 내가 찍은 사진을 한 장 한 장 검사하기 시작했다. 알고 보니 이곳은 모로코의 군사적 요충지이기도 해서, 여객선이 정박한 인근에 경비정도 여러 척 정박해 있었다. 그들이 문제 삼은 건 바로 그것이었다. 나는 짧은 영어로 오로지 고양이만을 찍었노라고 강변했다.

SOMAGES

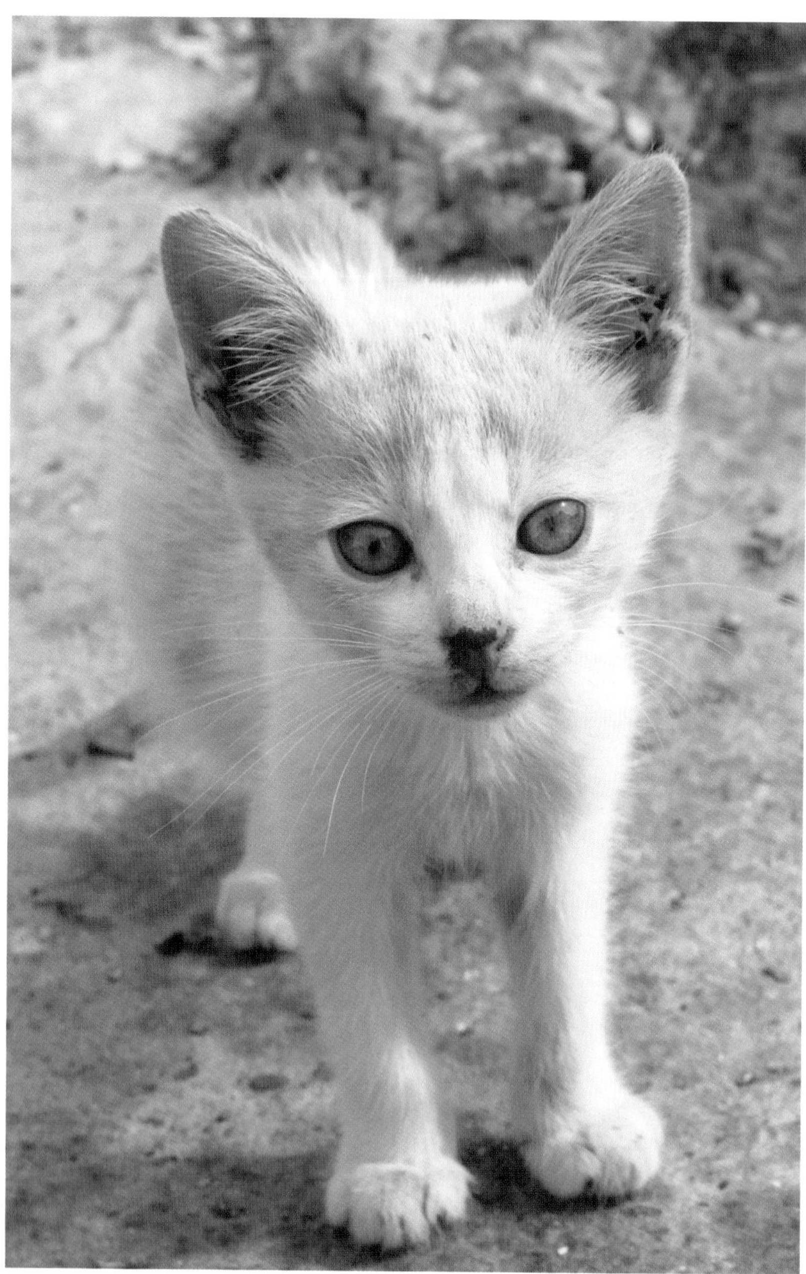

하지만 사진을 넘기다 보니 바다 배경으로 경비정이 등장하는 장면이 꽤 여러 장이었다. 급기야 경찰은 내게 여권을 넘겨받았고, 경찰차에 태워 나를 연행하려 했다. 졸지에 한국에서 온 스파이로 몰린 거다. 이렇게 허술한 스파이가 어디 있다고. 하긴 탕헤르 고양이들을 몰래 사진으로 담았으니 고양이 스파이쯤은 될 수도 있겠다. 이건 007영화의 한 장면도 아니고 실제 상황이었다. 지금 당장 스파이가 아닌 걸 증명하지 못한다면 곤경에 처할 게 뻔했다. 아니 이미 곤경에 빠져 있었다. 할 수 없이 나는 행동으로 스파이가 아님을 증명했다. 그들이 보는 앞에서 약간이라도 경비정이 보이는 사진은 일일이 삭제해 버렸다. 다 지우고 보니 거의 30여 컷이 넘는 사진의 배경에 희미하게 경비정이 들어 있었다.

이제 가도 되느냐고 묻자 그들은 내게 직업이 뭐냐고 물었다. 포토그래퍼라고 하자 라이선스가 있느냐고 다시 물었다. 사진을 찍는 데도 자격증이 필요한가? 그런 게 있을 리 없지 않은가. 그들은 당장 이곳을 떠나 줄 것을 요구했다. 어쩔 수가 없었다. 경비정이 나오지 않게 사진을 찍는 거야 문제될 것이 없다지만, 고양이를 찍다 보면 배경으로 다시 문제의 장면이 등장할 것은 불을 보듯 뻔한 일이었다. 한국에서 온 고양이 스파이는 그렇게 탕헤르 항구에서 쫓겨났다. 엄격히 말하자면 동쪽 항구에서 쫓겨났다. 서쪽 항구는 주로 어선과 요트가 정박해 있어서 사진을 찍든 말든 아무 상관이 없었다.

메디나로 돌아와 늦은 점심을 먹는데, 내 발밑에 고양이 한 마리가 앉아 있었다. 녀석은 당연한 것처럼 가랑이를 부비더니 떡하니 맞은편 의자로 올라가 먹을 것을 요구했다. 모로코를 여행하다 보면 식당에서 어김없이 고양이를 만나게 된다. 이건 모로코 어느 도시를 가더라도 마찬가지다. 그럴 땐 당황할 필요가 없다. 먹을 것을 나눠 주면 그만이다. 녀석에게 나는 잘게 자른 빵을 한 움큼 건넸다. 멀리서 보자면 밥 먹는 나와 맞은편 자리에서 빵 먹는 고양이가 마치 일행처럼 보일 것이다. 고양이와 마주앉아 식사를 하고 있자니 상한 기분이 단번에 풀렸다.

항구의
늙은
캣대디

지중해의 에메랄드 빛은 언제나 사람을 달뜨게 만든다. 저 빛나는 물빛을 바라보며 내가 탕헤르에 서 있다는 사실이 때로는 비현실처럼 느껴지는 거다. 오전에 항구에서 불미스러운 사건이 있었음에도 나의 발걸음은 다시 항구로 향했다. 이번에는 어선들이 주로 정박한 서쪽 항구를 둘러볼 참이었다. 서쪽 항구 입구부터 수월하게 회색 고양이 가족을 만났다. 전형적인 회색 털의 어미 고양이와 아기 고양이 세 마리. 그러고 보니 탕헤르에서는 회색 고양이를 유난히도 많이 만났다.

입구를 지나 어선이 정박한 항구를 따라 걷는데, 또 회색 고양이 한 마리가 냥냥거리며 나타났다. 제법 덩치도 크고 잘생겼다. 그런데 이 녀석, 자세히 보니 가엾게도 왼쪽 앞발이 없다. 불편한 몸으로도 녀석은 뒤뚱뒤뚱 달려서 내 앞에 섰다. 도망은커녕 내 눈을 똑바로 쳐다보며 먹이 구애를 한다. 사람을 무서워하지 않는 것을 보니 그동안 사람에게 나쁜 일을 당한 적은 없는 듯 보였다. 주위를 둘러보니 건조 중인 선박 아래 어김없이 고양이들이 앉아 있었다. 둥글게 뭉쳐 놓은 그물더미 위에도 약속이나 한 듯 고양이가 한 마리씩 앉아 있다.

나는 식당에서 챙겨 온 크림치즈 한 조각을 회색 고양이에게 건넸다. 은박지를 벗겨서 손끝에 올려놓자마자 녀석은 맹렬하게 치즈를 핥기 시작했다. 손가락을 핥는 고 까끌까끌하고 말랑말

랑한 느낌. 순식간에 손끝에서 치즈 한 덩이가 사라졌다. 바로 그때였다, 주변에 있던 고양이들이 하나 둘 내 곁으로 몰려들기 시작했다. 그중에서도 어선을 오르내리며 장난을 치고 있던 일가족(추정)이 가장 적극적으로 달려들었다. 고등어 두 마리와 삼색이, 턱시도로 구성된 남매 냥이들.

녀석들은 내 앞에 얌전하게 엎드려 있던 회색 고양이를 하악질 한 번으로 쫓아내더니 그 자리에 저마다 불량한 자세로 짝다리를 짚고 섰다. 탕헤르의 '냥아치'들. 하지만 나에게는 크림치즈가 한 조각밖에 남지 않았고, 그걸 누구에게 바쳐야 하는지도 알 수 없었다. 결국 알아서 나눠먹으라고 껍질 벗긴 치즈를 시멘트 바닥에 두고 뒤로 물러섰다. 고등어와 턱시도가 서로 으르렁거리다가 마침내 크림치즈는 고등어의 차지가 되었다. 이 녀석들 길에서 사는 길고양이임에도 용모가 깔끔하고 털빛도 꽤 좋다. 행색이나 행동만 놓고 보자면 녀석들 모두 누군가에게 극진하게 사랑받고 자란 듯했다.

녀석들의 냥아치 코스프레는 한참이나 계속되었다. 심지어 고등어 한 놈은 나에게 바싹 다가와 카메라 렌즈를 툭툭 건드리기도 했다. 서쪽 항구에는 동쪽 항구보다 훨씬 많은 고양이들이 있었고, 거의 모든 장소에서 고양이를 볼 수 있었다. 건조 중인 어선은 물론이고 정박 중인 어선에 올라 이 배 저 배 기웃거리는 놈들도 많았다. 선착장을 따라 곳곳에 쌓아놓은 그물더미는 고양이 전용 침대나 다름없었다. 그물더미마다 어김없이 고양이가 숙면을 취하고 있었다. 창고 사이에 자리한 선원 식당에도 손님들의 자비를 구하는 고양이들이 테이블을 기웃거렸다. 어떤 고양이는 아예 테이블의 한 자리를 떡하니 차지하고 앉아서 자릿세를 요구하기도 했다.

저녁이 되면서 맑았던 하늘은 다시금 먹구름으로 뒤덮였다. 비가 오기 전에 숙소로 돌아가려고 항구를 빠져나가는데, 눈앞에 동화 같은 장면이 펼쳐졌다. 일흔은 넘어 보이는 노인 한 분이 항구 입구에 나타나자 여기저기서 고양이들이 몰려들더니 노인을 따르기 시작했다. 노인이 항구에 다다르자 그의 곁에는 10여 마리의 고양이가 몰려와 냥냥거렸다. 항구의 늙은 캣대디! 노인은 익숙하게 그물더미 속에서 그릇을 꺼냈고, 한치의 망설임 없이 가져온 대용량 우유 한 통을 거기에 부었다. 고양이들의 경쟁은 치열했다. 노인은 그릇 하나를 더 꺼내 또 한 통의 우유를 부었다. 그런데 가만 보니, 번번이 경쟁에서 밀려나 따돌림을 당하는 고양이가 한 마리 있었다.

아까 내가 크림치즈를 한 조각 건넸던 바로 그 고양이였다. 한쪽 앞발이 없는 회색 고양이. 보다 못한 노인은 발을 한 번 굴러서 고양이를 흩어지게 한 다음, 회색 고양이를 안아다 그릇 앞에 놓아 주었다. 노인은 회색 고양이가 무리에서 밀려날 때마다 다가가 녀석을 안아다 그릇 앞으로 옮겨 주곤 했다. 장애가 있음에도 회색 고양이의 행색이 멀쩡한 건 어쩌면 이 늙은 캣대디의 보살핌 때문이었는지도 모르겠다. 여기서 굳이 고양이에게 우유를 먹이는 건 해롭다(다수의 고양이가 유당 분해효소가 부족한 것이 사실이지만)는 이야기를 운운하지는 말자. 모로코에서는 고양이에게 우유를 내어놓는 경우가 아주 흔하며, 어릴 때부터 길들여진 우유를 좋아하는 고양이 또한 흔한 편이다.

늙은 캣대디가 장애 고양이를 안아다 먹이 그릇 앞에 놓아 주는 모습은 지금도 잊을 수 없는 장면으로 기억된다. 지구 반대편 모로코에서 만난 코끝이 찡한 풍경. 어느 저녁의 탕헤르. 지중해의 착한 물빛과 고양이들의 순한 발걸음들. 다시금 퍼붓는 소나기를 뒤로 하고 나는 서둘러 탕헤르 항구를 빠져나왔다.

모로코의 관문 탕헤르에 가게 된다면
항구를 따라 천천히 거닐어 보라.
가는 곳마다 경계심 없는
고양이를 만나게 될 것이다.

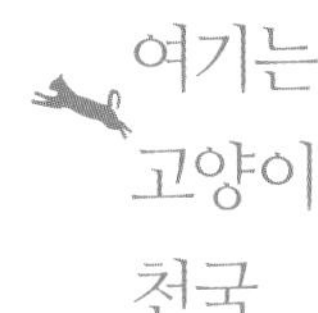

여기는 고양이 천국

고양이에게 가장 혹독한 나라 대한민국을 떠나 세계 어느 나라를 가든 우리나라와는 다른 풍경을 기대해도 좋다. 이를테면 고양이와 사람들이 행복하게 어울린 풍경이라든가 길고양이가 사람을 봐도 도망은커녕 가까이 다가와 냥냥거리며 몸을 부비는 모습 같은 것 말이다. 만일 그런 모습을 기대하고 모로코에 왔다면 당신은 최고의 선택을 한 것이다. 탕헤르에 머무는 3일 동안 이틀은 비가 왔고, 하루는 그럭저럭 맑았다. 모로코에서는 어느 도시를 가든 워낙 고양이가 많아서 빗속에서 고양이를 마주치는 것조차 흔한 일이다.

모로코에는 사실상 프랑스나 터키 등 유럽의 여러 나라가 시행하는 길고양이 관리 대책(예컨대 TNR같은)이란 게 없다. 다시 말해 고양이의 천국이라 불리는 터키나 그리스보다 고양이의 개체 수가 훨씬 많은 편이다. 하지만 모로코에서 고양이가 사회 문제가 된 적은 한 번도 없다. 그로 인해 불편함을 호소했다는 말을 들어본 적도 없다. 우리나라에서 문제 삼는, 가령 고양이가 쓰레기봉투를 뜯거나 발정 난 울음소리를 내거나 개체 수가 너무 많다는 것 따위는 모로코에서 크게 문제가 되지 않는다. 여긴 지구상에서 가장 고양이를 사랑한다는 모로코이고, 고양이를 사랑한 모하메드의 전설이 전해오는 고양이의 지상낙원이기 때문이다. 이슬람교의 창시자이자 성인으로 추앙받는 모하메드가 특별히 고양이를 애지중지했다는 이야기는 여러 경로로 전해 온다.

그중 대표적인 이야기가 반려묘 '무에자'와의 일화이다. 하루는 모하메드가 기도를 끝내고 일어서려는데, 고양이 무에자가 그의 넓은 옷자락 위에 잠든 것을 발견하고는 고민에 빠졌다고 한다. 잠시 후 그는 옆의 제자를 불러 칼을 가져오

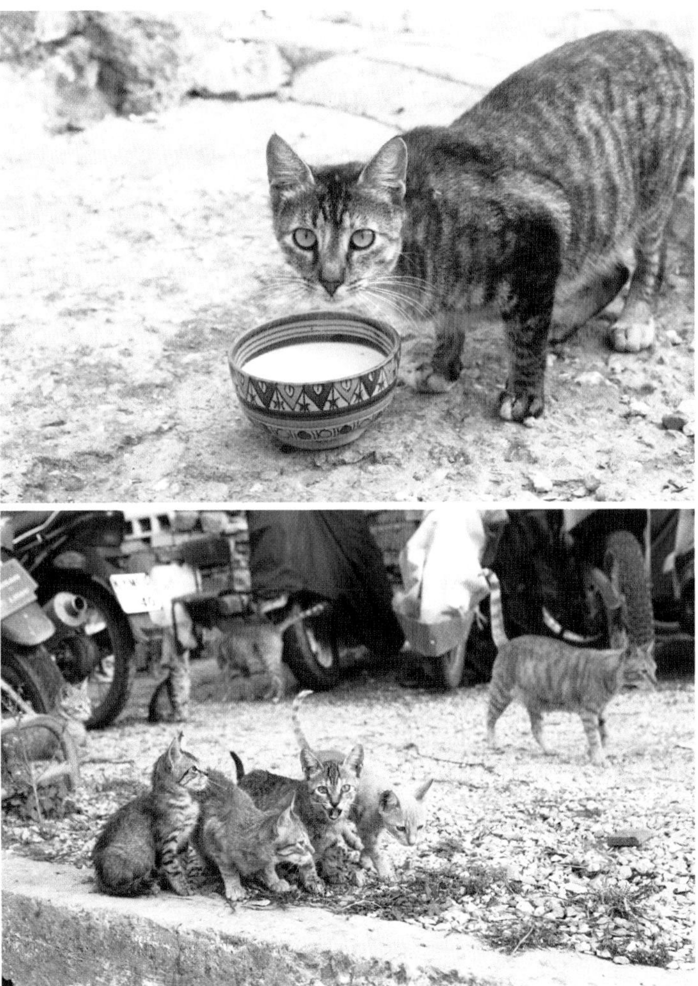

게 했다. '혹시 저 칼로 기도를 방해한 고양이를 죽이려는 건가?' 칼을 가져온 제자는 내심 걱정을 했지만, 진짜 용도는 그런 게 아니었다. 모하메드는 고양이의 단잠을 깨울까봐 조심스럽게 옷자락을 잘라내고 일어섰다. 그러고는 잘라낸 옷자락 위에서 새근새근 잠든 무에자를 흐뭇하게 바라보았다고 한다. 모하메드의 고양이 사랑이 어느 정도인지를 말해 주는 대목이다. 뿐만 아니라 모하메드는 자신의 고양이가 새끼를 낳으려고 자신의 옷자락 속으로 파고들자 그것을 허락했다. 고양이는 그 안에서 무사히 새끼를 낳았고, 모하메드는 태반을 핥아먹는 모습까지 고스란히 지켜보았다고 한다.

이슬람 문화권에서는 고양이의 이마에 나 있는 네 개의 줄무늬에 대해 '모하메드의 손가락 자국'이라고도 말한다. 모하메드가 고양이를 사랑한 나머지 하도 쓰다듬어서 이마에 자국이 생겼다는 뜻이다. 심지어 어떤 이는 이 자국이 모하메드를 상징하는 'M'이라고 말하기도 한다. 사실상 오늘날 이슬람 문화권에서 고양이를 특별하게 사랑하는 배경에는 모하메드의 고양이 사랑이 가장 큰 역할을 했다. 이슬람 사회에서 고양이에 대한 사랑은 신앙의 일부와도 같다. 예부터 이슬람 문화권에서는 고양이를 죽이면 곡식으로 벌금을 물어야 했다. 당연히 고양이를 먹는 행위도 엄격하게 금지되었다. 심지어 이런 우스갯소리도 있다. "여기선 사람도 아무 때나 모스크에 출입할 수가 없어요. 하지만 고양이만큼은 언제든지 모스크를 드나들 수 있죠."

모로코에 와서 더욱 놀라웠던 점은 이것이다. 현대식 체인형 호텔이 아닌 모로코식 전통 호텔의 경우 상당수가 반려동물과 동반 입실이 가능하다는 사실이

었다. 모로코에서는 반려동물의 절대다수가 고양이인 만큼, 이는 곧 고양이와 함께 숙박할 수 있다는 걸 의미하는 거였다. 모로코를 여행한 외국 여행자들이 입을 모아 모로코를 '고양이의 천국'이라 부르는 이유에는 바로 그런 여러 가지 요인들이 숨어 있었다. 모로코에서는 거의 모든 곳에 고양이가 있지만, 동시에 거의 모든 곳에서 고양이를 박대하지 않는다. 사실 내가 모하메드 공항 문을 열고 나와 가장 먼저 마주친 것도 고양이였다. 기차를 기다리던 아실라 역에서도 고양이는 보란 듯이 선로를 넘어 왔다.

그러니 탕헤르의 메디나 골목에서 고양이를 만난다는 것은 그저 흔하디흔한 일상이다. 식당에서 밥을 먹다 보면 어김없이 발 아래 고양이가 있었다. 어디를 가든 카페의 야외석에는 고양이가 자리를 차지하고 앉은 테이블이 있었다. 어떤 고양이는 미로에서 우유를 사러 나온 노인과 함께 걸었고, 어떤 고양이는 전형적인 모로코 식 대문 앞에 앉아 명상을 즐기고 있었다. 과일가게에서 만난 회색 고양이, 소녀의 품에 안겨 행복해 하던 노랑이, 소화전 앞을 기웃거리던 고등어, 닭 떼를 피해 도망치던 턱시도, 아무 사람이나 붙잡고 놀다 가라던 흰 고양이, 어떻게 올라갔는지 카스바 위에서 노골적으로 먹이를 구걸하던 노랑이도 잊을 수 없는 녀석이다.

탕헤르에 머무는 동안 내가 가장 즐겨 찾은 곳은 카스바 성문 왼쪽에 자리한 초라한 고물상이었다. 10여 대의 고물 오토바이와 온갖 쇠붙이가 쌓여 있는 이곳에는 언제나 길고양이가 열 마리 넘게 거주하고 있었는데, 모두 고물상 주인이 보살피는 녀석들이었다. 얼핏 보아도 일흔 살은 훌쩍 넘은 고물상 주인은 형편이 썩 좋아 보이지 않았지만, 고양이에 대한 애정만큼은 넘쳐 보였다. 그가 고양이들에게 내놓는 것은 기껏해야 식당에서 손님에게 무료로 제공하는 싸구려 빵이 전부였다. 공짜로도 얼마든지 얻을 수 있는 빵. 하지만 거칠고 딱딱한 빵일지언정 고양이들은 할아버지가 던져주는 빵을 정말 맛있게도 먹었다.

지브롤터 해협에 면한 탕헤르는 스페인에서 불과 27km 떨어진 항구도시다. 이 때문에 메디나에선 언제나 스페인에서 여객선을 타고 오는 유럽의 관광객을 흔하게 만난다. 그들은 메디나의 미로나 식당에서 고양이를 마주치는 것에 익숙해 있다. 자신들의 나라에서도 이미 친숙한 풍경이기 때문이다. 아마도 그들의 눈에 나는 고양이만 보면 어떤 식으로든 반가운 마음을 표현해야 하는 촌스럽고 호들갑스러운 애묘인으로 비쳤을지도 모르겠다. 상관없다. 모로코는 고양이를 사랑하는 어떤 행동도 문제가 되지 않는 곳이다. 다만 이곳에서 문제 삼는 것은 고양이를 못살게 구는 못난 행동일 뿐이다.

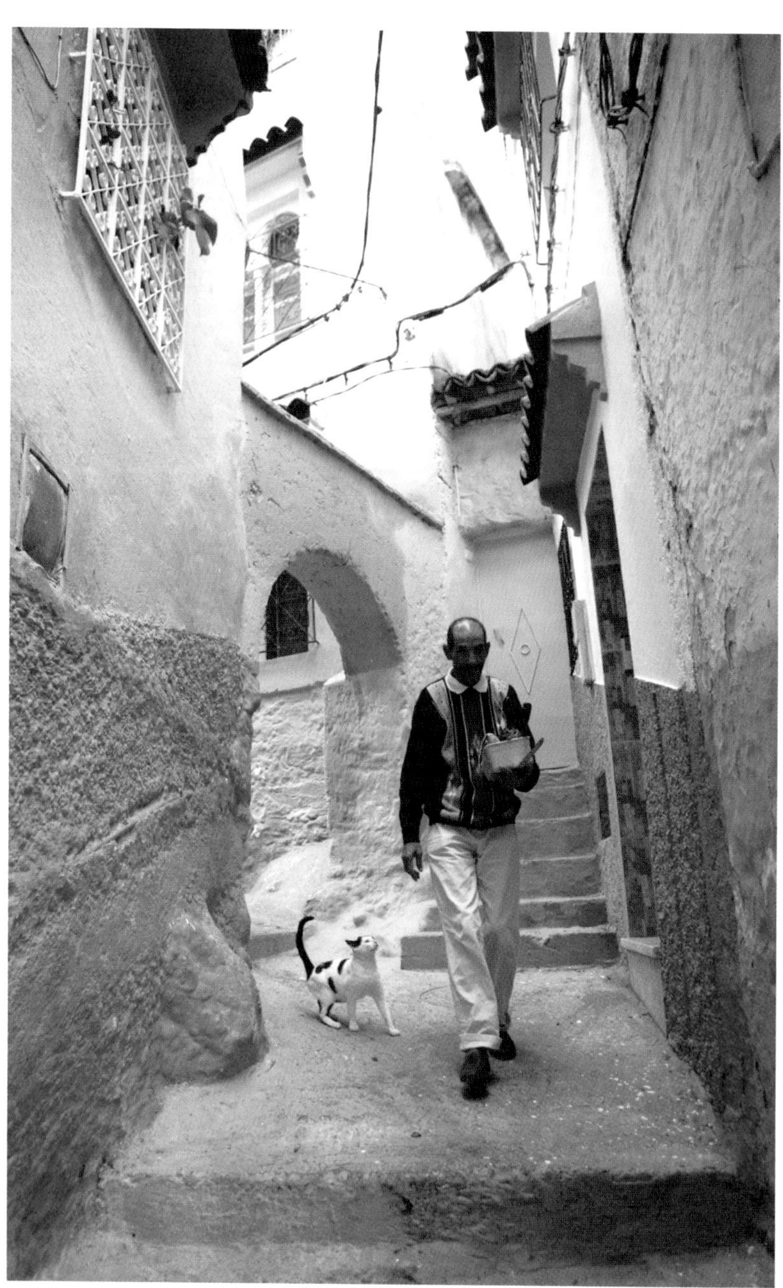

동화 속
파란마을의
그림 같은 고양이

저녁이 늦어 쉐프사우엔(Chefchaouen) 버스 터미널에 도착했다. 버스 손님들 모두가 메디나로 가는 여행자들이어서 택시 한 대에 다섯 명씩 끼어 함맘 광장에 내렸다. 자 그럼 이제 '호텔 드 무니르'를 찾아볼까? 미리 검색해 적당한 가격의 모로코 전통 호텔을 알아보고 온 참이다. 광장의 구멍가게에서는 난처한 듯 고개를 가로저었다. 설명하기가 매우 복잡하다는 표정이었다. 그때 무언가를 사러 온 소년이 자기를 따라오라며 길안내를 나섰다. 친절하게도 녀석은 골목을 몇 개 돌아 호텔 앞에 나를 데려다 놓고는 "저기야. 자, 무니르 맞지?" 하고는 사라졌다.

사실 모로코에서는 사람들이 친절을 베풀 때 다 이유가 있다. 여기에선 모든 친절에 대가가 따른다. 짐을 들어 주거나 길안내를 하거나 자신의 집을 찍으라고 해서 찍으면 영락없이 돈을 요구한다. 이런 면에서는 아이건 어른이건 예외 없다. 그런데 이 아이는 쿨하게 숙소를 가리키고는 사라졌다. 저녁 10시가 넘어, 그것도 비를 쫄딱 맞고 도착한 손님을 호텔 주인은 한심하게 쳐다보았다. 다행히 방은 얼마든지 있었다. 다만 비가 내리는 데다 산악지대에 위치한 곳이라 밤에는 꽤 날씨가 쌀쌀했다. 추적추적 밤비는 내리는데 나는 여행 가방을 침대 옆에 내려놓자마자 나무토막처럼 침대에 쓰러져 곯아떨어졌다.

새벽 6시에 잠이 깨어 호텔을 나서는데, 짜증이 난 호텔 주인이 "지금은 다들 잠든 시간이다. 저 나무와 돌까지도." 하면서 신경질적으로 문을 열어 준다. 모로코에서는 대부분의 전통 호텔이 밤늦게 현관문을 걸어 잠그고 아침 여덟 시쯤에야 문을 열어 주곤 한다. 암묵적으로 통금이 존재하는 셈이다. 어쨌든 그렇

게 호텔을 나와 새벽 쉐프샤우엔을 거닐었다. 비가 내리는 아침의 쉐프샤우엔 골목. 아마도 그 기분 모를 거다. 이건 뭐 환상 그 자체다. 마치 바닷속을 천천히 유영하는 기분이랄까. 혹은 하늘 위를 사뿐사뿐 걷는 기분?

모로코의 쉐프샤우엔은 우리에게 별로 친숙한 지명이 아니다. 하지만 유럽인들에게 이곳은 요즘 한창 뜨고 있는 '힐링 플레이스'로 유명하다. 『론리 플래닛』은 쉐프샤우엔을 모로코에서 가장 매력적이고 사랑스러운 여행지로 칭하기도 했다. 언제부턴가 사람들은 이곳에 다양한 수식어를 갖다 붙이기 시작했다. 스머프 마을, 동화 속 마을, 하늘이 땅으로 내려온 마을, 파란마을, 시간이 멈춘 마을. 쉐프샤우엔의 가장 큰 특징은 메디나의 모든 집들이 파란색(인디고 블루, 터키 블루, 스모키 블루 등 다양한 푸른색이 공존한다)으로 칠해져 있다는 것이다.

모로코에서는 지역과 인종에 따라 각기 스스로를 상징하는 빛깔을 지니고 있다고 한다. 가령 마라케시는 붉은 계통, 페스는 황토색, 쉐프샤우엔과 라바트는 파란색, 물론 탕헤르처럼 다양한 빛깔이 한 도시에 혼재하는 경우도 더러 있긴 하다. 사실 쉐프샤우엔이 나에게 특별했던 건 다른 데 있다. 바로 고양이. 이곳의

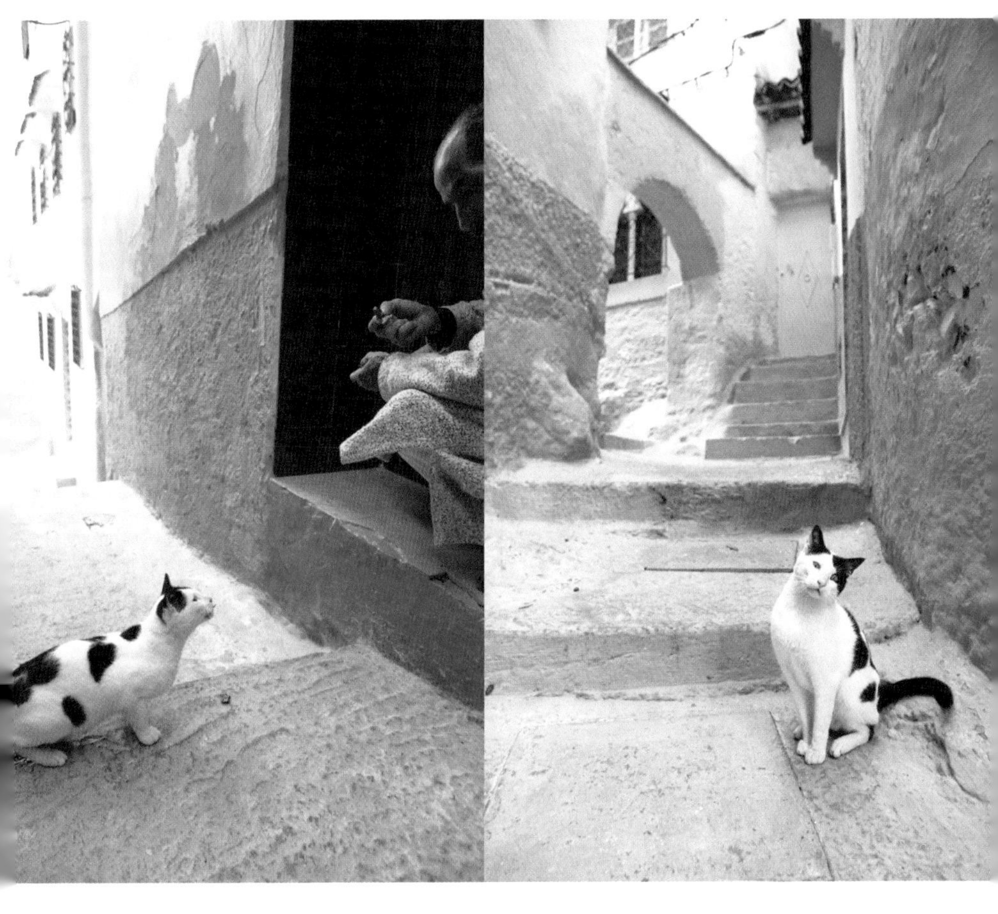

모로코의 가장 매력적인 여행지,
쉐프샤우엔의 파란 골목에서
고양이를 마주칠 때면 잠시 꿈인지
생시인지 가늠할 수가 없다.

고양이는 어디에 있건 그림과도 같았다. 바다색 벽면을 배경으로 계단에 앉아 있는 고양이 혹은 하늘색 대문 앞에 앉아 그루밍을 하는 고양이. 젤라바를 입은 사람들을 뒤로 하고 다소곳이 앉아 먼 산을 응시하는 고양이. 온통 파란색으로 뒤덮인 골목에서 파란 집 창문을 향해 먹이를 달라고 냐앙냐앙 보채는 고양이. 고양이끼리 서로 어울려 장난을 치고, 서로 엉켜 잠을 자는 고양이들.

흔히 모로코를 고양이의 천국이라 부르는데, 풍경만 놓고 보자면 쉐프샤우엔이야말로 그 이름이 가장 어울리는 곳이다. 하늘색과 파란색이 어울린 풍경 속에서 새근새근 천사처럼 잠든 고양이를 상상해 보라. 무엇보다 이것은 상상이 아니라 현실이다.

어둠이 다 걷히지 않은 이 새벽에도 어떤 여행자는 커다란 배낭을 메고 어디론가 떠나고 있었다. 그리고 여행자가 떠나는 모습을 무심하게 바라보는 골목의 고양이 한 마리. 이것이 내가 쉐프샤우엔에서 처음 만난 고양이의 풍경이다.

어느 골목이나 푸른색이 가득했고, 그 푸른색과 어울리는 고양이들이 있었다. 이곳에서는 고양이 울음소리조차 파랗게 울려 퍼졌다. 그러다 어떤 골목을 지날 때 유난히 푸르게 울려 퍼지는 고양이 울음이 내 발길을 멈추게 했다. 잠시 후 골목 끝의 아치형 문을 넘어 중년의 아저씨와 젖소무늬 고양이 한 마리가 나타났다. 아저씨의 손에는 칼과 양고기인지 염소고기인지 모를 부속 같은 것이 들어 있는 플라스틱 바구니가 들려 있었다. (쉐프샤우엔은 양가죽이나 양털, 캐시미어를 이용한 가죽과 직물공예로도 유명한 곳이다. 때문에 골목에 양가죽이 쌓여 있는 풍경을 흔하게 볼 수 있다)

고양이는 그의 손에 들려 있는 것을 달라며 계속해서 뒤따라오면서 야옹거렸다. 아저씨는 곧바로 집으로 들어갔고, 고양이는 여전히 대문 앞에서 냐앙냐앙 울었다. 잠시 후 대문이 열리더니 다시 아저씨가 나왔다. 한줌의 고기를 손에 들고 나타난 그는 고양이에게 그것을 한 점씩 던져 주었다. 고양이는 넙죽넙죽 잘도 받아먹었다. 소기의 목적을 달성한 녀석은 이제 파란 골목 한복판에서 느긋하게 그루밍을 하면서 사람이 지나가도 비켜날 생각을 하지 않았다. 오히려 사람이 고양이를 비켜가곤 했다. 실제로 밑에서 올라오던 아주머니 한 분은 고양이를 피해 당연하다는 듯 몸을 비키며 올라갔다.

파란색 계단에 앉은 고양이 두 마리.
한 사내가 그 비현실적인 풍경 속을
걸어 내려오고 있다.

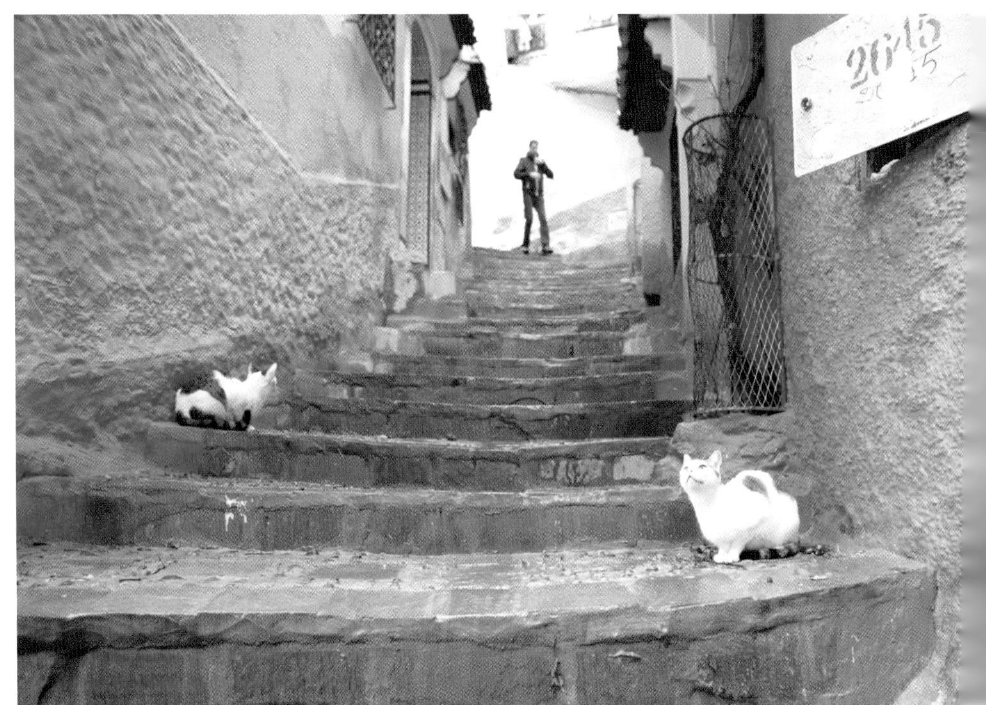

골목 가득한 파란색은 고양이와 그렇게 잘 어울릴 수가 없었다. 파란색으로 인해 고양이는 더 돋보였고, 고양이로 인해 파란 골목은 생기가 돌았다. 그루밍을 끝마친 녀석은 이삼십 미터쯤 경사진 골목을 내려와 또 다른 집에 이르러 주변을 기웃거렸다. 다른 집에서 동냥을 해 보려는 심산인 거다. 녀석은 마치 정해진 일과라는 듯 자연스럽게 행동했다. 그때 외출을 나갔던 소녀가 고양이 앞을 지나쳐 동굴과도 같은 파란색 출입구로 들어섰다. 무심하게 지나치는 소녀와 흘끔 소녀의 눈치를 보는 고양이. 별것도 아닌 풍경인데, 내 눈에는 빗방울이 살짝 어렸다.

부슬부슬 내리던 비는 거의 그쳤지만, 하늘엔 여전히 구름이 가득했다. 지구 반대편 파란색으로 가득한 쉐프샤우엔의 골목에서 한 마리의 고양이와 대면하고 있는 내 모습을 생각하니 꿈을 꾸는 것만 같았다. 갑자기 내 앞의 모든 것이 비현실적으로 보였다. 파란 골목에 앉은 고양이 눈 속에도 지구 반대편에서 온 앙상한 여행자의 모습이 살짝 담겨 있었다.

고양이와 사랑에 빠지는 방법

동화같은 곳, 쉐프샤우엔. 마을 이름에는 '염소의 뿔을 보아라'라는 뜻이 담겨 있다. 쉐프샤우엔 뒷산이 염소의 두 뿔(chouoa)과 닮았다고 해서 붙여진 이름이다. 이곳은 캐시미어 수공업품으로도 유명한데, 그보다 더 유명한 것은 바로 '하시시(마리화나)'다. 예부터 이곳은 모로코에서 가장 유명한 하시시 재배지였고, 그 명성은 지금도 여전하다. 실제로 쉐프샤우엔에 도착하면 여기저기서 하시시를 권하는 호객꾼들이 말을 걸어온다. 사실 하시시 같은 것에 의지하지 않아도 쉐프샤우엔의 바닷속 같은 골목을 한 바퀴 돌고 나면 그 자체로 몽롱한 환각에 빠지게 된다.

쉐프샤우엔에서 이틀을 보내고 3일째를 맞이하던 아침에 나는 함맘 광장에서 눈이 휘둥그레지는 풍경을 만났다. 함맘 광장 식당과 카페에서는 이른 아침부터 고양이들이 사람들 앞을 서성거리고 있었다. 그때였다. 모자를 푹 눌러쓴 젤라바 사나이가 자신이 먹던 빵을 고양이에게 던져 주기 시작했다. 그의 앞에는 순식간에 대여섯 마리의 고양이들이 몰려들었다. 이른 아침 모로코의 전통 의상 젤라바를 입은 사내와 대여섯 마리의 고양이. 하필이면 젤라바가 마법사 의상과 꼭 닮아서 그 풍경은 참으로 오묘했다. 즉석에서 나는 〈쉐프샤우엔의 마법사와 고양이들〉이란 제목을 붙이고 사진을 찍었다.

보아하니 광장의 고양이들은 주변에 들어선 카페 손님이 먹을 것을 던져 줄 때마다 자리를 옮겨 다녔다. 나도 마법사 같은 젤라바 사내 옆자리에 앉아 모닝커피를 마셨는데, 사내가 모닝 초콜릿 어떠냐며 내게 말을 건넸다. 이곳에서 초콜릿은 '하시시'의 은어로 통용되는 말이다. 내가 단호하게 거절하자 사내는 두 번

마법사 같은 모로코 전통 의상
젤라바를 입은 사내가 고양이들에게
빵을 던져주고 있다. 그 모습은 흡사
〈마법사와 고양이들〉과 다를 바가 없었다.

다시 초콜릿을 권하지 않았다. 대신 고양이에게 빵을 던져 주는 일만은 그만두지 않았다. 그는 웃으며 말했다. "쉐프샤우엔에서 고양이와 사랑에 빠지는 방법은 간단해요. 그저 이렇게 빵을 던져주면 되죠." 그의 옆자리에서 나도 호텔 조식에서 가져온 크림치즈를 꺼내 고양이들에게 건넸다. 광장 고양이들에게 크림치즈의 인기는 단연 최고였다. 빵을 얻어먹던 광장의 모든 고양이들이 내게로 몰려들었다. 하지만 크림치즈는 세 개뿐. 하는 수 없이 나는 옆자리의 마법사에게 빵 몇 조각을 빌려 크림치즈를 발라 던져 주었다.

쉐프샤우엔에서 3일을 보내는 동안 나는 메디나의 푸른 골목을 서너 번 이상 돌았다. 이곳의 메디나는 그리 크지 않았고, 여러 번 지나친 골목도 수시로 달라졌다. 비가 올 때와 볕이 날 때의 골목이 달랐고, 고양이가 있을 때와 없을 때의 골목이 또 달랐다. 비현실적인 골목에서 마주친 현실 속의 무수한 고양이들. 젤라바를 입은 노인들이 골목에서 안부를 묻고 인사를 나누는 모습은 그 자체로도 그림이지만, 그 옆에 떡하니 고양이가 앉아 있는 모습은 어떤 이야기를 품은 동화에 가까웠다. 잠시 후 녀석들은 동화 속에서 걸어 나와 현실 속에서 장난을 쳤다.

사람의 시선 따위 아랑곳없이 저희들끼리 어울려 숨바꼭질을 하고, 장난스레 싸움을 걸고 꼬리잡기 놀이를 했다. 쉐프샤우엔의 고양이들에겐 사는 게 장난이나. 그들은 심각한 표정으로 사는 사람들을 향해 이렇게 말하는 것 같다. 좀 놀아 볼래요? 좀 웃어 볼래요? 구멍가게에서 과자를 사들고 집으로 가던 아이들은 그런 고양이들을 보고 잠시 하하호호 웃는다. 아이들의 웃음소리가 골목에 파랗게 흩어진다. 함맘 광장으로 내려가는 어른들은 젤라바에 고개를 파묻고 무심하게 고양이 곁을 지나간다.

어떤 고양이는 선물가게 안으로 들어가 스웨터를 슬쩍 잡아당겨 본다. 고양이와 눈이 마주친 가게 주인은 호통을 치는 대신 문쪽을 가리키며 손짓을 한다. 고양이가 문에 매달려 스크래치를 하고 있어도 가게 주인은 그냥 허허거리며 보고만 있다. 아니, 이게 가능한 일이야? 내가 사는 나라에서는 어림도 없는 풍경이다. 골목안의 고양이 장난은 오래오래 계속되었다. 이건 누구를 위한 공연도 설정도 아닌, 그냥 매일같이 반복되는 쉐프샤우엔 고양이들의 일상이다. 옷가게에서 이웃집 창문까지 우다다를 하거나 골목 이쪽에서 저쪽까지 달리기 시합을 하고, 골목의 포도나무 위로 폴짝 뛰어올랐다가 내 발밑을 빙빙 돌기도 한다. 내가 들고 있는 카메라 따위는 신경도 쓰지 않는다.

고양이 장난은 더러 싸움을 부른다. 골목에서 까꿍놀이를 하던 어미 노랑이와 아기 노랑이는 한참이나 잘 놀더니 결국 아기 노랑이가 토라졌다. 아기가 방심하고 있던 차에 어미가 갑자기 놀라게 한 것이다. 둘은 한참이나 골목에서 투닥거렸다. 파란 골목을 배경으로 영역다툼을 벌이는 고양이들조차 이곳에서는 사랑싸움인 듯 '아름다운 오해'를 불러일으켰다. 마찬가지로 파란 골목의 계단에서 구애 중인 고양이도 그렇게 낭만적으로 보일 수가 없었다. 이 순간만큼은 발정난 녀석의 울음소리마저 낭랑한 세레나데로 들렸다. 도대체 파란 골목도 모자라 파란 계단 양쪽에 나란히 앉은 고양이라니. 이런 모습이 여기서는 그저 흔한 풍경이라니.

마지막으로 이 이야기도 써야겠다. 쉐프샤우엔에서의 두 번째 밤, 여행경비를 아끼느라 빵만 먹다가 큰맘 먹고 쿠스쿠스(조밥에 당근과 호박, 감자 등의 야채와 닭고기 혹은 양고기를 함께 쪄서 비린내를 없앤 모로코 전통 음식)를 사먹었다. 가랑비가 내리는 골목을 구경하며 밥을 먹고 있는데, 고양이 두 마리가 테라스로 올라오는 거였다. 비도 오고 밤이 늦어 하필 카메라까지 호텔에 두고 왔는데, 고양이 두 마리는 내 발밑과 옆자리를 오르내렸다. 누가 보기에도 지금 먹고 있는 것 좀 달라는 의미였다. 오랜만에 나도 음식에 투자하는 거여서 입이 바빴지만, 고양이의 등쌀에 못 이겨 먹고 있던 닭고기를 몇 점 던져 주었다. 이때부터 녀석들은 정말 열광적인 반응을 보였다.

심지어 두 녀석은 식탁 위로 올라와 입맛을 다시기까지 했다. 아, 녀석들. 나도 좀 먹자꾸나. 식사가 다 끝날 무렵 식당 주인이 내게 오더니 말했다. "고양이와 함께 식사를 하셨군요." 그 말대로였다. 나중에 보니 녀석들이 내 닭고기의 절반을 먹어치웠다. 계산을 하고 골목을 돌아 나오는데, 고양이 두 마리가 식탁에 올라가 마무리를 하고 있었다. 그릇에 남은 조밥에다 닭뼈까지 녀석들은 알뜰하게도 먹어치우고 있었고, 식당 주인은 그런 고양이를 내쫓지도 않고 멀리서 지켜보기만 했다. 나와 두 마리의 고양이가 함께 식사한 비용이 70디르함(약 9000원) 정도면 뭐 나쁘지 않은 가격이었다.

우기의 쉐프샤우엔은 떠나는 날까지도 비가 왔다. 쉐프샤우엔의 파란 골목은 시간이 멈춘 듯 적막했고, 나는 오래오래 그곳에서 시간이 멈춘 고양이들을 바라보았다. 이곳의 고양이들은 너나없이 느긋했고, 서두르는 법이 없었다. 언제나 바삐 이곳을 떠나는 이들은 시간이 부족한 여행자들이었다. 만일 모로코에 가고자 하는 여행자가 있다면 나는 꼭 말해 주고 싶다. 쉐프샤우엔은 고양이와 사랑에 빠지기에 더없이 좋은 곳이라고. 한 번쯤 파란 골목에서 꿈꾸듯 앉아 있는 고양이들을 만나 보라고. 그들과 함께 이 산중의 바닷속을 헤엄쳐 보라고.

지상 최대
미로에 사는
고양이들

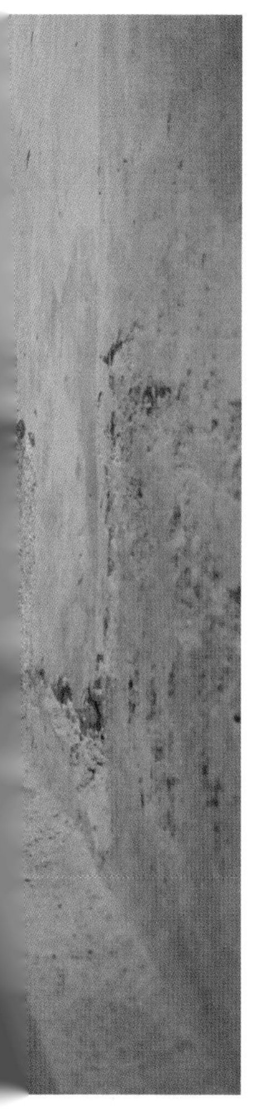

페스(Fes)행 완행열차에서 깜빡 잠이 들었다. 도착 10분 전이었을 거다. 옆자리에 탄 남자가 나를 흔들어 깨웠다. "당신! 페스 가는 거 아니야? 그렇다면 지금 일어나는 게 좋을 거야. 안 그러면 당신은 알제리에서 내리게 될 테니까." 내가 고맙다고 인사를 건네자 그는 특이하게도 "고맙다면 한국 동전을 기념으로 줘!" 그러는 거였다. 마침 주머니에 500원짜리와 100원짜리 동전이 있어서 나는 두 개의 동전을 그에게 건네고 페스에 내렸다.

역에서 택시를 타고 메디나 입구에 내리자 시간은 밤 9시가 다 되었다. 자, 이제 어떻게 호텔을 찾는담? 페스의 미로 한복판에 위치한 호텔 '토들라'까지 물어물어 찾아가는데 30분이 걸렸다. 다행히 만나는 사람마다 친절하게 호텔의 위치를 알려 주었고, 마지막에 만난 소년은 100미터가량 길안내까지 해 주었다. 이게 큰 행운이었다는 사실을 나는 뒤늦게 알게 되었다. 페스의 메디나는 세계에서 가장 넓고 복잡한 미로형 도시라 할 수 있는데, 9000여 개의 골목이 마치 거미줄처럼 얽히고설켜 있다. 이 지상 최대의 미로는 유네스코 세계문화유산으로도 지정돼 있을 정도다.

페스에서는 이런 말도 있다. "알라신의 도움 없이는 누구도 이곳을 빠져나갈 수 없다." 이곳의 골목은 두 사람이 서로 비켜 가기 힘들 정도로 좁은 곳이 대부분이고, 집들이 다닥다닥 붙어 있어 한낮에도 해가 들지 않는 골목이 허다하다. 이 때문인지 몰라도 메디나 안에선 길 안내가 직업인 여행 가이드를 흔하게 만날 수 있다. 이들은 대부분 어린 소년이거나 청년들이다. 이런 복잡한 미로에서 30분 만에 호텔을 찾았다는 게 얼마나 다행스러운 일인지. 거듭 나는 가슴을 쓸어내렸다.

지상 최대 미로형 도시, 페스의 골목에서
만난 캣대디 노인과 고양이. 잠시 다리쉼을
하고 있는 할머니의 보따리에 올라가 잠을
청하는 고양이도 눈길을 끈다.

모로코에서 세 번째로 큰 도시이기도 한 페스는 도시 전체가 유네스코 문화유산으로 지정된, 인류에게 남겨진 가장 오래된 고대도시이다. 800년경에 도시가 건설된 뒤 라바트로 수도가 옮겨지기 전까지 수백년 동안 모로코의 수도이기도 했다. 현재까지도 이곳은 모로코의 '문화 수도'라 불리며, 지성과 전통의 고도로 알려져 있다. 생각보다 수월하게 호텔에 짐을 푼 나는 한밤의 미로 산책에 나섰다. 낮에도 길을 찾기 어렵다는 미로를 밤 10시가 넘어 산책한다는 건 한편으로 모험이었지만, 잊을 수 없는 추억이기도 했다. 수천 개의 미로, 그 골목마다 어김없이 고양이가 있었다. 밤 깊은 시각 이 복잡한 미로를 지배하는 이들은 두말할 것 없이 고양이였다.

세상에서 가장 복잡한 미로에 사는 고양이들. 녀석들은 어둡고 비좁은 미로보다는 메인 상가 골목이나 시장 골목에 주로 모여 있었다. 아무래도 이런 곳이 먹을 것을 찾기에는 훨씬 수월하기 때문이다. 상가 골목과 내통하는 뒷골목에도 고양이들이 무리지어 앉아 있곤 했다. 뒷골목 앞골목 어느 곳에서도 고양이들은 사람들의 눈치를 보지 않고 음식물 쓰레기를 뒤지거나 사람들 발밑에 머물렀다. 특히 고양이가 많은 곳은 시장 골목이었다. 닭고기를 파는 닭집 앞에는 어김없이 고양이들이 들끓었고, 양고기 정육점과 식당 앞에도 저마다 고양이들이 상주하듯 앉아 있었다.

닭집에서는 닭고기를 손질할 때 나오는 내장 부속을 대부분 고양이들에게 던져주고 있었다. 양고기 정육점에서도 기름 덩어리나 사람이 먹을 수 없는 부속 등을 고양이들에게 나눠 주었다. 식당에서는 손님이 남기고 간 음식의 대부분이 고양이들 차지가 되었고, 과일가게에서조차 고양이들에게 우유를 따라 주었다. 내가 시장의 고양이들을 찍느라 골목을 한참이나 오르내리자 시장 입구에서 담배 노점을 하던 할아버지는 아예 고양이의 동태를 나에게 알려주곤 했다. 심지어 그는 자신이 돌보는 고양이가 지금 건물 안 박스 속에서 잠들었다고 손짓까지 하며 곯아떨어진 아기 고양이를 보여주기도 했다.

특히, 시장 공터에서 만난 캣대디 노인의 모습은 그야말로 감동이었다. 노인은 얼핏 보기에도 80세가 넘어 보였는데, 거동이 불편한 몸을 이끌고 고양이에게 먹을 것을 나눠 주러 나온 모양이었다. 노인은 비닐봉지 속에서 닭고기와 양고기 등을 꺼내 고양이들에게 나눠 주었다. 고양이들은 자연스럽게 노인이 던져준 고기를 뜯어먹었다. 알고 보니 노인은 고양이들에게 나눠 주기 위해 여러 곳의 식당에 들러 먹다 남은 음식을 동냥해 온 거였다. 페스의 골목마다 수많은 사람들이 고양이를 먹여 살리고 있었다. 티 나지 않게 극히 일상적으로 고양이를 보살피는 이들이었다.

사실 모로코를 여행하면서 모로코 사람들이 특별히 고양이를 사랑한다는 느낌은 받을 수 없었다. 아마도 고양이에게 밥을 주거나 곁에 두는 것이 그저 일상이 되었기 때문에 특별해 보이지 않는 것일 게다. 그냥 우리가 숨 쉬는 공기처럼, 약자에게 베푸는 배려처럼 자연스러운 것일 따름이었다. 다만 확실한 것은 어느 누구도 고양이를 미워하거나 함부로 대하는 사람들은 찾아볼 수가 없었다는 점이다. 이건 진실로 부러웠던 점이기도 하다. 고양이를 미워하거나 해코지를 하지 않는 것만으로도 고양이는 충분히 행복할 수 있다는 것.

아라베스크 골목의 고양이 할머니

모로코에 와서 페스를 여행하지 않는다면 당신은 모로코의 절반을 놓치는 것이다. 페스는 모로코인들에게도 자부심이자 자랑이다. 카사블랑카의 핫산 모스크가 생기기 전까지 북아프리카 최대 규모의 사원이자 세계 최초의 대학이었던 '카라윈 모스크'가 이곳에 있는 것만으로도 사람들의 자긍심은 상당하다. 그리고 카라윈 모스크에서 약 200여 미터 떨어진 곳에 위치한 태너리(Tanneries)는 모로코를 대표하는 명물로도 널리 알려져 있다. 태너리는 전통 방식으로 무두질한 가죽을 염색하는 작업장을 뜻한다.

세계적인 잡지 「내셔널 지오그래픽」에도 소개된 이곳의 염색공장은 그 유명세만큼이나 냄새가 지독한 것으로도 유명하다. 당신이 만일 비위가 약한 여행자라면 태너리 구경을 포기하는 게 좋을 것이다. 하지만 페스에 온 이상 태너리를 그냥 지나칠 수는 없는 노릇이다. 외국에서 온 여행자가 태너리를 구경하는 방법은 두 가지다. 거리에서 흔하게 만나는 소년 가이드를 고용해 태너리에 도착하는 방법과 하루 종일 태너리를 찾아 헤매다가 실패하고, 이튿날이 되어서야 소년 가이드를 따라 태너리에 가는 방법. 태너리는 사방이 무두질 공장과 가죽 제품 판매장으로 둘러싸여 있으므로 외부에서는 보이지가 않는다. 가이드가 가죽 제품 판매장을 통해 건물 옥상까지 안내해야만 태너리 작업장을 구경할 수 있다.

어쩔 수 없이 나도 시장 골목에서 소년 가이드를 만났다. 녀석이 먼저 말을 건네더니 태너리에 가지 않겠느냐고 물었던 것이다. 100디르함이면 태너리에도 가고 오전 내내 가이드를 해줄 수 있단다. 나는 선뜻 녀석을 고용했다. 헌데 녀석의 이름이 참 거시기하다. 자기 이름이 아이유란다. 생김새로 보자면 아이유가 아니라 아이쿠에 가까웠다. 이 녀석, 도대체 누구 맘대로 아이유란 이름을 지은 거야! 어쨌든 가이드인 아이유가 앞장서 태너리로 향했다. 하필이면 우기여서 태너리 작업장은 한산한 편이었다. 그리고 그 한산한 작업장에서 나는 뜻하지 않은 장면을 목격했다. 삼색이 고양이가 한 마리 나타나 작업장 염색 탱크 사이를 왔다 갔다 하는 거였다. 가까운 곳에 인부가 있는데도 녀석은 전혀 거리낌 없이 태너리 저쪽에서 이쪽으로 횡단해 버렸다.

여기서 고양이를 만날 거라곤 상상조차 못한 터라 더 반가운 풍경이었다. 가이드 아이유 녀석은 태너리 구경을 마치자 태도를 바꿔, 배가 고파서 더는 가이드를 할 수 없다고 나왔다. 카라윈 모스크와 메디나가 한눈에 내려다보이는 뷰포인트까지 안내하기로 했던 녀석이 갑자기 태도를 바꾼 것이다. 녀석은 내게서 좀 더 많은 돈을 얻어낼 작정이었겠지만, 나는 그 자리에서 60디르함을 주고 녀석을 해고했다. 나는 다시 복잡한 페스의 미로에 혼자 남겨졌다. 하지만 길을 잃어도 상관없었으므로 그리 괘념치 않았다.

태너리에서 카라윈 모스크로 가는 길에 나는 잊을 수 없는, 아름다운 할머니를 만났다. 이른바 고양이 할머니. 할머니는 아라베스크 무늬가 화려한 건물 앞에 앉아 있었는데 품에 노랑이 한 마리를 안고 있었다. 할머니 앞에는 턱시도 녀석도 한 마리, 건물 그늘에 앉아 있었다. 길고양이를 안고 있는 할머니. 그지 평화롭기 그지없는 풍경이었다. 가만 보니 노랑이 녀석은 할머니 품에 안겨 내려올 생각이 없었고, 할머니는 굳이 그런 고양이를 내려놓을 생각이 없었다. 보기만 해도 흐뭇해지는 풍경.

벌건 대낮인데도 골목에는 고양이들이 많았다. 사람들로 붐비는 메디나 북쪽 시장에도 고양이는 여기저기 자리를 차지하고 앉아 낮잠을 자거나 먹이 동냥에 나섰다. 한낮의 닭집 앞을 지나다 보면 어김없이 고양이가 닭집 주인의 선처를 기다리고 있었다. 시장의 닭장 옆에는 누가 갖다 놓은 것인지 방석이 놓여 있었고, 아기 고양이 두 마리가 그 위에 엎드려 낮잠을 자는 중이었다. 삼색이 한 마리는 구멍가게 앞을 기웃거렸고, 새끼 노랑이 두 마리는 식당에서 던져주는 음식을 넙죽넙죽 잘도 받아먹었다. 신발가게 앞에도 고양이, 잡화점 앞에도 고양이, 거리의 양탄자 노점 앞에도 고양이가 앉아 있었다.

선글라스 노점에도 고양이, 옷 수선집 대문에도 고양이, 골목 한복판에서 그루밍에 빠져 있는 고양이, 박하차 수레 앞에서 조용히 앉아 있는 고양이, 사람들과 함께 발 맞춰 걷는 상가 골목의 고양이, 수돗가에서 물장수네 당나귀와 마주친 고양이, 고양이에게 우유를 건네는 청년, 무릎에 삼색 고양이를 앉히고 허허 웃고 있는 뚱뚱한 아저씨, 나무에 올라간 고양이에게 손을 내미는 할아버지. 고양이도, 고양이를 품에 안은 사람들도 흔하게 만날 수 있는 곳. 페스는 그런 곳이다. 나는 골목에서 만난 고양이 한 마리 한 마리를 눈에 담았다. 언제든 이 미로를 벗어날 수 있지만, 운명처럼 미로에서 일생을 살다 가는 고양이들. 나는 카메라가 아닌 가슴에 그 고양이들을 담았다.

더러 여행자들은 기꺼이 길을 잃기 위해 페스를 찾곤 한다. 시간에 얽매일 필요 없이 시간의 미아가 되기 위해 페스를 찾는 여행자도 있다. 어느 쪽이든 나쁘지 않다. 페스에서의 마지막 날은 새벽 5시에 잠이 깨는 바람에 일찌감치 골목 산책에 나섰다. 새벽 골목에는 사람들이 거의 눈에 띄지 않았고, 노숙하던 고양이들만 내 발자국 소리에 귀를 기울였다. 아침이 가까워 오자 메디나 입구의 부 즐루드 문(Bab Bou Jeloud)과 카스바 너머로 붉은 아침놀이 번졌다. 부 즐루드 문을 지나 공원에서 만난 희한한 풍경 하나. 아침놀이 번지는 하늘을 배경으로 노새와 고양이가 서로 마주보고 서 있었다. 그 모습을 지켜보는 인간 한 마리. 서로 다른 종이 함께 하는 아침. 서로 다른 종이 함께 바라보는 아침놀. 이 센티멘털한 아침 풍경.

메디나를 벗어난 신시가에도 고양이는 얼마든지 있었다. 페스를 떠나기 위해 버스 터미널에서 CTM 버스(모로코의 주요 도시를 연결하는 고속버스)를 기다리는 동안에도 고양이는 자주 터미널 앞을 기웃거렸다. 터미널 앞 식당의 한 청년은 크림치즈를 한 주먹 가져와 식당 앞 고양이들을 한 마리씩 불러 먹였다. 보아하니 한두 번 갖다 바친 솜씨가 아니었다. 길에서 담배를 파는 아저씨와 막노동을 하다 잠시 쉬고 있는 인부들 사이에도 고양이 한 마리가 앉아 있었다. 그중 한 아저씨는 '습습 스스습~' 하면서 고양이를 부르더니 한참이나 안고 쓰다듬고 놀았다. 길거리에서조차 겁 없이 사람들 사이에 끼어들거나 낯선 사람의 손길을 허락하는 고양이들. 이건 모로코에서 아주 일상적인 풍경이었다. 그리고 고양이만 보면 안아 올리고 몸을 부비는 사람들을 보는 것 또한 아주 흔한 풍경이었다.

페스의 시장 한복판에서 낮잠을 자는 고양이들.
사람들은 고양이의 낮잠을 방해하지 않도록
자리를 비켜간다.

모로코를 여행하다 보면 누구나 느끼겠지만, 모로코 사람들은 사진이 찍히는 것에 거부감이 심한 편이다. 심지어 허락 없이 사진을 찍을 경우 돌을 던지는 일도 허다하다. 그런데 희한하게도 이들은 고양이와 함께 있는 모습을 찍자고 하면 대부분 기꺼이 응해줄 뿐더러 다양한 포즈까지 취한다. 자신이 사진 찍히는 것을 병적으로 싫어하는 사람들조차 고양이와 함께 찍는 것에는 전혀 거부감을 표시하지 않는다. 거부감은커녕 십중팔구는 열렬히 환영하고 나선다. 이런 현상은 페스뿐만 아니라 다른 도시에서도 내가 흔하게 경험한 일이다. 고양이와 함께라면 언제나 좋고, 어디든 좋은 사람들.

고양이와 사람이 어우러진 모습을 찍고 싶은가? 그렇다면 모로코 아무 곳에나 가서 양해를 구하면 된다. 아저씨! 당신의 고양이와 사진을 한 컷 찍어도 될까요?

아실라 포구의
고양이 점령군

멋진 해변과 하얀 건물이 어우러진 해안 도시. 그래서 모로코의 산토리니라 불리기도 하는 아실라(Asilah)에 도착한 것은 엄청난 폭우가 쏟아지던 날이었다. 탕헤르에서 31km 떨어진 이곳에 가기 위해 나는 시내에서 그랑택시를 탔다. 그랑택시는 4~5명의 승객이 다 채워져야 운행하는 택시로 동일한 목적지까지 비교적 저렴한 가격으로 가장 빠르게 이동할 수 있는 교통수단이기도 하다. 하필이면 아침부터 비가 내리기 시작했고, 택시가 탕헤르를 벗어났을 때에는 앞이 보이지 않을 정도의 물 폭탄이 쏟아졌다.

택시는 아랑곳하지 않고 도랑처럼 물이 흐르는, 운행하지 말아야 할 도로를 무리하게 달려 아실라에 도착했다. 뒤늦게 내가 얻은 교훈은 '다시는 그랑택시를 타지 말아야지'였다. 비가 그렇게 쏟아지는데도 운전수는 속도를 줄이기는커녕 서슴없이 추월까지 시도하는 거였다. 아무튼 그는 아실라 메디나 앞 도로에 커다란 여행 가방과 나를 내동댕이치듯 내려놓고 떠났다. 도로 한복판에서 한없이 비를 맞고 서 있을 순 없었기 때문에 나는 눈에 보이는 가장 가깝고 허름한 호텔로 서둘러 이동했다. 택시비로 100디르함(한화 15,000원 정도)을 썼으니 여행 경비를 아끼려면 저렴한 숙소에 묵을 수밖에 없었다. 보기에도 꽤 낡아 보이는 호텔은 방값이 200디르함이어서 그나마 다행이었다(메디나 안에는 홈스테이를 할 수 있는 집도 많다. 그 사실을 뒤늦게 알았다).

호텔에 짐을 풀고 창밖만 하염없이 바라보았다. 비는 저녁까지 쉴 새 없이 쏟아졌다. 메디나까지 가서 밥을 먹고 돌아와 잠을 청하려는데, 아, 한숨과 탄식이 절로 쏟아졌다. 화장실 하수구를 통해 올라오는 고약한 냄새로 잠을 이룰 수가

없었다. 경비 좀 아끼려다가 사람 잡을 뻔했다. 창문을 활짝 열어 놓은 채 이불을 머리 위까지 잡아당겨 뒤집어쓰고서야 겨우 잠들 수 있었다. 새벽 일찍 잠에서 깬 것도 순전히 이 고약한 냄새 때문이었다. 나는 아침 일찍 메디나를 두 바퀴나 돌았다. 비는 그쳤지만 하늘은 여전히 무채색으로 뒤덮여 있었다.

메디나를 돌아 나와 포구에 이르러서야 맑은 하늘이 드러났다. 바다는 아침 햇살로 눈부셨고, 포구는 고양이들로 눈부셨다. 선착장 입구에서부터 근거리 방파제까지, 이건 숫제 '고양이 집회 중'이다. 포구 입구의 바닷가와 방파제 쪽에 10여 마리, 선착장 야외 식당에 20여 마리, 창고 쪽에 10여 마리. 100미터도 안 되는 포구 언저리에 40여 마리의 고양이가 진을 치고 있었다. 이 정도면 모로코에서도 단연 최고의 '묘구밀도'라 할 수 있다. 포구에서 가장 먼저 만난 고양이는 아기 고양이 세 마리와 어미 고양이 한 가족이었는데, 방파제가 이 식구들의 안전한 보금자리였다.

나와 눈이 마주친 아기 고양이들은 한동안 무언가를 바라는 눈빛으로 낯선 이방인을 주목했다. 이 아름다운 생명들. 하지만 빵조각 하나 떨어지지 않자 녀석들은 시큰둥하게 엎드려 낮잠 자세를 취했다. 잠시 후 엎드려 있던 녀석들이 갑자기 냥냥거리기 시작했다. 어미 고양이가 나타난 것이다. 아기 고양이들은 내심 물고기 선물이라도 기대한 모양이지만, 어미 고양이에겐 아무 소득도 없었다. 아기 고양이들은 페트병과 비닐봉지가 잔뜩 널린 모래밭에 엎드려 어미의 젖을 빠는 것으로 아침 허기를 달랬다.

같은 시각 불과 20~30여 미터 떨어진 방파제 위에는 이곳과 다른 장면이 하나 펼쳐졌다. 선착장을 다녀온 어미 삼색이가 커다란 물고기 한 마리를 물고 의기양양 방파제 위를 거닐고 있었던 것이다. 어서 가서 새끼들 먹일 마음에 어미 고양이의 발걸음은 가볍고 경쾌했다. 항구라고 하기엔 다소 작은 아실라 포구를 온통 고양이가 점령했다. 그물더미마다 고양이가 한 마리씩 누워서 해바라기 중이었고, 창고의 볕 잘 드는 장소마다 고양이가 앉아서 털을 말리고 있었다.

아예 뱃전에 올라 따뜻한 철판을 깔고 엎드린 고양이도 있었다. 오랜만에 해바라기를 하고 기분이 좋아진 아기 고양이들은 창고 앞에서 우다다도 하고 싸움장난도 쳤다. 이렇게 포구에 무수한 고양이들이 터를 잡고 사는 까닭은 단순하다. 먹을 게 있기 때문이다. 어부들이 던져주는 잡고기며 생선을 손질할 때 나오는 내장이나 머리 등의 부산물이 이곳 고양이들의 주요 먹을거리다. 방파제를 보금자리로 삼은 고양이들은 낚시꾼들에게서도 종종 자릿세를 받는다. 낚시꾼들도 기꺼이 고양이들에게 자릿세를 헌납하곤 한다.

비닷가 고양이 식당

비가 멎으니 비 온 뒤의 비릿한 공기가 포구를 가득 채웠다. 어부들도 비가 그치자 하나 둘 포구로 걸어 나왔다. 이미 그물을 손질하거나 어선에 고인 물을 퍼내는 어부도 있었다. 해가 뜨자 포구는 활기에 넘쳤다. 아실라 포구 바로 옆에는 영업장이라 부르기에도 초라한 식당이 하나 있다. 누추한 벽돌 건물을 본채로 삼고 대충 하늘을 가린 천막 지붕 아래 몇 개 테이블과 의자를 들여 놓은 자그마한 야외 식당. 영업을 하긴 하는 건지도 영 미심쩍고, 손님이 있긴 있는지도 의문인 그런 식당. 내가 오전내 지켜보았지만, 손님은 없고 고양이만 잔뜩 와서

앉아 있는 그런 식당. 한창 고양이가 붐빌 때는 열다섯 마리 정도. 거기에 대여섯 마리 고양이가 식당 주변을 맴돌고 있는 것까지 치면 대략 이십 마리가 넘는 고양이가 이곳에 기거한다는 얘기다. 가만 보니 아기 고양이만 해도 여덟 마리나 되었다. 하지만 누구의 아기들인지, 누가 어미 고양이인지는 도통 알 수가 없다. 대부분의 성묘 암컷들이 모두 어미 고양이 노릇을 하는 데다, 대부분의 아기 고양이들마저 아무 고양이나 엄마를 대하듯 따라다녔다.

식탁에 올라가 그루밍을 하는 고양이, 의자에 앉아 낮잠을 자는 고양이, 삼촌 고양이와 술래잡기를 하는 아기 고양이, 식당 입구를 가로막고 연좌농성 중인 고양이. 시간이 지날수록 입구에서 농성 중인 고양이의 수는 점점 늘어났다. 그리고 고양이 무리의 농성은 벽돌 건물 문 앞으로 자리를 바꾸어 계속되었다. 어딘가 믿는 구석이 있는 모양이었다. 이 진풍경은 정오 무렵이 되어 거의 절정을 이루었다. 그리고 그 순간 삐걱, 하고 벽돌 건물의 문이 열렸다.

식당 주인이 결국 못 이겨 문을 열었는지, 고양이가 주인이 나올 시간에 맞춰 농성을 벌인 건지는 알 수 없지만, 이래저래 식당 영업을 시작하려는 것만큼은 확실해 보였다. 문을 열고 나온 이는 반백의 머리에 깔끔한 갈색 구두를 신은 노인이었다. 얼핏 보기에도 일흔 살 안팎은 돼 보였다. 노인은 어제 미처 하지 못한 비설거지를 뒤늦게 하고 있었다. 탁자 위에 고인 빗물을 쏟아내고, 비에 젖은 의자를 털더니 탁자를 사다리 삼아 벽돌 건물 위로 올라갔다. 건물 지붕에도 빗물이 잔뜩 고여 있는지 노인은 빗자루로 지붕의 빗물을 한참이나 쓸어냈다. 노인이 일을 하는 동안 고양이들은 잠시 농성을 풀고 탁자 밑 그늘로 들어가 휴식을 취했다.

이런 휴식은 오래 가지 않았다. 노인이 일을 다 마치고 부엌문을 열자 갑자기 식당 안팎에 있던 고양이들이 우르르 몰려들었다. 저마다 꼬리를 바짝 치켜들고 냥냥거리는 고양이들. 부엌에서 잠시 달그락거리는 소리가 들렸다. 그러더니 곧 고양이들 앞에 커다란 그릇이 놓였다. 뿐만 아니라 부엌 안에 아기 고양이들을 위한 우유도 한 그릇 떠 놓았다. 아기 고양이 무리와 큰 고양이 무리가 서로 나뉘어 밥을 먹는 이 평화로운 풍경. 늙은 캣대디는 엉거주춤 서서 고양이들의 밥 먹는 모습을 지켜보았다.

사실 점심시간이 다 되었는데도 사람 손님은 한 명도 보이지 않았다. 오는 이 한 명 없이 파리만 날리는 식당에 20여 마리 고양이 손님만 붐비는 식당. 밥은 물론 물과 그늘까지 제공하는 고양이 휴게소. 고양이들이 저토록 의지하는 것을 보니 주인장은 하루 이틀 이렇게 해 온 게 아닌 듯싶다. 모로코에서 고양이가 아무리 신앙의 일부이자 생활의 일부라 해도 가난한 삶 속에서 고양이를 보살피는 게 그리 쉽지만은 않을 것이다.

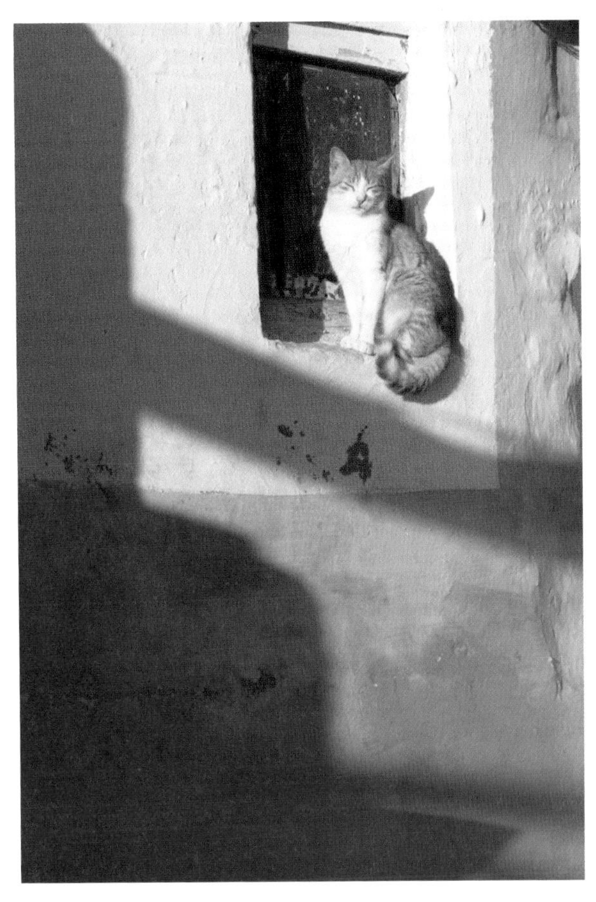

밥을 다 먹은 고양이들은 이제 각자의 공간으로 흩어져 그루밍을 하고 휴식을 취했다. 물가에 나앉아 고기잡이를 떠나는 어선을 물끄러미 바라보는 고양이도 있고, 뒤쪽의 방파제를 향해 마실가는 고양이도 있다. 몇몇 고양이는 아까부터 찰칵거리며 땀을 흘리고 있는 '공격성 없는 큰 고양이'에게 다가와 렌즈와 카메라 가방을 만져 보는 등 쓸데없이 참견을 시작했다. '저 큰 고양이 아무리 봐도 쥐도 새도 못 잡게 생겼어. 저래서 어디 밥이나 먹고 살겠어?'

이번 역은
고양이 역입니다

모로코의 산토리니라 불리는 아실라는 흔히 '예술의 도시'로 통한다. 이곳에서는 매해 여름마다 '국제 아트 페스티발'이 열리는데, 세계적인 화가들이 아실라 메디나의 하얀 벽과 담에 멋진 벽화를 그리기 위해 찾아온다. 또한 이 기간에 대다수의 관광객들은 벽화 구경을 위해 아실라를 찾는다. 이렇게 한번 그려진 벽화는 1년 동안 미술관처럼 전시되다가 이듬해 축제에 앞서 다시금 흰색 페인트가 칠해진 새 캔버스로 돌아간다.

모로코의 다른 도시에 비해 아실라의 메디나는 아담한 편이다. 걸어서 한 시간이면 메디나 구석구석을 샅샅이 구경하고도 남는다. 하지만 골목과 건물, 담과 벽에 그려진 벽화를 구경하다 보면 고작 한 시간으론 어림도 없다. 더욱이 그 골목에서 고양이라도 만난다면 메디나를 쉽게 빠져나오기는 더욱 힘들어진다. 다행히 나는 메디나의 골목보다 카스바 성곽을 따라 늘어선 카페 거리에서 더 많은 고양이를 만났다. 어떤 고양이 가족은 성곽의 돌담에 올라가 앉아 있었고, 어떤 고양이는 아직 문도 열지 않은 카페 의자를 차지하고 누워 깊은 잠에 빠져 있었다.

아실라를 떠나는 날 호텔 앞에서는 믿을 수 없는 풍경이 펼쳐졌다. 체크아웃을 하느라 캐리어를 문 앞에 놓고 카운터에 다녀왔더니 거짓말처럼 캐리어 위에 곡예하듯 고양이가 한 마리 올라가 있었다. 이야, 요것 봐라! 그 모습이 예뻐서 나는 서둘러 카메라를 꺼냈지만, 녀석은 내가 먹을 것이라도 꺼내는 줄 알고 곧장 발밑으로 파고들었다. 고양이의 가장 멋진 장면은 늘 카메라가 없을 때 펼쳐진다는 말은 이럴 때 써야 하리라.

아실라를 떠나기 위해 역에 도착했을 때도 믿을 수 없는 광경이 펼쳐졌다. '고양이의 천국' 모로코에서 고양이를 위협하는 사건이 발생했기 때문이다. 아실라 역의 카페 주인이 기다란 막대기로 쿵쿵 바닥을 치면서 두 마리의 고양이를 내쫓고 있었던 것이다. 나는 야외 테이블에 앉아 박하차를 한잔 주문하고, 잠시 살펴보았다. 사건의 전모는 이랬다. 옆 테이블에 프랑스에서 여행 온 여성이 한 명 앉아 있었는데, 무슨 모로코 요리와 커피를 시킨 모양이다. 주문한 요리가 나오자 고양이 두 마리가 그 여성에게 다가왔고, 여성은 '끼야악!'하고 소리를 질러 버린 것이다.

그 프랑스 여성은 고양이를 쫓아 달라고 주인에게 부탁했고, 주인은 빗자루 몽둥이 같은 것으로 고양이를 쫓아냈다. 하지만 고양이들은 자꾸만 되돌아와 여성의 테이블 주변을 기웃거렸다. 이에 카페 주인이 그 앞에서 번을 서며 고양이를 쫓아 주고 있었던 거였다. 사실상 모로코에서 있을 수 없는 일이었다. 사건은 여기서 끝나지 않았다. 쫓아내도 자꾸만 고양이가 테이블 가까이 접근하자 여성은 기어이 카페 주인에게 악다구니를 치며 실내로 들어갔고, 카페 주인은 미안한 낯으로 여성에게 굽실거렸다.

반전은 여성이 열차를 타러 카페를 떠난 뒤에 일어났다. 카페 주인은 '습습습스읍~ 습습습스읍!'(유럽이나 이슬람권에서 고양이를 부르는 소리) 하면서 고양이를 불렀고, 그러자 곧바로 오토바이 뒤에 숨어 있던 삼색이와 검은 고양이가 나타나더니 카페 주인 앞에서 발라당을 선보이는 거였다. 주인은 안으로 들어가 빵과 크림치즈를 들고 나왔다. 빵에다 정성스럽게 크림치즈를 발라 고양이에게 던져주는 저 남자. 맛있게 받아먹는 고양이를 사랑스럽게 쓰다듬는 저 남자.

손님이 하도 고양이를 무서워하고 소리를 지르자 카페 주인은 다른 손님까지 생각해 고양이를 쫓아낼 수밖에 없었다. 막대기로 탁탁 바닥을 치며 고양이를 위협한 것은 마음이 아프면서도 어쩔 수 없이 해야 했던 행동이었던 것이다. 고양이들도 이해한다는 표정으로 지금은 카페 주인의 발아래 뒹굴며 부비부비까지 선보였다. 규모가 작은 아실라 역에는 제법 많은 고양이들이 거주하고 있었다. 눈에 띄는 녀석만 대략 여섯 마리였는데, 녀석들 모두 대합실과 플랫폼은 물론이고 열차 선로를 자유자재로 넘나들었다. 역무원들도 열차를 기다리는 손님들도, 그것에 대해 누구 하나 개의치 않았다.

플랫폼 한복판에서 무장해제한 채 낮잠을 자는 아기 고양이도 있었다. 노랑이 한 마리는 손님들을 일일이 찾아다니며 먹이를 구걸했다. 반면 이곳에서 제법 오래 생활한 것으로 보이는 베테랑 노랑이는 건널목 앞에서 지그시 눈을 감고 명상에 잠겨 있었다. 녀석은 동요하는 법이 없었다. 동정을 바라지도, 구원의 눈빛을 보내지도 않았다. 옆에 캐리어를 갖다 놓아도, 커다란 보따리를 내려놓아도 괘념치 않았다. 이 역에서 잔뼈가 굵은 녀석은 움직여야 할 때를 정확하게 알고 있었다. 이를테면 플랫폼의 어느 손님이 먹을거리를 내놓는 순간, 녀석은 언제나 그 앞에 가 있곤 했다.

열차 시간이 두 시간이나 남아서 어떻게 시간을 보낼까 고민하던 차에 나는 역에서 만난 고양이들로 인해 시간이 오히려 부족할까 고민하게 되었다. 탑승 시간까지 오래 남은 몇몇 손님들은 플랫폼에 걸터앉아 고양이와 장난을 쳤다. 한 아저씨는 선로를 건너던 삼색이(아까 카페에서 봉변을 당하던 그 아이였다)에게 풀 장난을 하며 놀고 있었는데, 정작 자기가 고양이보다 더 즐거워하며 큰소리로 웃기까지 했다. 나도 아저씨를 따라 한참이나 고양이와 풀 장난을 했고, 어느덧 열차가 도착한다는 안내방송이 흘러나왔다. "이번 역은 고양이 역입니다. 고양이 역!" 어차피 모로코 방송은 내가 알아들을 수도 없었다.

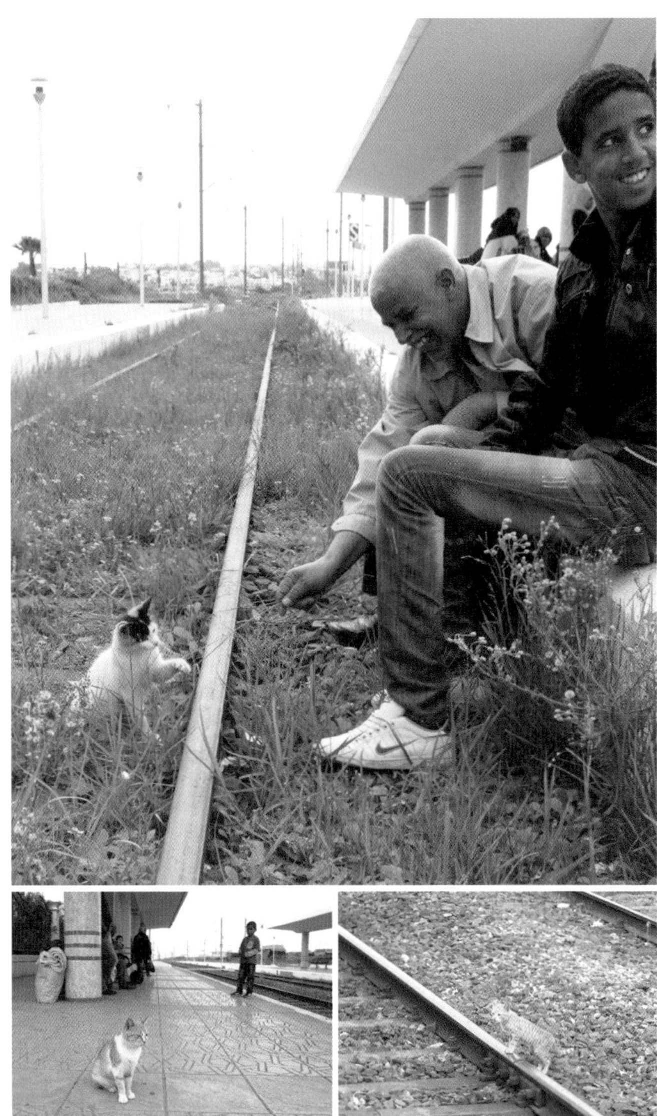

아실라 역의 플랫폼과 건널목에서 흔히 만나는 풍경.
사람들과 고양이가 자연스럽게 어우러진 풍경.

어쩌다 여기서 고양이 같은 걸 하고 있을까

모로코의 수도 라바트(Rabat, 아랍어로 은둔자라는 뜻)는 북아프리카의 도시 중 가장 아름다운 도시로도 알려져 있다. 구시가인 메디나와 신도심이 어울리고 강(부레그레그)과 바다(대서양)가 에워싼 멋진 도시. 규모로는 카사블랑카에 이어 모로코에서 두 번째로 큰 도시에 꼽힌다. 왕궁과 정부청사, 외국 공관이 모두 라바트에 몰려 있으며, 신시가 또한 유럽풍과 아랍풍의 건물이 조화를 이뤄 아름다운 도시의 자태를 뽐내고 있다. 강 건너편에는 로마시대의 옛 도시 살레가 자리하고 있다.

도시의 규모에 비해 현재 남아 있는 메디나의 규모는 그리 크지 않은 편이다. 강과 바다가 만나는 지점에 위치한 메디나는 12세기에 세워진 카스바가 인상적이며, 안달루시아 풍으로 알려진 우다이야(Oudaias) 정원이 유명하다. 무엇보다 우다이야 정원에 들어서면 다양한 화초와 나무들 사이에서 고양이를 만날 수 있다는 점도 빼놓을 수 없다. 하긴 모로코에서는 웬만한 공원과 정원에 고양이가 있게 마련이다. 정원을 지나 전망이 좋은 전통 찻집에서도 고양이 여러 마리와 조우할 수 있다. 녀석들은 순전히 카페 손님들의 측은지심을 자극해 일생의 안락함을 영위한다. 먹을 것은 기본이고, 잠시 낮잠을 자도록 무릎까지 내어 달라는 고양이도 있다.

하지만 찻집의 고양이처럼 정원의 모든 고양이가 안락한 것은 아니라며 항변하는 캣대디가 있었다. 그는 우다이야 정원의 고양이들을 위해 정기적으로 밥을 주는 것은 물론, 비가 새지 않도록 비닐로 지붕을 덮은 박스집까지 곳곳에 마련해 주었다. 이곳의 어미 고양이들은 주로 비닐 박스를 육아를 위한 집으로 사용하고 있었다. 정원의 고양이들에게 이 사내는 식구나 다름없었다. 스스럼없이 나가와 놀고 장난치고 주머니에 들어가 낮잠까지 잤다. 심지어 캣대디는 입고 있던 점퍼 안에서 잠에 곯아떨어진 아기 고양이를 꺼내 화단의 박스에 넣어 주기도 했다.

우다이야 정원 뒤로 펼쳐진 메디나는 작지만 환상적인 곳이다. 흰 건물에 파랗게 칠해진 아랫벽. 그 희고 푸른 골목을 지나면 눈앞에 대서양이 장쾌하게 펼쳐진다. 메디나 골목에는 시간이 아주 많은 고양이들이 더러 있어서 바쁜 여행자들을 잡아끈다. 적갈색 대문 앞에 앉은 삼색이는 일부러 골목 여행자들을 구경하러 나온 듯 이따금 지나치는 사람들을 흘끔거리다 낮잠에 빠졌고, 고등어 한 마리는 자신이 정말 심해의 고등어라도 된 양 '터키블루'의 골목을 천천히 헤엄치다 막다른 곳에 멈춰 한참이나 명상의 시간을 가졌다. 내가 메디나 골목을 한 바퀴 다 돌고 다시 그 골목을 지나칠 때까지도 녀석은 명상하는 자세 그대로 '심해'와도 같은 깊은 바닥에 앉아 있었다.

모로코는 분명 의심의 여지 없는 고양이의 천국이고 낙원이다. 그렇다고 이곳의 모든 고양이들이 언제나 안락하고 행복하며 복된 삶을 영위하는 것은 아니다. 열악한 환경 속에서 엄연히 생존의 위험을 느끼며 살아가는 고양이들도 있다. 그 환경은 쉽게 바뀔 수 있는 것도 아니다. 이를테면 라바트 도심의 빈민촌에서 태어난 고양이들은 배고픔과 더러움, 진흙과 질병을 운명처럼 건너가야 한다. 우연히 빈민촌을 지나다 나는 그들의 적나라한 일상을 보았다. 시궁창을 거닐며 먹을 것을 찾아다니는 고양이들. 시장 공터에 앉아 사람들의 따뜻한 손길을 기다리는 고양이들.

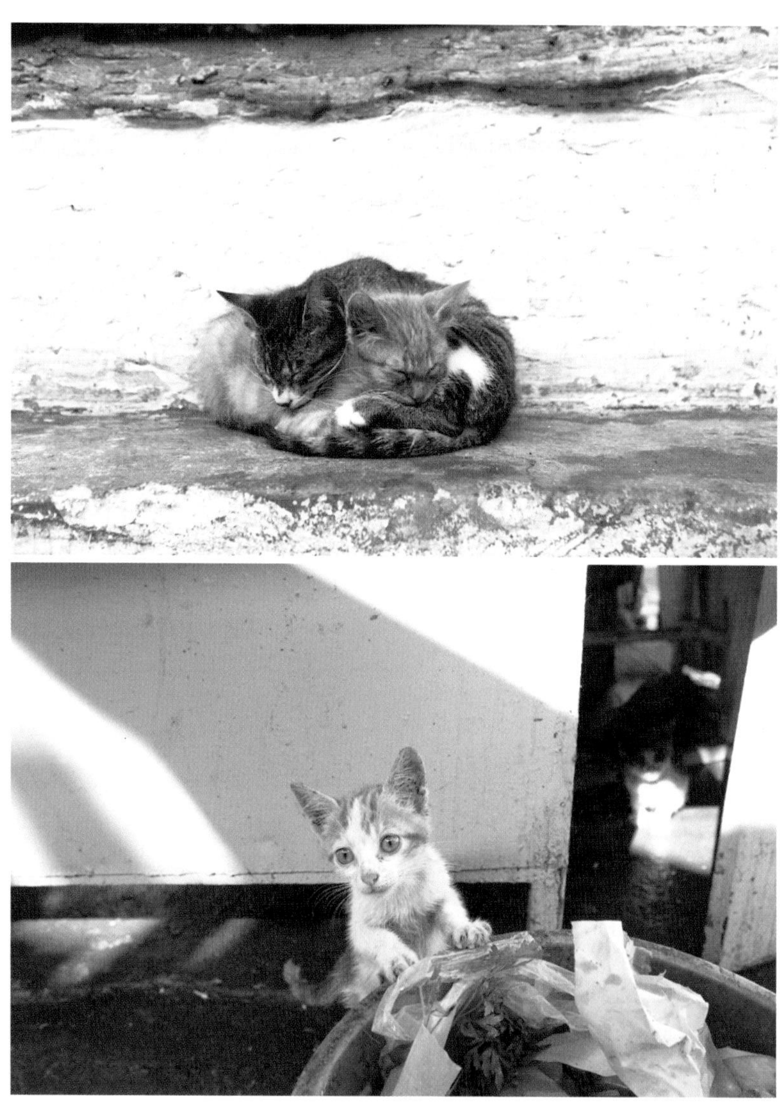

라바트 도심의 빈민촌에서 만난 고양이들.
이곳에도 진창의 현실과 배고픈 날들을
위로하는 따뜻한 손길이 존재한다.

음식물 쓰레기통에 올라가 고약한 냄새 속을 떠도는 고양이도 간간히 보였다. 라바트에서 가장 기억에 남는 녀석들은 추운 새벽 빈민촌 골목에서 만난 아기 고양이 두 마리다. 노랑이와 고등어 녀석은 서로 몸을 포개어 체온을 나누고 있었는데, 그 모습이 참 어여쁘고도 슬펐다. 두 눈 꼭 감고 '어쩌다 여기서 고양이 같은 걸 하고 있을까' 하는 포즈로 서로의 체온을 나누는 고양이들. 같은 형제인지 다른 남매인지 몰라도 근처 대문 앞에는 또 다른 아기 고양이 세 마리가 나앉아 낯선 이방인에게 의심의 눈초리를 보냈다.

다행히도 이 빈민촌의 갸륵한 고양이를 보살피는 건 자신들조차 힘겹게 하루하루를 견디는 가난한 골목의 사람들이었다. 그들은 없는 살림에도 고양이에게 빵 조각을 내놓았고, 먹다 남은 우유를 기꺼이 건넸다. 모로코의 가난한 사람들이 고양이에게 나눠 줄 수 있는 건 역시 빵밖에 없다. 그나마 모로코의 전통 빵은 제법 큰 사이즈가 1디르함(한화 130~140원)으로 저렴하고, 식당(대부분의 모로코 식당이 빵 인심이 좋다. 무엇을 시키든 빵이 기본으로 나온다) 등에서 무료로 내어놓는 빵도 많은 편이다. 거리의 노숙자들은 식당 손님들에게 양해를 구하고 이 무료 빵을 가져가 한 끼 식사를 해결하곤 한다. 나 또한 모로코를 여행하며 종종 이 빵을 따로 봉지에 담아 고양이들에게 나눠 주곤 했다.

사실 고양이들에게 불편한 현실은 사람들의 차가운 시선과 냉대이지, 열악한 환경 따위는 그리 큰 문제가 되지 않는다. 진창의 골목과 배고픈 시간 속에 언제나 그들을 염려하는 사람들의 따뜻한 마음이 함께하기 때문이다. 질척거리는 빈민촌의 골목을 빠져나오며 나는 중얼거렸다. 나는 어쩌다 지구에서 고양이 작가 같은 걸 하고 있을까.

잉그리드 버그먼을 닮은 고양이는 얼마든지 있어

〈카사블랑카(1942년)〉라는 영화가 있다. 오래된 흑백영화인데 험프리 보가트와 잉그리드 버그먼이 주연을 맡아 열연했다. 제2차 세계대전 중 독일군이 장악한 모로코를 무대로 영화는 시작된다. 카페 '아메리카'의 주인 릭(험프리 보가트)은 반나치 투쟁의 거물 빅터 라즐로(폴 헨리드)와 그의 아내 일자(잉그리드 버그먼)의 탈출을 돕기로 한다. 옛 애인이기도 한 일자의 행복을 위해 릭은 이들을 체포하러 온 소령을 사살하고, 일자 일행이 탄 비행기는 리스본을 향해 밤하늘을 날아간다. 그렇게 영화는 막을 내린다.

당시 헐리우드 최고의 로맨스 영화로 꼽히면서 아카데미 3개 부문(작품, 감독, 각색)을 수상하기도 했던 〈카사블랑카〉. 이 영화는 모로코의 도시 '카사블랑카'를 배경으로 하고 있지만 실제로 이 영화는 카사블랑카에서 촬영되지 않았다. 〈카사블랑카〉의 배경이 카사블랑카가 아니어서 많이 당황하신 분도 있을지 모르겠지만, 잉그리드 버그먼의 멋진 자태와 트렌치 코트를 차려입은 험프리 보가트의 허세를 보는 것만으로도 영화는 오래 기억되기에 부족함이 없다. 물론 카사블랑카에는 영화에 등장하는 카페를 재연해 놓은 카페 '아메리카'가 영업을 하고 있고, 관광객들은 스스로 잉그리드 버그먼과 험프리 보가트 흉내를 내보지만 그저 공허하고 허전할 따름이다.

카사블랑카(Casablanca)는 '하얀 집'이라는 뜻이며, 아랍어로는 다르엘베이다(Dar el-Beida)라고 한다. 12세기부터 이곳에는 이미 베르베르족의 마을이 있었고, 16세기에는 포르투갈 인들이 들어와 새로운 도시를 건설했으며, 1907년 이후 프랑스 보호령이었을 때 모로코 제1의 항구로 성장했다. 현재 모로코 최대 도시이자 사실상 경제수도라 할 수 있다. 카사블랑카의 메디나는 여느 도시의 메디나처럼 성곽 안에 자리해 있는데, 그 오랜 역사와 옛빛 그득한 삶의 골목은 늘 관광객의 관심을 끌어 모은다.

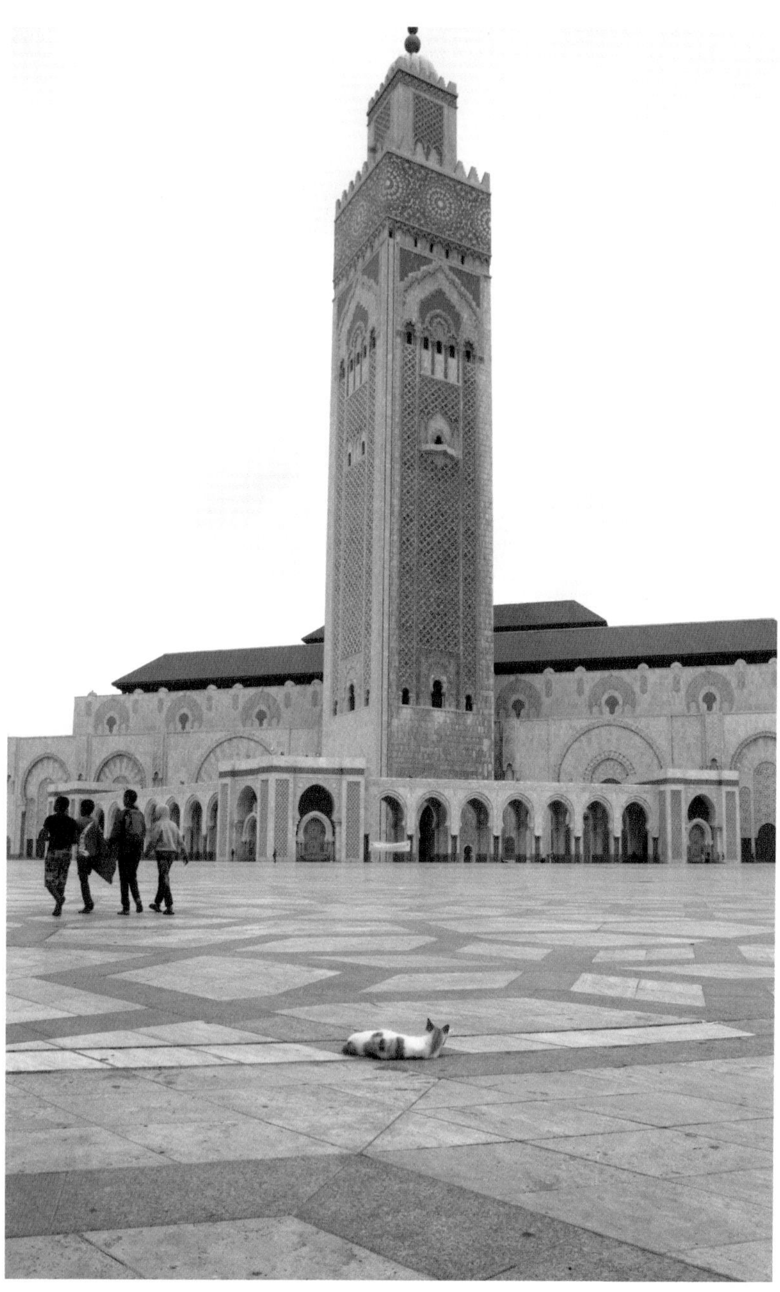

사실 카사블랑카 최고의 명소는 두말할 필요 없이 핫산 모스크(핫산 2세 사원)이다. 높이 200미터에 실내외 모두 10만여 명이 동시에 예배를 볼 수 있다는 이 사원은 세계에서 세 번째로 규모가 큰 사원으로도 유명하다. 해변의 드넓은 대리석 광장에 우뚝 솟은 사원은 얼핏 보면 그저 관광용 기념물에 불과하지만, 가까이 가서 보면 건물 외벽과 실내 곳곳에 모로코 전통 문양이 무척이나 섬세하고 화려하게 조각되어 있음을 알 수 있다. 재미있는 사실은 이곳에서도 여러 마리의 고양이를 만났다는 것이다. 처음 만난 노랑이 한 마리는 먹을 것을 지닌 손님을 졸졸 따라다니느라 정신이 없었고, 털이 긴 회색 고양이 녀석은 여행자가 오가는 대리석 바닥에서 팔자 좋게 낮잠을 자고 있었다.

가장 이해할 수 없었던 녀석은 광장 한가운데서 만난 삼색 고양이였다. 삼색 고양이는 광장 한가운데 누워서 지나가는 사람들을 구경했고, 잠시 모스크를 배경으로 앉아서 모델이 되어 주기도 했다. 나도 신기해 한참이나 지켜보았는데, 녀석은 딱히 사람들에게 먹을 것을 구걸하지도, 특별히 애정의 손길을 요구하지도 않았다. 그냥 그곳에 누워 있다가 사람들이 만지면 그저 잠시 몸을 허락하고, 또 카메라를 든 사람이 나타나면 이따금 모스크가 잘 보이는 곳에 떡하니 앉아 자세를 취해 주곤 하는 거였다. 뭐지, 이 녀석? 내가 모스크에 머문 세 시간 가량을 녀석은 햇살이 내리쬐는 광장에서 내내 그런 모습만 보여주었다.

여느 도시와 다를 바 없이 이곳의 메디나에서도 고양이를 흔하게 만날 수 있다. 카사블랑카의 명성과 다르게 이곳의 메디나는 사실 상당히 어수선하고 청결하지 못하며, 때때로 짓궂은 골목의 아이들로부터 진흙 공격을 당할 때도 있다. 나도 누군가 던진 진흙이 카메라에 맞는 변을 당한 적이 있고, 외국인 여자 하나가 나풀거리는 흰 스커트에 진흙 테러를 당해 욕을 해대며 메디나를 빠져나가는 모습도 보았다. 그 불결한 진창의 거리에서 고양이들은 생각보다 우아하게, 보기보다 편안하게 '느긋한 골목의 시간'을 즐기고 있었다. 외국인 관광객에게 불편한 시선을 보내는 그곳 사람들이지만 고양이에게만은 관대하고, 그들만의 시간을 존중해 주는 듯했다.

메디나 한복판의 난전에서는 잡화를 파는 상인들 사이를 서너 마리의 고양이들이 자유롭게 넘나들었다. 심지어 난전의 가방을 깔고 앉아 그루밍을 하는 고양이도 있었다. 자투리 공원의 나무 그늘에도 어김없이 고양이들이 엎드려 낮잠을 자고 있다. 어떤 고양이는 아예 메디나 사거리 한복판에 떡하니 '식빵 굽는 자세'로 앉아서 사람들의 시선을 즐겼다. 큰길로 이어진 골목에는 자동차 보닛에 올라가 꼬리를 다듬거나 꾸벅꾸벅 조는 고양이들이 흔하게 눈에 띄었다.

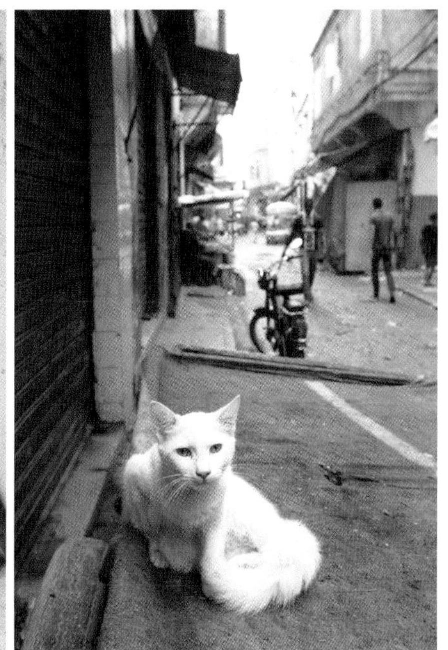

카사블랑카에는 영화 〈카사블랑카〉에
등장했던 잉그리드 버그먼과 험프리 보가트를
닮은 고양이를 얼마든지 만날 수 있다.

이튿날 아침 카사블랑카 메디나에서 펼쳐진 재미있는 광경 하나. 자진거를 타고 가는 중년의 남성이 '자전거 바구니'에서 무언가를 꺼내 집어던지며 골목을 달려가는 거였다. 더 흥미로운 것은 그가 무언가를 던질 때마다 여기저기서 고양이들이 뛰쳐나왔다는 점이다. 가까이 다가가 보니 그건 물고기였다. 그러니까 자전거를 타고 내 앞을 휙 지나간 남성은 캣대디였던 것이다. 그는 자전거 바구니 가득 물고기를 싣고 있었는데, 나름대로 급식소가 따로 있는지 골목의 특정한 장소에 이르러 물고기를 던져 주며 메디나를 돌고 있었다.

그가 다녀간 곳마다 그렇게 물고기가 몇 마리씩 던져져 있었고, 고양이들은 저마다 한 마리씩 차지하고 맛나게들 뜯어먹고 있었다. 고양이들의 자세로 보건대 극히 일상적인 일인 듯했다. 물고기가 던져진 곳에 앉아서 고양이들은 당당하게 아침식사를 즐겼다. 여행을 하는 동안 숱하게 캣대디와 캣맘을 목격했지만, 저렇게 물고기를 사료처럼 나눠주는 캣대디는 처음이다.

어떤 분들은 말로만 들었던 카사블랑카를 실제로 보고는 실망스럽다고 말하기도 한다. 하지만 고양이를 좋아하는 당신이라면 결코 실망할 일이 없다. 카사블랑카 메디나에는 잉그리드 버그먼을 닮은 고양이들이 우아하게 뒷골목을 거니는 모습을 언제든 만날 수 있으며, 때때로 험프리 보가트를 닮은 고양이가 우수에 찬 눈빛으로 당신을 바라볼 때도 있다. 어쩌면 고양이는 험프리 보가트의 멋진 목소리를 빌려 이렇게 말할지도 모르겠다. "당신의 눈동자에 건배……!"

캣대디가 던져주고 간 물고기를 손에
넣은 고양이. 사료가 아닌 실제 물고기를
고양이에게 던져주는 캣대디는 처음이다.

LOVECAT
01

당신을 기다립니다

오늘도 목 빠지게 당신을 기다립니다.
오시기만 한다면 더는 당신에게 매달리지도,
신발을 감추지도 않을게요.

자리다툼

아실라 포구의 고양이 두 마리가 다툼을 벌인다.
햇살이 따가우니 그늘 자리를 차지하려는 것이다.
고등어 녀석이 깜장이 자리를 차지하려다
아주 혼쭐이 났다.

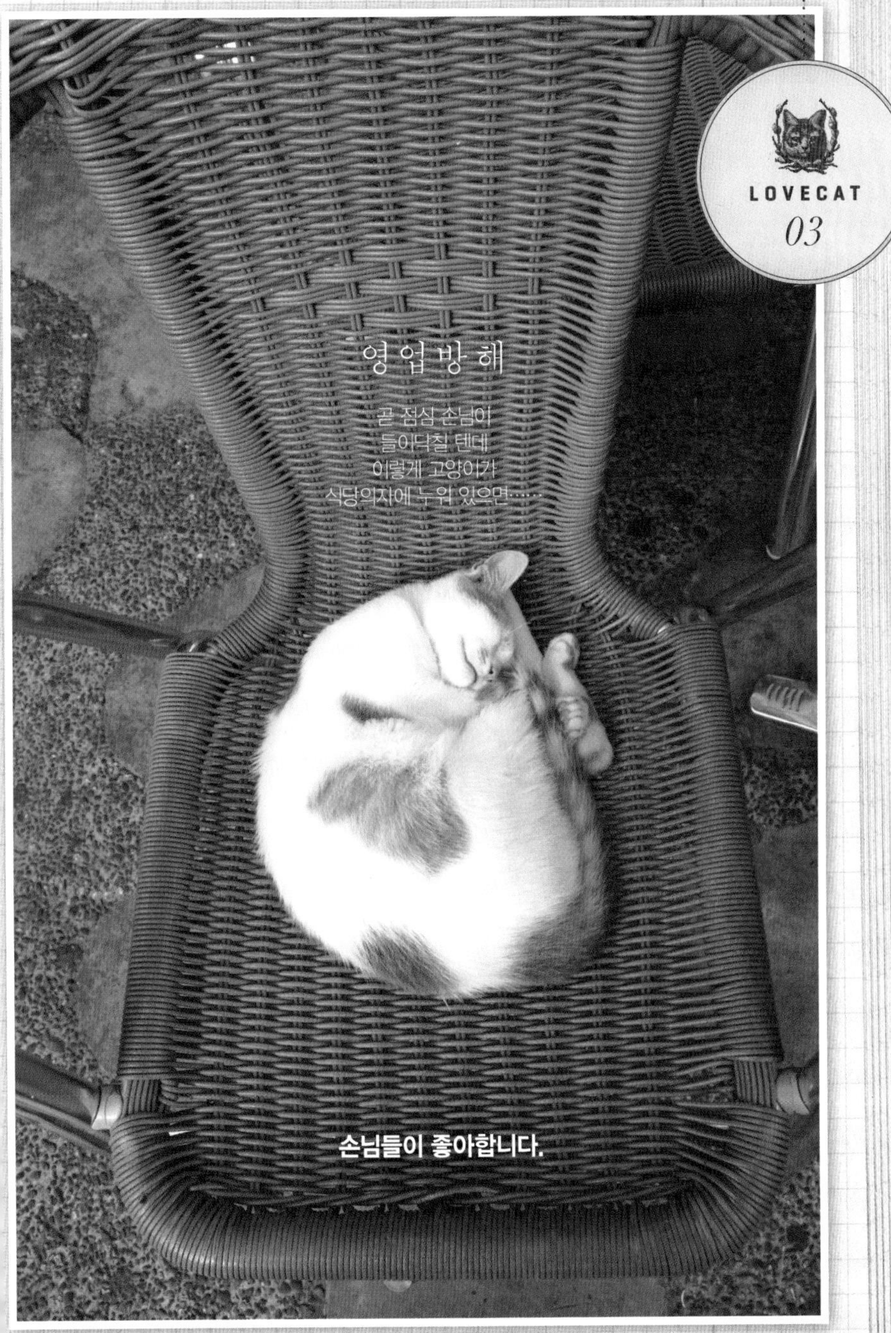
LOVECAT
03
영업방해
곧 점심 손님이
들이닥칠 텐데
이렇게 고양이가
식당의자에 누워 있으면……
손님들이 좋아합니다.

LOVECAT
04

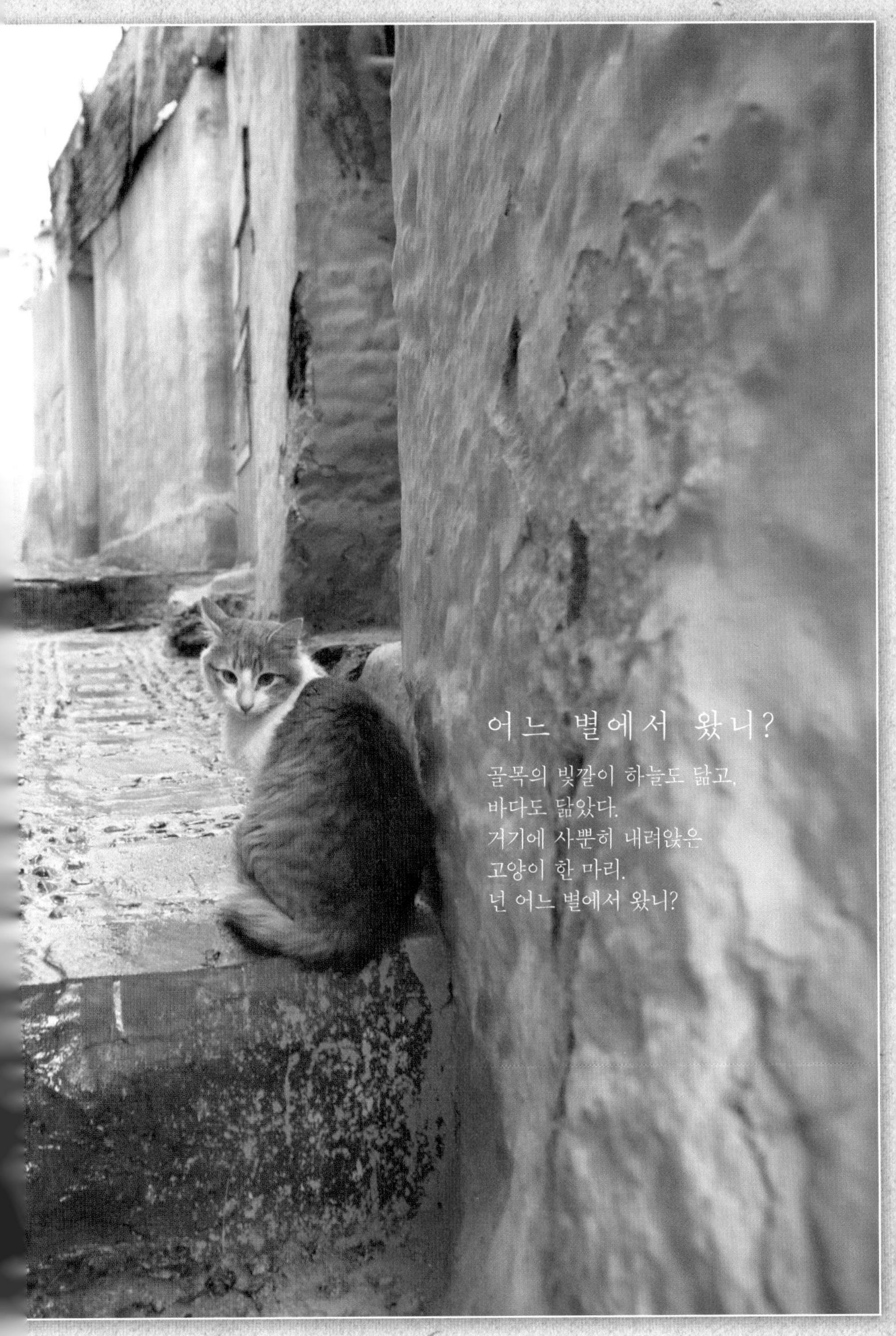

어느 별에서 왔니?

골목의 빛깔이 하늘도 닮고,
바다도 닮았다.
거기에 사뿐히 내려앉은
고양이 한 마리.
넌 어느 별에서 왔니?

LOVECAT
05

고양이가 좋은 사람들

고양이가 좋아서 고양이와 어울린 사람들.
언제 어디서나 흔하게 만나는 풍경이다.

여행하고 사랑하고 고양이하라

터키 이스탄불

사랑하고 노래하고 고양이하라

어서 와!
고양이 공원은
처음이지?

유럽엔 두 곳의 고양이 천국이 있다. 그리스와 터키. 두 곳 중 한 곳을 여행한다면 어디가 좋을까. 고민 끝에 나는 터키를 택했다. 터키에서도 여행자들이 가장 많이 몰리는 이스탄불 술탄 아흐메트에 짐을 풀고 나는 꿈같은 9일의 시간을 보냈다. 사실 때와 장소를 가리지 않고 언제든 고양이를 만날 수 있는 모로코에 비해 터키는 고양이를 만날 수 있는 장소가 어느 정도 한정돼 있다. 이를테면 공원과 사원, 식당촌이나 카페 골목, 사람들이 많이 몰리는 유명 관광지나 바닷가 등이 그렇다.

특히 도심의 공원이나 사원은 가장 흔하게 고양이를 만날 수 있는 장소이다. 이스탄불에서도 가장 많은 사람들이 오가는 술탄 아흐메트 구역에는 아야소피아 광장에서 가까운 공원이 하나 있다. 이름 하여 술탄 아흐메트 공원. 이곳은 고양이 마니아들에게 고양이 공원으로도 통한다. 공원에 들어서면 입구부터 고양이들이 앉아 "어서와! 고양이 공원은 처음이지?" 하면서 사람을 위아래로 훑어보곤 한다. 손에 케밥이나 빵이 있는지 아니면 고양이를 위해 따로 먹을 것은 챙겨왔는지 한눈에 파악하는 것이다. 만일 아무것도 가져오지 않았다면 고양이는 그 순간부터 당신에게 무관심해질 것이다.

술탄 아흐메트 공원은 그야말로 고양이 공원이나 다름없다. 당신이 꿈꾸는 고양이 공원. 분수대 아래쪽에는 각자의 삶을 즐기는 10여 마리의 고양이를, 위쪽에는 먹을 것 앞에서 주로 집단행동을 벌이는 열댓 마리의 고양이를 만날 수 있다. 실제로 내가 공원을 찾은 첫날에도 이들의 집단행동을 적나라하게 볼 수 있었다. 케밥과 샐러드를 사서 공원을 찾은 두 명의 관광객은 순식간에 고양이 여덟

마리에게 포위당했다. 나중에 온 녀석들까지 열 마리의 고양이가 이들 앞에 앉아 냥냥거리기 시작하는데, 그야말로 안 줄 수가 없게 만들었다. 결국 한 여성은 포장해 온 음식의 절반가량을 고양이에게 던져 주었다. 그건 거의 강탈이나 다름없었다.

하지만 그 여성은 오히려 기분이 좋은 듯, 같이 온 남성에게 기념사진을 찍어 달라고 부탁까지 했다. 공원의 고양이들과 기념사진을 찍는 사람들은 의외로 많았다. 음식을 던져 주어 고양이를 모여들게 한 다음 그 옆에서 기념사진을 찍는가 하면, 잔디밭에서 잠든 고양이와 몰래 인증샷을 찍는 사람들도 있었다. 먹이를 나눠 주던 커플이 떠나자 고양이들은 다른 벤치에 앉은 다른 커플 앞으로 달려갔다. 역시 공원에 나와 점심을 먹는 커플이었다. 하지만 이들은 고양이들이 몰려드는 게 썩 달갑지 않은지 당황한 기색으로 자리를 떴다.

여행자들 중에는 순전히 고양이를 보러 이곳에 오는 사람들도 적지 않다. 이미 이스탄불을 다녀간 한국인들 중에도 상당수가 고양이 여행 장소로 술탄 아흐메트 공원을 첫손에 꼽곤 한다. 이스탄불에 머무는 동안 나는 네 번에 걸쳐 이 공원을 찾았다. 갈 때마다 공원의 고양이들은 아무 곳에나 널브러져 낮잠을 자거나 장난을 치고 있었다. 옆에 사람들이 있거나 없거나 신경 쓰지도 않을 뿐더러, 있다고 더 조심스럽게 행동하지도 않았다. 몇몇 고양이들은 스스럼없이 사람에게 다가와 부비부비를 하고 무릎냥이가 되어 주었다. 용감한 고양이들은 처음 보는 여행자들의 가슴에 스스럼없이 안겼다. 아무렇지 않게 여행자와 하이파이브를 시도하는 고양이도 있었다.

한밤중의 공원도 들러 볼 만하다. 밤중에도 이곳의 고양이들은 공원을 떠나지 않는다. 밤 늦은 시각 가로등 아래서 고양이들에게 케밥을 나눠 주는 캣대디도 볼 수 있다. 이른 아침 공원에선 가슴이 뭉클해지는 풍경을 더러 만날 수 있다. 갈 곳이 없는 노숙자가 공원 벤치에서 쪼그리고 잠을 자는 동안, 그 옆 벤치에서는 노숙묘가 신문지를 깔고 밤을 새웠다. 아예 노숙자의 발치에서 밤을 지새우는 노숙묘도 있었다.

술탄 아흐메트 공원에서 만난, 이스탄불에 거주한다는 일본인은 정신없이 고양이와 놀고 있는 나에게 말을 걸더니 다짜고짜 나에게 오사카 출신이냐고(이거 일본에서 촌스럽다는 의미인가. 뭐지?) 물었다. 내가 한국에서 왔다고 하자 그는 믿을 수 없다는 듯 한국인도 고양이를 좋아하느냐고 물어왔다. 그의 말인즉슨 한국인은 고양이를 싫어하는 사람들 아니냐는 거였다. 이것이 그만의 생각일 뿐, 국제적인 한국인의 이미지는 아닐 것이다. 하지만 괜히 기분이 나빠지는 건 어쩔 수가 없었다. 그는 자신의 집에도 고양이가 두 마리 있고, 정식으로 나를 초대하겠다고 말했지만 나는 거절했다. 이 공원뿐 아니라 저 아래 광장에서도 얼마든지 고양이를 만날 수 있는데, 굳이 집안에 갇힌 고양이를 이스탄불까지 와서 만날 필요는 없어 보였다.

고양이와 하이파이브.
고양이의 낙원 이스탄불에서도
첫손에 꼽는 고양이 여행지라면
단연 술탄 아흐메트 공원이다.

술탄 아흐메트 공원 입구에서
때를 기다리는 고양이들.
이들이 주로 노리는 타깃은 음식물을
손에 든 사람들이다.

아야소피아
광장의

고양이들

이스탄불을 상징하는 두 개의 건물이 있다. 아야소피아(Ayasofya) 박물관과 블루 모스크(Blue Mosque). 920년 가까운 세월 동안 성당이었다가 480여 년간 사원 노릇을 하기도 했던 아야소피아 박물관은 우리에게 비잔틴 양식의 가장 위대한 건축물로도 알려져 있다. 아야소피아 박물관 맞은편에 위치한 블루 모스크는 '술탄 아흐메트 1세 사원'이라고도 불리며, 터키에서 가장 아름다운 사원 중 하나로 손꼽히는 곳이다. 블루 모스크 앞 광장에는 비잔틴 시대 전차 경주를 벌이던 경기장, 일명 히포드롬이 남아 있다. 과거 오스만 제국의 술탄이 거주하던 토프카프 궁전도 아야소피아 동쪽에 멋진 정원과 함께 펼쳐져 있다.

이스탄불의 심장부, 술탄 아흐메트에서도 절정이라 할 만한 곳이 바로 아야소피아 박물관을 중심으로 한 블루 모스크, 토프카프 궁전, 귈하네 공원이 몰려 있는 아야소피아 광장 주변이다. 이스탄불 최고의 관광명소이다 보니 이곳에는 관광객을 상대로 장사를 하는 1인 영업자들이 많다. 팽이를 파는 소년이며 석류 주스를 파는 아저씨도 있고, 관광 안내책자를 파는 청년에 아이스크림을 파는 노인까지. 그런데 이 사람 많은 관광 명소 한복판에 고양이도 한몫 끼어서 영업을 한다.

관광객을 상대로 발라당과 부비부비를 제공하고 먹이를 얻어먹는 고양이들. 때때로 관광객의 무릎을 소파로 사용하는 고양이들. 이 녀석들은 인근의 술탄 아흐메트 고양이들과는 삶의 방식이 약간 다르다. 공원에 있는 고양이들이 상주하며 공원 손님을 상대로 영업을 한다면, 이곳의 고양이들은 상당히 넓은 광장을 무대로 이리저리 돌아다니며 호객을 한다. 제발라당을 보세요, 보고도 그냥 지나치는 만행은 하지 마세요, 하면서. 특히 아야소피아 박물관 앞에서 지극히 자연스러운 태도로 아무에게나 접근해 '삥을 뜯던' 노랑이 한 마리를 잊을 수 없다. 녀석은 사진을 찍던 나에게까지 다가와 무릎을 파고들었지만 아무것도 나오는 것이 없자 쌩하고 돌아서 다른 사람에게로 갔다.

노랑이는 한낮의 영업은 힘들다며 수시로 광장 벤치에 누워 잠을 잤는데, 이 시끄럽고 복잡한 광장에서 이토록 편안하게 낮잠을 자는 고양이도 처음 본다. 고등어 점박이 한 마리는 광장의 관광 상품 판매소를 무대로 활동했다. 녀석은 장사가 안 된다며 계속 하품이나 하다가 급기야 졸기 시작했는데, 보기에도 무척이나 심심해 보였다. 블루 모스크 앞에는 제법 베테랑이지 싶은 회색 고양이가 한 마리 있었다. 녀석은 아야소피아 앞의 노랑이보다는 영업에 좀 더 여유가 있어 보였다. 아무한테나 가서 부비고 누가 와서 만지든 개의치 않는 점은 별로 다르지 않았지만, 대부분의 시간은 커다란 벤치 하나를 다 차지하고 눕거나 앉아 있었다.

그런가 하면 아예 블루 모스크로 들어가 용감하게 돌아다니는 고양이도 있다. 사원에서 만난 점박이 무늬가 있는 흰둥이 녀석은 끊임없이 들어오는 구경꾼들 사이를 요리조리 피해 다니며 바쁜 시간을 보내고 있었다. 바쁜 것 치고 소득은 별로 없어 보였다. 저녁 무렵 블루 모스크 바깥에서 우연히 할머니 캣맘을 만났다. 할머니는 어깨에 맨 검은 가방 속에서 우유 한 통을 꺼내 담장 위의 삼색이에게 부어 주었다. 할머니의 손길은 몹시 익숙해 보였고, 삼색이가 우유를 다 먹을 때까지 기다렸다가 물까지 갈아 주고는 자리를 떴다. 사실 모로코에서도 터키에서도 캣대디에 비해 캣맘을 만나기가 어려웠다. 이슬람 국가이다 보니 아무래도 고양이 밥 주는 역할도 주로 캣대디가 하는 모양이었다.

블루 모스크 앞에서 영업을 하는 회색 고양이.
별로 영업할 의지가 없는 고양이였고,
그것이 오히려 녀석의 영업 전략이었다.

아야소피아와 블루 모스크의 중간쯤에 영역을 정한 고양이도 있었다. 제법 덩치가 큰 고등어 무늬의 녀석은 아야소피아와 블루 모스크를 오가는 길목에서 영업 전략이랄 것도 없이 무턱대고 발라당만 해대는 참이었다. 오며가며 사람들은 녀석을 만지고 지나갔지만, 먹을 게 생기지는 않았다. 사실 나는 이 녀석이 지난 오전에 한 일을 알고 있다. 오전에 이 녀석을 광장의 케밥집에서 잠깐 만난 적이 있는데, 식당 주인은 점심 장사 준비를 위해 청소를 하고 있었다. 주인이 잠시 청소에 정신이 팔린 사이 녀석은 케밥이 꽂혀 있는 싱크대 위로 풀쩍 뛰어올랐다. 그 뒤로 녀석이 어떻게 했는지는 그저 상상에 맡기겠다. 순식간에 벌어진 일이어서 나도 내 눈을 의심했다. 녀석은 넉살 좋게 입맛을 다시며 바닥으로 내려와 식당 주인에게 아는 척까지 하는 거였다. 식당 주인은 무슨 낌새를 느꼈는지 케밥 있는 곳으로 가더니 군말 없이 고양이가 뜯어먹은 부분을 칼로 잘라 고양이에게 던져 주었다. 거기서 나는 생각했다. '이 사람들은 정말로 고양이와 함께 살고 있구나.'

저녁에도 아야소피아 광장은 많은 사람들로 붐빈다. 이곳의 야경 또한 한낮에 보는 풍경 이상으로 색다른 모습이기 때문이다. 한낮에 아야소피아 앞에서 영업을 하던 노랑이 녀석은 보이지 않았다. 대신에 밤중에는 고등어 녀석이 그 자리를 꿰어 찼다. 하지만 내가 보건대 이 녀석은 애당초 영업을 할 마음이 없었다. 그저 벤치 아래서 기다렸다가 사람이 벤치에 앉기라도 하면 어김없이 그 사람의 무릎 위로 올라가 골골거렸다. 아무래도 이 녀석은 밥보다는 따뜻한 손길과 사랑이 필요했던 모양이다.

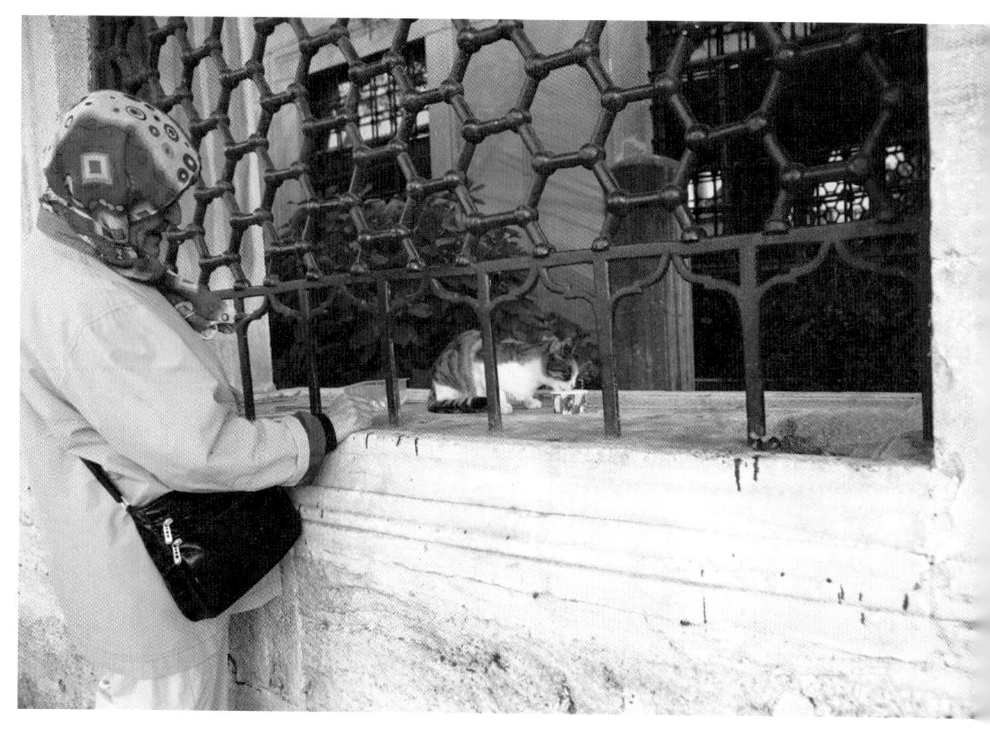

아야소피아 동쪽의 전망 좋은 곳에 자리한 토프카프 궁전에서도 고양이 여러 마리를 만날 수 있다. 나는 토프카프 궁전 입구부터 행운을 상징하는 흰 고양이를 만났고 관광객들 사이에선 고등어와 삼색이를 차례로 만났다. 고양이는 토프카프 궁전을 찾은 어린이 관광객들에게도 인기였다. 특히 벤치 옆에 앉아 있던 고등어 녀석은 여러 명의 아이들이 차례로 다가와 쓰다듬고 갔다. 녀석은 이런 인기가 당연하다는 듯 아이들의 손맛을 즐겼다.

블루 모스크 광장에서 고양이에게 우유를 먹이며 흐뭇해하는 캣맘의 표정(옆 페이지 왼쪽).
아이들에게 인기를 독차지하고 있는 토프카프 궁전의 고등어 녀석(왼쪽).
아야소피아 앞에서 고양이를 찍던 한 사진가는 잠시 고양이를 안아보려다
그만 한참동안이나 무릎을 내어주는 신세가 되고 말았다(오른쪽).

사랑하고 노래하고 고양이하라

사랑하고 노래하고 고양이하라. 이곳에서만이라도 고양이를 누려라. 여기서는 그 누구도 고양이에게 먹을 것을 준다고 타박하는 사람이 없다. 먹을 것을 주면 고양이 꼬인다고 욕설을 퍼붓는 사람도 없다. 당연하게도 사람들이 먹을 것을 주니 고양이들은 쓰레기통을 뒤지지 않는다. 이스탄불에서는 고양이에게 해코지를 하는 사람을 보지 못했다. 학대가 없으니 고양이들은 사람들에게 상냥하고 애교를 부린다. 사람들은 어디서나 고양이를 쓰다듬고 껴안고 장난을 친다.

그러니 이곳에서는 맘 놓고 길거리에서 고양이를 사랑해도 된다. 고양이를 사랑할 자유가 있는 곳. 이스탄불에서 고양이를 만나면 어김없이 들려오는 소리가 있다. "습습습 스읍~" 이건 마치 고양이를 부르는 노래 소리와도 같았다. 한국에서는 고양이를 부를 때 혀를 입천장에 대고 "쯔쯧쯔쯔쯔~" 하고 불렀지만, 모로코와 터키에서는 다들 "습습습 스읍~" 하고 고양이를 불렀다. 그 모습을 보다 보니 어느덧 나도 이곳에서 고양이를 부를 때 그들의 방식을 따라하게 되었다. 놀랍게도 이곳의 고양이들에게는 그 방식이 옳았다.

사랑하고 노래하고 고양이하라. 이스탄불에는 순전히 고양이를 보기 위해 여행을 오는 '고양이 여행자'들도 있다. 딱히 고양이를 목적으로 한 여행이 아닐지라도 오고 난 뒤 고양이에 빠져 자발적으로 고양이 산책자가 되는 이들도 있다. 어느 쪽이든 행복하고 아름다운 일이다. 그리스와 더불어 유럽 최고의 고양이 천국으로 불리는 터키에서, 그것도 이스탄불에서 고양이 여행을 한다는 건 말하자면 '고양이의 천국'이 바로 이런 곳이구나, 그렇게 체험하고 실감할 수 있는 여행이다.

원했든 원하지 않았든 이스탄불에서는 고양이가 훌륭한 관광 상품 노릇을 하고 있다. 나는 술탄 아흐메트의 주요 관광 명소에서 고양이를 보며 행복해하고, 고양이를 누리고, 고양이를 사랑하고, 고양이를 노래하는 많은 사람들을 만났다. 나 또한 고양이를 받아 적고, 고양이와 함께 터키의 멋진 시간을 거닐었다. 이스탄불을 여행하며 가장 인상 깊었던 장면은 이것이다. 아야소피아 인근의 카페 골목을 지날 때였다. 식당 테라스에서 어미 고양이가 아기 고양이 세 마리에게

젖을 먹이고 있었다. 그 모습을 보고 카페 골목을 지나던 사람들이 하나 둘 모여들어 디지털 카메라와 휴대폰 카메라로 사진을 찍기 시작했다.

서너 명 정도였던 촬영자들은 순식간에 예닐곱 명으로 늘어났다. 어미 고양이는 잠시 젖 먹이는 것을 중단했고, 아기 고양이들은 저마다 사랑스러운 포즈를 취했다. 고양이는 기꺼이 촬영에 협조했고, 사람들은 웃음기 가득한 얼굴로 녀석들을 카메라에 담았다. 혼자 보기 아까운 장면이었다. 한 떼의 촬영팀이 물러나자 한 여성은 테라스에 앉아 아기 고양이들을 품에 안았다. 다행히도 아기 고양이들은 그 여성의 품에 한참이나 안겨 있었다. 어미 고양이는 옆에서 그저 묵묵히 지켜만 보았다. 이 카페 골목의 기념품 가게에서는 기묘한 풍경이 펼쳐졌다. 기념품이 담긴 바구니 안에 턱시도 한 마리가 들어가 잠을 자고 있는 거였다.

내가 가까이 다가가 사진을 몇 컷 찍어대자 가게 주인이 나와서는 오히려 조용히 하라며, 촬영하면 고양이가 깬다고 주의를 줬다. 이런 가게 주인을 봤나! 한국에서는 상상조차 못할 일들이 이곳에서는 일상적인 풍경일 따름이었다. 이튿날 식당 맞은편 카페에서 만난 두 소녀는 어제 사람들을 모이게 만들었던 아기 고양이를 한 마리씩 무릎에 앉힌 채 차를 마시고 있었다. 카페에는 아기 고양이와 어미 고양이 말고도 이제 막 아기 고양이 티를 벗은 고등어 녀석도 떡하니 한 자리를 차지하고 앉아 손님을 기다렸다.

카페골목에서 길을 건너면 한국인이 많이 묵는 동양호텔이 있는데, 이 동양호텔 골목에서도 언제나 대여섯 마리의 고양이를 만날 수 있다. 특이하게 이곳의 고양이들은 캣대디가 세 명이나 되었다. 나이가 일흔은 되어 보이는 노인은 주로 식당에서 남은 음식을 가져와 나눠 주었고, 가장 젊은 청년은 이곳 고양이들에게 양탄자를 제공하였다. 물론 이 양탄자는 전시용이지만, 고양이가 스크래쳐로 사용해도 무방했다. 고양이들이 담장에 걸쳐 놓은 양탄자 위에서 자고, 스스럼없이 스크래쳐로 사용하는데도 젊은 청년은 괘념치 않았다. 밖에 내놓은 양탄자는 어차피 전시용이고, 판매용은 실내에 얼마든지 있기 때문이다. 무엇보다 이 청년은 손님들이 고양이를 구경하러 와서 양탄자까지 구경하니 일석이조라고 생각하고 있었다.

제이넵 술탄 사원의 성직자 캣대디.
이곳의 고양이들은 동양호텔 골목에서 또 다른
캣대디들에게 음식을 얻어먹곤 한다.

하지만 이곳 고양이들이 가장 믿고 의지하는 곳은 바로 옆 제이넵 술탄 사원이었다. 이곳의 물라(성직자)는 고양이들을 위해 십여 채에 이르는 박스집을 만들어 주고 물과 사료도 제공하고 있었다. 내가 사원을 찾았을 때, 사원에는 골목에 나타나지 않는 고양이도 여러 마리 거주하고 있었다. 사원의 고양이들은 노인장이 청소를 하고 있는데도 아랑곳없이 가랑이를 부비고, 빗자루 앞에서 발라당을 선보였다. 웃기는 점은 앞서 말한 세 명의 캣대디가 이곳의 고양이를 모두 자기 고양이라고 주장한다는 것이다. 모두의 고양이가 아닌 자신의 고양이라는 의미는 무엇일까. 그건 어쩌면 책임감일지도 모르겠다. 저들을 보살피고 먹여 살려야 한다는 책임감. 그런 책임감이라면 나쁘지 않다.

셰흐자데 골목의 냥아치들

로마제국 시대 수도가 놓여 있던 다리, 발렌스 수도교를 지나면 멋진 공원이 펼쳐지고, 그 한가운데 자리한 사원을 만나게 되는데, 이 사원이 셰흐자데(Schzadc) 메흐메트 사원이다. 첨탑이 아름다운 사원, 정원이 아름다운 사원으로 알려진 셰흐자데 사원. 이곳은 나에게도 특별한 사원이다. 이스탄불의 거의 모든 사원에 대체로 고양이가 있지만, 셰흐자데 사원은 거의 고양이 사원이라 부를 만큼 고양이들로 붐볐다. 특히 사원과 공원 사이로 난 골목은 이스탄불 최고의 고양이 골목이나 다름없었다.

골목에서 나는 통행세를 받는 냥아치들을 만났다. 무려 고양이 열두 마리가 내 앞길을 가로막고 냥냥대는 거였다. 아쉽게도 멍청한 사진 속에는 뒤에 있는 녀석들이 나오지 않아 앞길을 막고 선 아홉 마리만 등장하지만, 실제로는 뒤에도 고양이들이 있어 나를 아예 에워싼 형국이었다. 영락없이 냥아치에 둘러싸인 신세. 사실 오전에 쉴레이마니예 사원을 여행하고 나오는 길에 밥 먹던 식당 앞에서 아기 고양이 세 마리를 만난 적이 있다. 그때 녀석들을 주려고 살라미(얇게 썬 소시지) 한 팩을 샀지만, 세 놈이 금세 사라지는 탓에 카메라 가방에 살라미 팩이 그대로 들어 있었다. 혹시 그 살라미 냄새라도 맡았던 것일까.

저렇게 단체로 길을 막고 불량한 자세로 통행세를 받겠다는데 도리가 없었다. 나는 살라미 팩을 뜯어 공평하게(?) 한 마리에 하나씩 살라미를 나눠 주었다. 문제는 받아먹는 녀석들이 공평하게 먹지 않고 몇몇 고양이들이 독차지하는 거였다. 어떤 녀석은 거의 직립자세로 서서 나와 눈을 맞추고 이야옹거렸다. 하는 수 없이 나는 동그란 살라미를 몇 조각으로 나눠 흩뿌리듯 던져 주었다. 그제야 힘없는 녀석들까지 차례가 돌아갔다. 결국 꽤 커다란 살라미 한 팩이 순식간에 동이 났다.

뒤늦게 밝히지만, 이스탄불에서 고양이를 꼬드기려면 살라미가 진리다. 대형마트에서 사면 가격도 비싸지 않고, 무엇보다 고양이들에게 열광적인 반응을 얻을 수 있다. 하지만 살라미 한 팩을 다 풀었는데도 냥아치들은 만족한 표정이 아니었다. 내가 한 걸음 옮길 때마다 냥아치들은 아까보다 더 거칠게 앞길을 막아섰다. 겨우겨우 걸음을 옮겨 모퉁이를 돌아서는데, 공원 화단 위에도 아기 고양이 세 마리가 냥냥거리며 앉아 있었다. 때마침 비가 내렸기에 망정이지, 자칫하면 냥아치들에게 발이 묶여 오후 내내 옴짝달싹 못했을지도 모른다.

갑자기 하늘이 캄캄해지더니 고양이 골목에 소나기가 쏟아졌다. 고양이들은 혼비백산 사원으로 비를 피해 들어가고 몇몇은 공원의 큰 나무 아래로 피신을 했다. 나도 30분 넘게 공원의 부속 건물에서 비긋기를 하다 빗줄기가 잦아드는 틈을 타 사원으로 몸을 피했다. 비를 피해 들어온 사람이나 고양이나 똑같은 처지였다. 사원은 사람이나 고양이에게 공평하게 피신처를 제공했다. 최소한 이곳에선 고양이에게도 젖지 않을 권리, 상처받지 않을 권리가 있었다.

셰흐자데 골목의 왕초 냥아치.
이 녀석 한참이나 주변 고양이를
물리치고 살라미를 독점했다.

ÖZEL
GÜVENLİK

고양이를 사랑한 오리

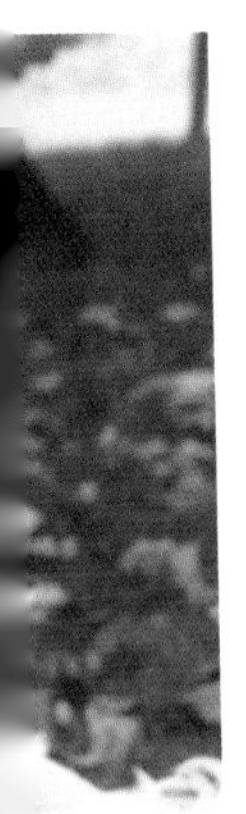

여기 고양이를 사랑하는 오리가 한 마리 있다. 고양이도 오리를 좋아하는지는 알 수 없다. 다만 확실한 것은 고양이가 가는 곳이면 어디든 오리가 따라다니는 통에 고양이는 오리가 귀찮은 듯 가까이 오면 도망가고, 옆에 오면 피해 다닌다는 것이다. 그렇다고 오리에게 하악질을 하거나 앞발을 들어 폭력을 행사하지는 않는다. 이스탄불 대학교와 이스탄불 시청 사이에 있는 랄렐리(Laleli) 사원에 갔다가 나는 이 기묘한 광경과 조우했다. 오리가 뒤뚱뒤뚱 고양이 두 마리를 죽어라 따라다니는 모습을. 〈세상에 이런 일이〉 같은 프로그램에나 나올 법한 풍경이었다.

큰 기대 없이 랄렐리 사원에 들어섰을 때, 나는 오리 한 마리가 사원 모퉁이를 돌아 뒤뚱거리며 걸어오는 것을 보았다. 제법 덩치가 큰 오리였다. 그리고 오리의 10여 미터 앞에는 삼색 고양이 한 마리가 잰걸음으로 걸어가고 있었다. 사원 앞 잔디밭 귀퉁이에는 노랑이 한 마리가 앉아 꾸벅꾸벅 졸고 있다. 아마도 삼색이는 잔디밭의 노랑이를 찾아가는 듯했다. 아니나 다를까 삼색이는 잔디밭 정원으로 들어섰고, 정원을 가로질러 곧장 노랑이에게로 향했다. 오리 또한 삼색이가 가는 길을 고스란히 따라갔다. 다만 고양이 걸음이 빨라서 오리는 저만치 뒤쳐진 채 천천히 좀 가라고 꽥꽥거렸다.

잔디밭 귀퉁이에 도착한 삼색이는 노랑이에게 뽀뽀 세례를 퍼붓고, 부비부비 서로 몸을 맞대며 좋은 시간을 보내고 있었다. 그때, 뒤늦게 도착한 오리가 숨을 몰아쉬며 고양이 사이로 파고들었다. 가만 보니 오리는 삼색이가 다른 고양이 만나는 꼴을 못 보겠다는 듯 질투에 가까운 행동을 보

였다. 심지어 노랑이가 삼색이에게 가까이 다가오자 부리로 콕콕 심술 가득한 폭력을 행사하기도 했다. 삼색이의 표정은 약간 짜증이 난 듯했고, 노랑이는 오리의 부리 공격에 잠시 하악질을 했지만 이내 평정심을 되찾았다.

삼색이와 노랑이는 오리 앞에서 내내 애정을 과시했다. 그럴 때마다 오리는 둘 사이로 끼어들었고, 둘은 자꾸 오리를 피해 다녔다. 이건 무슨 삼각관계도 아니고, 참. 종을 초월한 사랑이라니. 오리는 계속 삼색이에게 고개를 들이밀었지만, 삼색이는 신경질적으로 고개를 돌리곤 했다. 옆에서 저렇게 짜증나게 굴면 발톱을 세울 법도 하건만, 삼색이는 그저 몸을 피할 뿐이었다. 나는 잠시 목이 말라 사원 밖으로 생수를 사러 갔다 왔다. 돌아온 뒤에도 셋은 그렇게 여전히 잔디밭 정원에서 애매한 소풍을 즐기고 있었다. 고양이를 사랑한 오리. 오리를 사랑할 수 없는 고양이.

배고픈 고양이가 오리를 잡아먹는 일이 심심찮게 벌어지는 게 자연계의 먹이사슬 아니던가. 물론 어릴 때부터 같이 자란 아기 고양이와 병아리가 친구처럼 지내고, 고양이에게 젖을 먹여 키운 개가 고양이의 엄마 노릇을 하는 이야기를 들은 적은 있어도 오리와 고양이의 종을 초월한 삼각관계는 나도 처음 보는 풍경이다. 같은 시각, 사원의 부속건물 지붕에서도 또 다른 삼각관계가 포착되었다. 삼색이 한 마리를 두고 노랑이 두 마리가 서로 경쟁하듯 과감한 스킨십을 선보였다. 결국 경쟁에서 밀린 노랑이 한 마리는 지붕에서 뛰어내렸고, 나머지 두 마리는 여전히 초밀착 스킨십으로 솔로 고양이의 마음을 심란하게 했다.

멋진 고양이는 바닷가에 있어요

멋진 고양이는 바닷가에 있어요. 뭐라고요? 멋진 고양이는 바닷가에 있다고요. 블루 모스크에서 아라스타 바자르 골목을 지나 주택가로 들어섰을 때, 한 남자가 나에게 한 말이다. 그는 자기 집 앞에 고양이를 위한 사료를 두 그릇이나 내놓았고, 커다란 물그릇도 현관 앞에 마련해 둔 장본인이었다. 때마침 나는 그가 여섯 마리 고양이에게 소시지를 던져 주고 있는 모습을 사진으로 담고 있었다. 그런데 그가 그런 말을 던지고는 아래쪽 골목으로 사라졌다.

멋진 고양이는 바닷가에 있다잖아. 곧바로 나는 바닷가 쪽으로 방향을 잡았다. 그렇잖아도 바닷가를 따라 천천히 산책이나 하자고 벼르던 참이었다. 바닷가로 내려가는 주택가 골목에서 고양이를 만나는 건 흔한 일이었다. 그리고 그곳에서 푸짐하게 내놓은 고양이 사료를 보거나 그것을 먹고 있는 고양이와 조우하는 것도 어려운 일이 아니었다. 모로코에서 경험한 바 있지만, 이슬람 사회인 터키에서도 고양이 사진을 찍는 것에 무척이나 관대한 편이었다. 고양이 사진을 찍고 있으면 손가락으로 고양이 있는 곳을 가리키며 미소 짓는 현지인을 흔하게 볼 수 있다.

확실히 터키 사람들은 고양이를 좋아하는 사람을 좋아한다. 예언자 모하메드가 고양이를 사랑했으므로 신앙이 깊은 이슬람 사회의 사람들은 고양이를 좋아하는 일과 신앙심이 다르지 않다고 말한다. 따라서 그들의 관념으로는 고양이에게 먹이를 주고 보살피는 것이 신앙에 따른 자선인 셈이다. 그 신앙은 이제 일상이 되었다. 만일 터키 여행을 계획하고 있는 여행자가 있다면 나는 이 말을 해 주고 싶다. "고양이를 좋아한다면 사람들도 당신을 좋아할 것이다. 그럼 당신의 여행

도 훨씬 수월해질 것이다."

주택가 골목을 돌고 돌아 굴다리를 지나자 곧바로 마르마라해의 푸른 물결이 눈앞에 펼쳐졌다. 오전부터 많은 사람들이 바닷가에 나와 있었는데, 상당수는 낚시꾼들이었다. 거의 2km에 걸쳐 3~40미터 간격으로 낚시꾼들이 방파석을 점령한 상태였다. 그리고 낚시꾼들 곁에는 어김없이 고양이가 있었다. 낚시꾼이 잡아 올린 자잘한 잡고기는 모두 고양이 차지였다. 고양이는 물고기를 얻고, 낚시꾼은 고양이로 인해 무료함을 달랠 수 있으니 바닷가에서 이보다 더 좋은 관계도 없다. 바닷가에서 처음 만난 낚시꾼은 낚싯대는 저만치 팽개쳐 두고 고양이를 쓰다듬고 있었는데, 정작 낚시하는 것 보다 고양이와 노는 시간이 더 많았다.

좀 더 위쪽으로 올라가 만난 아기 고양이 가족은 아예 방파석 아래를 은신처로 삼은 듯했다. 아기 고양이들은 은신처에서 놀다가 이따금 방파석 위로 올라와 해바라기를 했다. 낚시꾼들이 일정한 거리를 두고 낚싯대를 드리우는 것처럼 고양이가 머무는 장소도 일정한 거리가 있었다. 이곳을 아예 영역으로 삼은 고양이도 있었지만, 낚시꾼을 따라 먹이 원정을 온 고양이도 많았다. 때로는 왜 바닷가에 나와 앉아 있는지 알 수 없는 고양이도 있었다. 낚시꾼도 없는 방파석 위에 앉아서 꾸벅꾸벅 졸다가 깬 삼색이와 고등어도 그런 녀석들이다. 그냥 바닷바람을 쐬며 앉아 있는 것만으로도 괜찮다는 저 무심한 표정이라니!

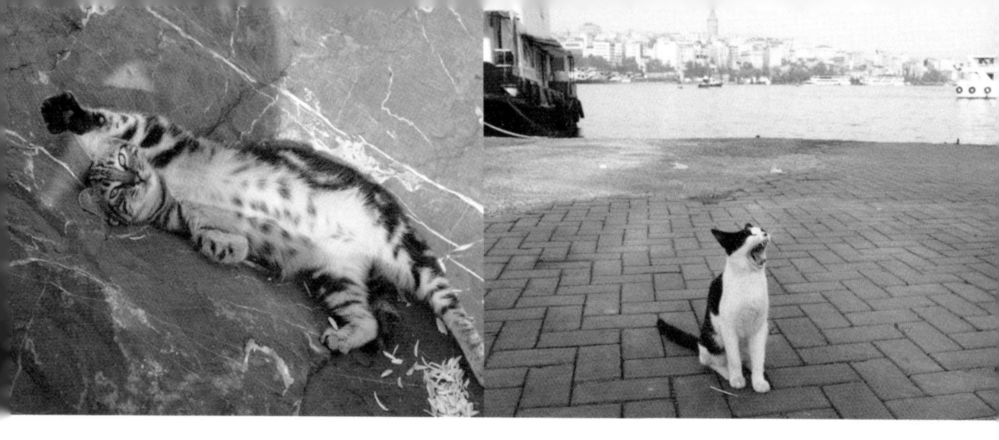

나를 보자마자 방파석에 요란하게 몸을 부딪치며 발라당을 하는 고양이도 있었다. 녀석은 나를 낚시꾼으로 여겼는지 가까이 다가가자 '여기 좋은 자리가 있다'며 자리 안내까지 해 주었다. 녀석은 내가 사진만 찍고 가는 것에 무척이나 배신감을 느낀 모양이었다. 먼 산을 보며 몇 번이나 한숨을 쉬는 것도 같았다. 상체를 탈의한 젊은 낚시꾼을 선택한 고양이(고등어)도 있었다. 녀석은 천막 위에 올라앉아 부끄러운 듯 고개를 돌렸고, 낚시꾼은 아무렇지 않게 다가와 스윽 슥 목덜미를 쓰다듬고는 제자리로 돌아갔다. 세 명이 올망졸망 모인 낚시꾼들 사이에서 무료하게 하품을 하는 고양이(역시 고등어)도 있었다. 낚시꾼은 많았지만 정작 실속은 없는 듯, 짜증이 치솟기 일보 직전 같았다.

그러고 보니 2km에 이르는 바닷가를 거닐며 만난 열댓 마리 고양이 중에 네 마리를 제외한 모든 고양이가 고등어였다. 바닷가 고양이로 고등어는 더없이 어울려 보였지만, 낚시꾼들이 주로 잡는 물고기도 고등어라는 사실은 좀 아이러니다. 사실 에미뇌뉘 선착장 인근에는 고등어 케밥을 파는 노점이 꽤 많은 편이다. 낚시꾼들이 잡은 고등어 중 일부는 이곳의 노점에 넘겨지는 것이다. 구시가와 신시가를 연결하는 갈라타 다리 위에 즐비하게 늘어선 고등어 낚시꾼들도 상당수 그것을 염두에 두고 있다. 생각보다 고등어 케밥이 맛있으니 바닷가를 산책하다 출출해지면 고등어 굽는 노점에 한번 들러 보자. 나쁘지 않은 경험이 될 것이다.

에미뇌뉘 선착장의 선택받은 고양이들

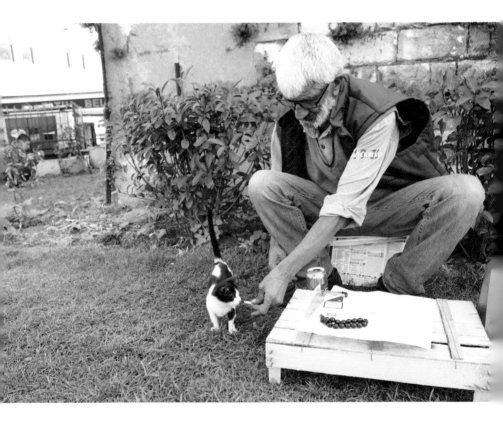

흔히 이스탄불(Istanbul)은 동양과 서양이 만나는 도시로 불린다. 이스탄불은 로마와 비잔틴, 오스만 제국이 차례로 지배했던 도시로, 오스만 시대의 번영과 함께 화려한 이슬람 도시로 성장하였다. 이스탄불은 크게 구시가, 신시가, 아시아권으로 나뉘는데, 이 세 곳을 가장 빠르게 연결해 주는 곳이 바로 보스포루스 해협을 끼고 자리한 에미뇌뉘(Eminonu) 선착장이다. 실제로 차를 이용해 아시아 구역(위스퀴다르)으로 가자면 1시간이 넘게 걸리지만, 에미뇌뉘 선착장에서 페리를 타면 15~20분 만에 아시아 구역으로 갈 수 있다. 요금도 3리라(1,500원) 정도로 저렴한 편이다.

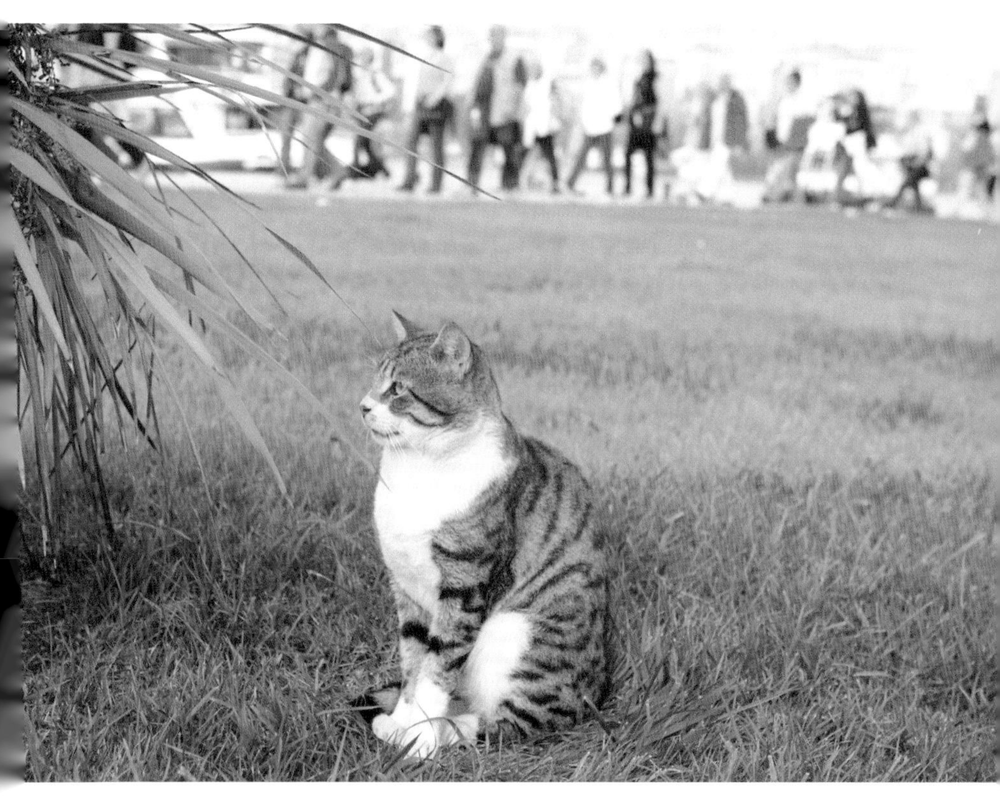

에미뇌뉘 선착장을 따라 길게 광장이 이어져 있고, 보스포루스행(行) 대합실 앞에는 그리 넓지 않은 잔디밭 공원도 펼쳐져 있다. 이곳 대합실 주변과 공원에는 고양이들도 상당히 많은 편이다. 술탄 아흐메트 공원과 더불어 이스탄불에서 고양이 밀도가 가장 높은 장소 중 한 곳이다. 위스퀴다르행 대합실을 지날 때였다. 대합실 앞에 얼룩이와 노랑이가 앉아 있었는데, 나를 보자마자 얼룩이 녀석은 한걸음에 달려와 냥냥거리며 나와 눈을 맞췄다. 그러곤 단순히 눈을 맞추는 것에 그치지 않고 내 바짓가랑이를 잡더니 끝내 허벅지에 발을 올리고 카메라 가방을 기웃거렸다.

반면 저쪽의 노랑이 녀석은 시큰둥하게 앉아서 이따금 이쪽의 동정을 살폈다. 때마침 호텔 조식 때 크림치즈 두 조각을 챙겨 놓은 터여서 한 조각은 얼룩이에게, 다른 한 조각은 노랑이에게 건넸다. 크림치즈 한 조각을 순식간에 먹어치운 얼룩이 녀석, 이번에는 가족여행을 온 소녀의 뒤를 졸졸졸 따라다녔다. 정말 적극적이고 못 말리는 녀석이었다. 좀 더 아래쪽 하렘 행 대합실에도 흰둥이와 고등어가 실내까지 들어와 있었지만, 두 녀석의 대인관계는 아까 만난 얼룩이에 비하면 소심하기 짝이 없었다. 두 녀석은 그저 벤치 아래에서 고개만 내밀고 냥냥거릴 뿐이었다.

보스포루스행 대합실 앞 공원에서 만난 고양이는 상당수가 아기 고양이들이었다. 아마 두세 가족 정도가 함께 지내는 것으로 보이는데, 눈에 띄는 아기 고양이만 해도 열 마리가 넘었다. 모두 3개월도 안 되어 보이는 고만고만한 고양이들이었다. 녀석들은 선착장 앞 공원의 일부를 완전히 장악, 놀이터로 삼았다. 좀 더 정확하게 말하자면 누군가가 이곳을 고양이 놀이터로 만들어 주었다. 그 이름 모를 사람은 아기 고양이들이 장난을 치고 은신처로 삼아도 좋을 공간을 만들어 주었는데, 타이어를 이용한 아이디어가 돋보였다. 타이어를 반으로 잘라 그 속을 은신처로 만든 다음, 두 개의 구멍까지 뚫어서 고양이가 고개를 내밀 수 있도록 했다.

타이어 은신처 옆에 마련된 3층으로 된 연립주택도 꽤 괜찮았다. 생선 궤짝을 사용한 것으로 보이는데, 네 귀에 나무기둥을 좀 더 높여 3층으로 나무상자를 이어 붙이니 영락없는 공동주택으로 보였다. 실제로 아기 고양이들은 이곳에 층층이 한 마리씩 들어가 장난을 치기도 했다. 건물에 비스듬히 기대어 놓은 사다리도 고양이들에겐 무척이나 흥미로운 캣타워 노릇을 했다. 아기 고양이들에겐 눈에 보이는 모든 것이 장난감이고, 모든 장소가 놀이터나 다름없다. 잔디밭 한가운데 나무 한 그루만 있어도 녀석들은 충분히 재미있게 논다. 무엇보다 이곳의 고양이들이 저렇게 마음 놓고 뛰어다니고, 놀고, 무리지어 장난을 칠 수 있는 것은 그들을 염려해 주고 보살펴 주는 사람들 덕분이다.

에미뇌뉘 선착장의 잔디밭 공원은
이스탄불에서도 고양이 밀도가 꽤 높은 편이다.
특히 아기 고양이들에게 이곳은 은신처이자
놀이터이고, 급식소 노릇을 한다.

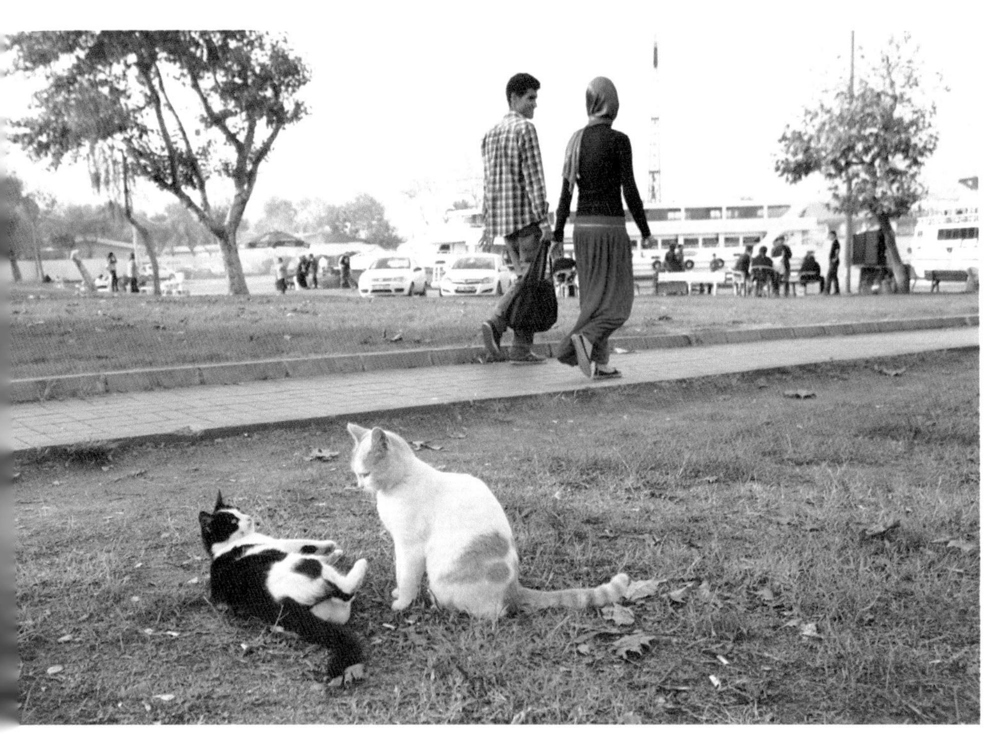

약 3시간가량 선착장 앞 공원에 머물며 만난 캣대디만 해도 두 명이나 된다. 아예 공원에 자리를 깔고 눌러앉은 노인도 있었다. 그는 생선 궤짝을 평상처럼 잔디밭에 펼쳐 놓고 치즈를 안주 삼아 맥주를 마시고 있었는데, 안주용 치즈의 대부분은 고양이들 차지였다. 노인은 수시로 아기 고양이들 은신처로 가서 치즈를 나눠 주었고, 찾아오는 녀석들도 일일이 챙겼다. 몇몇 아기 고양이는 잘 놀다가도 이따금 노인을 찾아와 애교를 부리곤 했다. 또 한 명의 캣대디는 청년이었다. 그는 사료와 우유를 들고 와서 아기 고양이를 먹이고, 한참이나 공원에 머물다 갔다.

그는 인근 공원을 떠도는 성묘들에게도 우유를 나눠 주었다. 인근 공원과 선착장에도 10여 마리의 성묘가 있었다. 관광객 앞을 기웃거리는 노랑이, 사람들을 피해 잔디밭으로 올라온 고등어, 선착장에 나가 오지게 하품을 하는 턱시도, 버스 터미널 가는 길목에 앉아 구걸을 하는 카오스, 기다란 크림색 털을 휘날리는 터키쉬 고양이도 눈에 띄었다. 공원의 성묘 중 내 눈길을 사로잡은 녀석은 장난기 가득한 크림색 고양이였다. 녀석은 내 앞에서 한참이나 발라당을 하더니 잔뜩 입을 벌려 기묘한 표정을 지어 대기도 했다. 이유 없이 나무를 긁는가 하면 근처에 있던 턱시도 녀석에게 공연히 싸움을 걸기도 했다(보기 좋게 녀석은 턱시도에게 뺨을 얻어맞았다).

거의 3시간에 걸쳐 고양이 사진을 찍는 동안 잔디밭에 눌러앉은 노인은 여전히 그곳에 앉아 노래를 흥얼거렸다. 지나가는 나를 보고는 마시던 맥주를 권하기도 했지만, 나는 정중하게 사양했다. 위스퀴다르로 가는 배 시간이 다 됐기 때문이다. 여기까지 왔으니 아시아 구역도 한번쯤 돌아보는 게 좋을 듯싶었다.

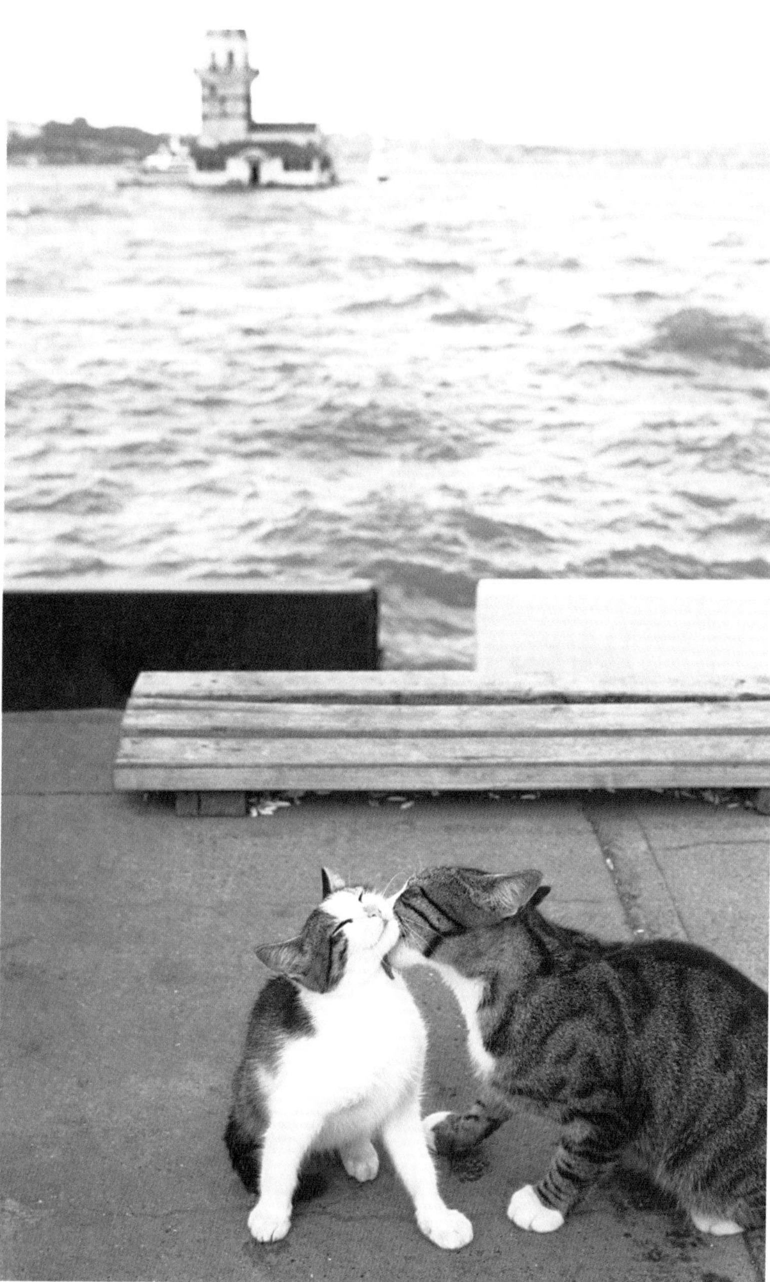

바다 건너 아시아 고양이

에미뇌뉘 선착장에서 위스퀴다르행 여객선에 오른다. 이곳에서 위스퀴다르 선착장까지는 겨우 20분 남짓. 배편이 자주 있어서 그런지 아니면 여행 비수기라서 그런지 승객은 별로 없다. 해협을 건너면 곧바로 아시아 구역이다. 위스퀴다르는 아시아 구역의 중심지로 구시가와 신시가를 오가는 길목에 자리해 있다. 아시아 구역에는 베일레르베이 궁전을 비롯해 참르자 언덕, 하이다르파샤 역, 처녀의 탑 등을 볼 수 있는데, 그중 관심이 집중되는 곳은 아무래도 처녀의 탑이다.

크즈 쿨레시(Kiz kulesi)라 불리는 처녀의 탑에는 이런 이야기도 전해져 온다. 어느 날 주술사가 비잔틴 왕에게 예언하기를, 딸이 16세가 되기 전에 뱀에게 물려 죽을 것이라고 했다. 왕은 바다 위에 요새를 짓고 그곳으로 딸을 보내 안전을 도모했다. 시간이 흘러 딸이 16세가 되었을 때 왕은 생일을 축하한다며 과일 바구니를 보냈는데, 하필 바구니에 숨어 있던 뱀이 그녀를 물어 죽였다고 한다. 위스퀴다르 선착장에서 남쪽 해안을 따라 내려가다 보면 처녀의 탑에서 가까운 전망 좋은 카페들을 차례로 만날 수 있는데, 모두 탑을 바라보며 커피를 마실 수 있도록 바닷가 자리가 마련되어 있다.

만일 이곳에 가려는 여행자가 있다면 나는 맨 아래쪽 카페를 추천하고 싶다. 젊은 캣대디가 운영하는 카페다. 내가 갔을 때도 사장과 종업원은 주문받을 생각도 없이 두 마리 고양이(어미 고양이와 아기 고양이)와 노느라 정신이 없었다. 나 또한 한동안 주문할 생각은 잊고 그 모습을 카메라에 담느라 정신이 없었다. 이 카페는 해안에서 보이는 처녀의 탑 전망도 가장 좋은 곳이다. 처녀의 탑과 바다를 배경으로 고양이를 쓰다듬거나 물끄러미 서로 바라보는 장면은 그야말로

위스퀴다르 처녀의 탑을 앞에 두고 자리한
해변 카페에서 고양이를 만났다.
카페 주인은 손님이 온 줄도 모르고
고양이와 놀고 있었다.

그림과 같았다. 살라미 한 팩을 가져와 장난을 치며 하나씩 나눠주는 장면도 그저 흐뭇했다. 역시 여기서도 살라미가 진리.

결국 청년은 살라미 한 팩으로 실컷 장난을 치며 나눠 주고서야 카페로 돌아왔다. 뭐 카페라고 해 봐야 두어 평도 안 되는 담배 가게 수준이지만, 바닷가 자리는 수십 명이 한꺼번에 가도 문제가 없었다. 고양이 두 마리가 처녀의 탑을 보며 앉아 있는 낭만적인 카페. 바닷가 계단에 앉아 멋진 고양이를 구경하며 커피를 마시는 기분. 무엇보다 이곳은 구시가처럼 관광지가 아니어서 조용함과 여유, 낭만을 만끽할 수 있는 곳이었다. 나는 고양이가 있는 카페에서 바쁠 것도 없이 한참이나 머물렀다. 에미뇌뉘 선착장으로 가는 배를 여러 척 놓쳤지만 상관없었다.

이왕 여기까지 왔으니 위스퀴다르 선착장 인근에서 밥도 먹고, 인근에 있는 이스켈레(Iskele) 사원도 구경하기로 했다. 역시나 사원에는 고양이가 있었고, 사원 앞 벤치에서 나는 참 아름다운 모습을 목격했다. 벤치에 웅크리고 잠든 삼색이 옆에서 이어폰을 끼고 음악을 듣는 소녀가 물끄러미 잠든 고양이를 바라보는 장면이었다. 사원을 벗어나 중심가로 걸어가는 동안 나는 벤치에 엎드려 잠든 고양이를 이따금 만났다. 아, 여기서는 벤치가 사람만을 위한 의자가 아니었다. 고양이 휴게소 노릇도 겸하고 있었다. 위스퀴다르의 중심가 도로는 한산했다. 고양이는 한산한 도로를 사람들과 함께 자유롭게 걸어 다녔고, 어떤 고양이는 빵집 앞에 줄을 서서 기다리는 사람들 틈을 비집고 새치기를 했다.

이스켈레 사원 앞 벤치에서 만난 풍경.
낮잠에 빠진 고양이와 그 모습을
물끄러미 바라보는 소녀.

내 가방 위의 고양이

19세기 중반 오스만 제국은 보스포루스 해협에 돌마바흐체 궁전을 짓고, 이곳에 새로운 도시를 건설했다. 신시가지는 그렇게 형성되었고, 현재는 탁심(Taksim)광장과 이스티클랄 거리가 중심지 노릇을 하고 있다. 이스탄불의 젊은 이들이 주로 모여드는 곳도 바로 이곳이다. 하지만 외국의 관광객에겐 전망이 좋은 갈라타(Galata) 탑이 더 인기다. 비잔틴 시대에 지어진 갈라타 탑은 높이가 76미터에 이르며, 건설 당시에는 등대로 사용되었지만 현재는 이스탄불 최고의 전망대 노릇을 하고 있다.

사실 바쁘지 않다면 에미뇌뉘 선착장에서 갈라타 다리를 건너 갈라타 탑까지 산책하듯 걸어가도 그리 오랜 시간이 걸리지 않는다. 갈라타 탑까지 걸어가는 주택가 골목에서 고양이를 만나는 것은 덤으로 얻는 즐거움이다. 이스탄불의 관광 명소가 대체로 그렇듯 갈라타 탑 주변에도 영업을 나온 고양이들이 많다. 탑 주변의 카페나 식당마다 한두 마리씩 고양이들을 볼 수 있는데, 녀석들 모두 영업하는 고양이들이다. 어차피 녀석들에겐 밑져 봐야 본전이고, 잘하면 케밥에 치즈까지 얻어먹을 수 있다. 탑에서 북쪽으로 내려가는 골목에는 캣대디가 이미 여기저기 사료그릇을 놓아 두었지만, 그건 아직 영업능력이 떨어지는 아기 고양이들 차지였다.

갈라타 탑 앞에서 나는 '얼굴 팔리는' 일도 당했다. 꼬리에만 무늬가 있는 흰 고양이를 만나 사진을 몇 컷 찍고 난 뒤였다. 저쪽 카페 앞에 검은 고양이가 앉아 있기에 그곳으로 자리를 옮기려는 찰나, 갑자기 카메라 가방에 뭔가가 올라타는 것이었다. 옆을 보니 방금 사진 찍은 고양이였다. 하필이면 관광객들이 엄청나게 오가는 갈라타 탑 앞에서 카메라 가방에 올라탄 고양이라니. 순식간에 나는 그곳의 모델이 되고 말았다. 여기저기서 휴대폰 카메라를 꺼내 내 가방에 올라탄 고양이를 찍고 있는 게 아닌가. 박수를 치며 나에게 윙크를 보내는 관광객도 있었다.

얼굴이 화끈거려 나는 가방을 흔들어 고양이를 내려 보내려 했지만, 녀석은 그럴 때마다 오히려 내려가기 싫다고 발톱을 가방에 꽂고 버티는 거였다. 하는 수

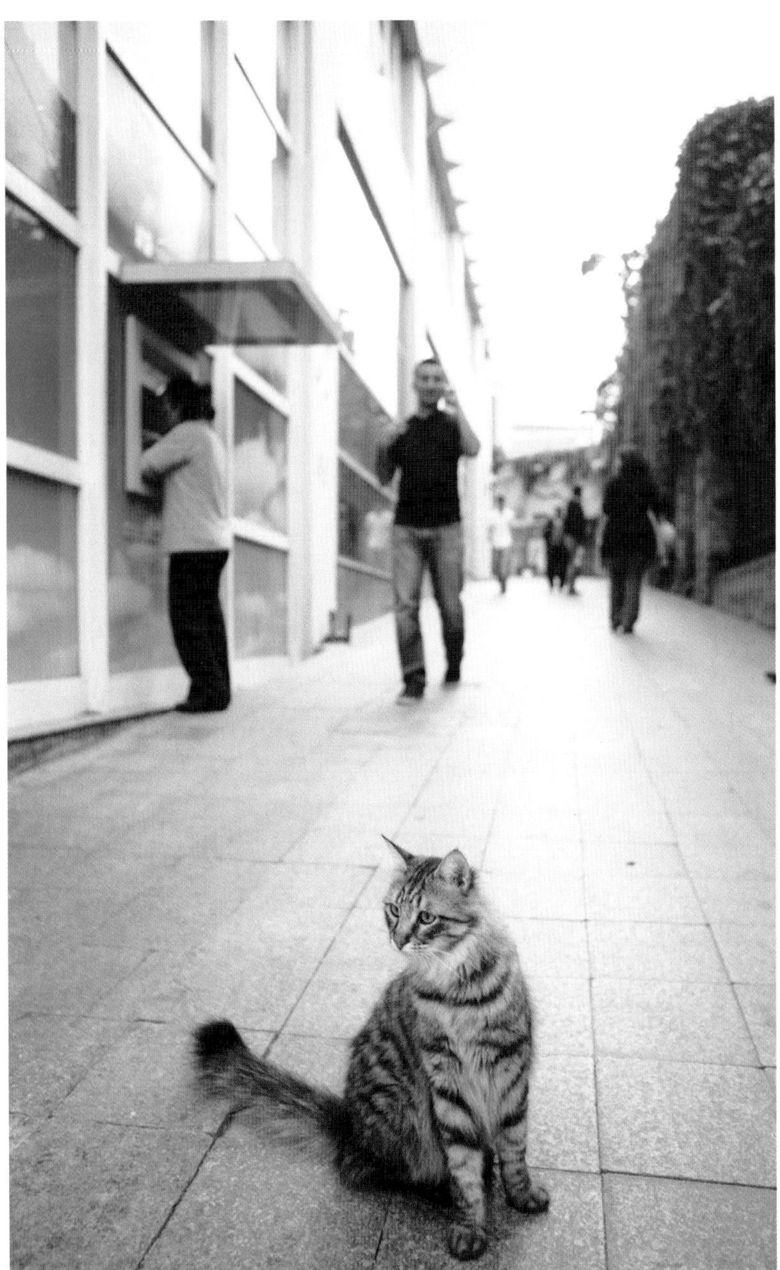

없이 손으로 목덜미를 들어 올려서야 녀석을 가방에서 내려놓을 수 있었다. 곳곳에서 박수를 치는가 하면 깔깔거리며 웃음을 터뜨리기도 했다. 아, 지금 생각해도 참 얼굴 팔리는 순간이었다. 이스탄불 젊은이들이 많이 몰리는 이스티클랄 거리는 갈라타 탑에서 그리 멀지 않은 곳에 있다. 쇼핑 인구가 많은 이스티클랄 거리에도 고양이는 얼마든지 있었다. 터키답게 입구부터 세 마리(고등어, 흑갈색, 노랑이)의 터키쉬 고양이를 만났는데, 그 번잡한 거리에서 두 마리는 꾸벅꾸벅 졸고 있었다.

기념품 가게 앞에서 만난 삼색이와 고등어는 한참이나 가게 안을 들여다보고 있었는데, 아마도 가게 주인이 사료를 주고 있는 듯했다. 이스티클랄 거리 중간쯤에서 만난 터키쉬 아가씨는 정말 우아하고 아름다웠다. 아가씨는 그 우아한 자태를 뽐내며 골목 한가운데 모델처럼 앉아 있었다. 케밥을 먹으며 지도를 보고 있는 세 명의 여행자 앞에 입맛을 다시며 앉아 있는 터키쉬 아가씨도 있었다. 그러고 보니 2km에 이르는 이스티클랄 거리에서 만난 터키쉬 고양이만 해도 여섯 마리나 되었다. 확실히 터키쉬는 터키의 대표적인 길고양이가 맞았다.

이스티클랄 거리가 끝나는 곳에 자리한 탁심광장 한복판 '공화국 기념비' 앞에도 고양이가 있었다. 머리를 삭발한 청년의 무릎에 고양이 한 마리가 몸을 맡고 자고 있었는데, 그 모습이 무척이나 평화로워 보였다. 그곳에서 한참이나 지켜본 바로 고양이는 삭발 청년이 떠나자 곧바로 다른 중년의 남자 품에 안겨 잠을 청했다. 녀석은 아무렇지도 않게 사람의 품에서 잠드는 노하우를 지니고 있었다. 그건 앞으로도 녀석이 살아가는데 꽤 유용한 재주가 될 것이다.

케밥을 먹는 여행자 앞에서 입맛을 다시며
앉아 있는 터키쉬 아가씨와 사람의 무릎을
옮겨 다니며 잠을 자는 능력이 있는 고양이.

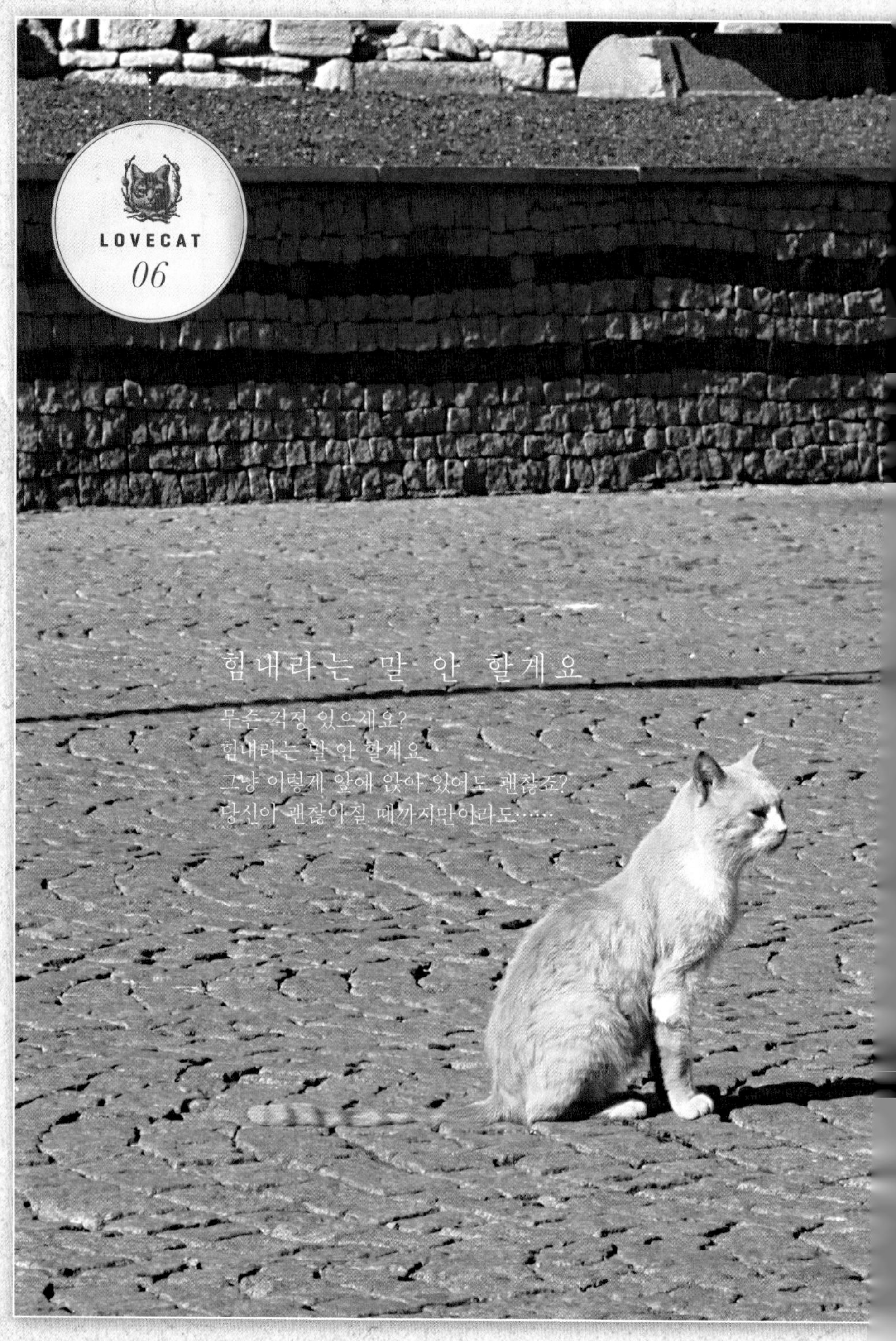

LOVECAT

06

힘내라는 말 안 할게요

무슨 걱정 있으세요?
힘내라는 말 안 할게요
그냥 이렇게 앞에 앉아 있어도 괜찮죠?
당신이 괜찮아질 때까지만이라도……

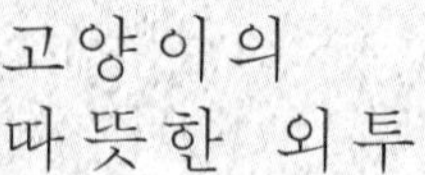

너 참 따뜻하고
예쁜 옷을 입었구나!
다른 고양이들이
부러워하겠다.

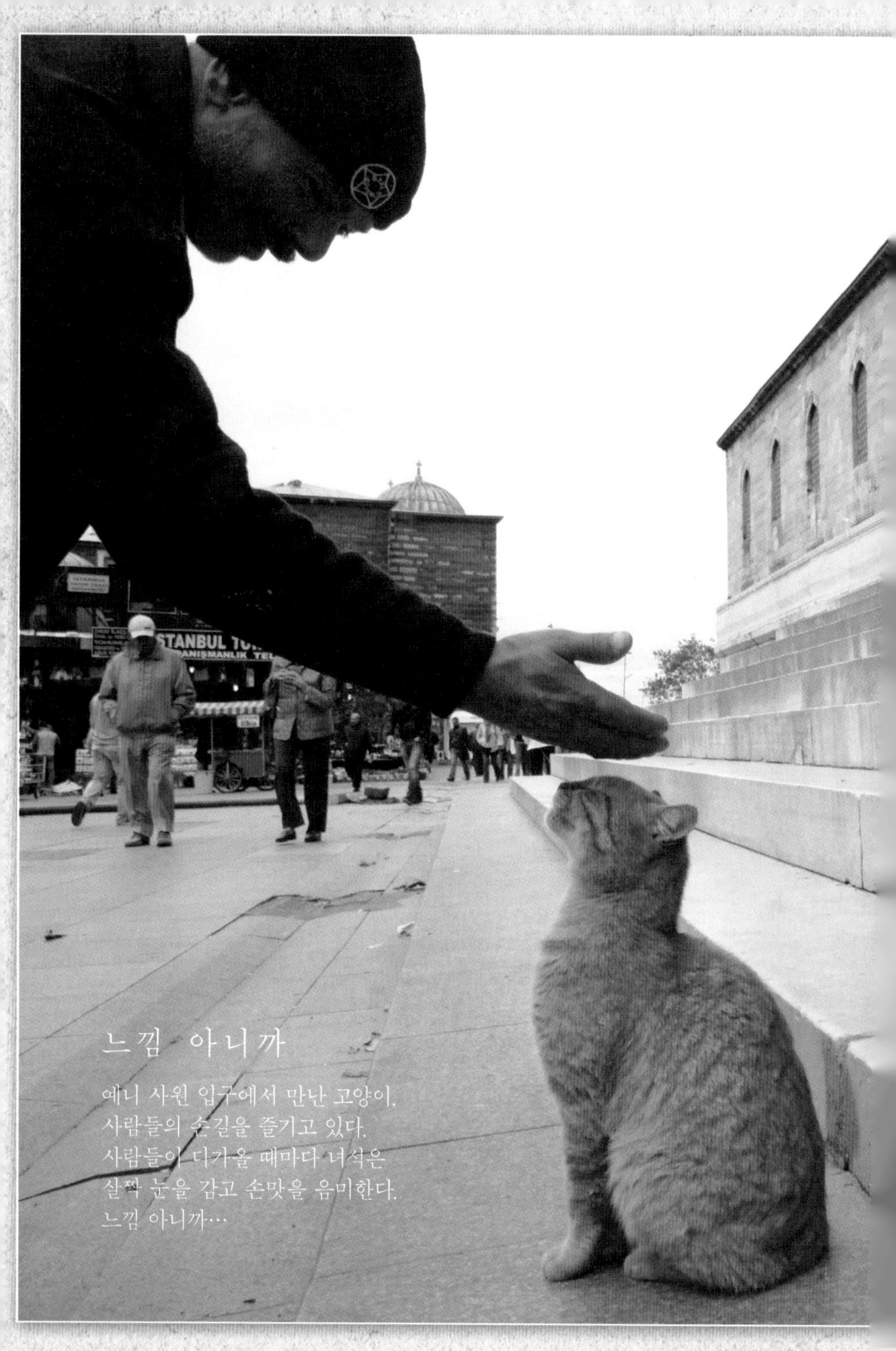

느낌 아니까

예니 사원 입구에서 만난 고양이.
사람들의 손길을 즐기고 있다.
사람들이 다가올 때마다 녀석은
살짝 눈을 감고 손맛을 음미한다.
느낌 아니까…

LOVECAT
08

그랑 바자르 고양이들

이스탄불에 있는 그랑 바자르는 세계에서 가장 크고 오래된 실내 시장이다.
매일같이 이곳에는 수십만 명의 관광객이 다녀간다.
이 복잡한 시장 한복판에도 고양이가 있다.
시장 상인들이 녀석에게 물을 떠다 주고 먹을 것을 갖다 바친다.
한 조명가게에서 만난 고양이는 마치 표지모델처럼 우아하게 앉아 있었다.
이왕 그랑 바자르까지 갔다면 그릇가게를 한번 둘러봐도 좋겠다.
도자기로 만든 어여쁜 고양이 소품이 엄청나게 많다.

베테랑 고양이의 제안

발이 시리다고?
이 방법은 어떠세요?

바가지 머리

사람들이 자꾸 놀려요.
나보고 바가지 머리라고.
시골에서 올라왔느냐고.

여행하고 사랑하고 고양이하라

일본의 고양이 섬

사람과 고양이의 공존

내가 꿈꾸던 고양이 섬

5년 전 일본 홋카이도를 여행할 때, 서점에서 『다시로지마의 고양이들』이란 사진집을 사온 적이 있다. 다시로지마(田代島)는 일본에서 최고의 고양이 섬이자 고양이의 천국으로 알려진 곳이었다. 그날 이후 나는 다시로지마 여행을 꿈꿔왔다. 하지만 2011년 쓰나미와 함께 후쿠시마 원전사고가 일어나면서 다시로지마는 직, 간접적 피해를 입어 이제는 쉽사리 갈 수 없는 섬이 되고 말았다. 내가 꿈꿔 온 여행도 전면 수정되었다. 다시로지마에 갈 수 없다면 그에 버금가는 고양이 섬을 여행하는 것도 나쁘지 않을 것 같았다. 그렇게 해서 여행지로 정해진 곳이 바로 히메지마(姫島)와 아이노시마(相島)라는 섬이었다.

사실 규슈에는 두 곳(오이타, 이토시마)의 히메지마가 있고, 둘 다 고양이 섬으로 알려져 있다. 때마침 그 무렵 나는 일본의 한 잡지로부터 '한국의 고양이들'을 주제로 원고 청탁을 받게 되었는데, 염치 불구하고 편집자에게 도움을 요청했다. 편집자인 아베 에리 씨에 따르면 내가 찾는 고양이 섬은 이토시마 쪽의 히메지마가 맞을 거라며 여러 사진 자료와 함께 메일을 보내왔다. 그리고 한 가지 더. 아이노시마도 두 군데인데, 후쿠오카 쪽 아이노시마(相島)는 한국에 많이 알려진 고양이 섬이지만, 일본에서는 그에 못지않게 북규슈 쪽의 아이노시마(藍島)가 유명하다는 거였다. 더불어 겐카이시마(玄界島)도 들러볼만한 고양이 섬이라고.

하지만 일본에서의 고양이 여행은 첫날부터 순탄치가 않았다. 지쿠젠 마에바루역에서 내려 두 시간이나 기다렸다가 버스를 타고 키시 항에 도착했지만, 바람이 심상치 않았다. 하필 태풍이 올라오기 하루 전날 히메지마로 들어가는 배를

畑

탄 것이다. 거대한 먹구름은 순식간에 소나기를 몰아왔고, 여객선은 풍랑에 던져진 나뭇잎처럼 출렁거렸다. 그나마 다행이라면 키시 항에서 히메지마까지 배로 20분 정도 걸린다는 것. 20분간의 롤러코스터 끝에 히메지마에 도착했다.

히메지마에는 두 군데의 민박집이 있는데, 문을 연 곳은 길전옥(吉田屋)이라는 곳뿐이었다. 주인집 할머니는 한자를 종이에 적어가며 나와 대화를 시도하였고, 이틀 밤을 숙박하고 하루 두 끼 밥을 먹는 것으로 이야기를 마무리했다. 태풍 전날이라 민박집 손님은 달랑 나 혼자였다. 오래된 일본식 민박집에 짐을 풀어놓고 섬마을 구경에 나섰다. 민박집에서 100여 미터쯤 떨어진 골목을 지날 때였다. 기와를 얹은 전형적인 일본 전통가옥 마당에 열댓 마리의 고양이가 앉아 있었다. 갑자기 나타난 풍경이라 눈을 씻고 다시 보아도 고양이 열댓 마리 맞다. 색깔과 품종도 다양했다.

골목에 엉거주춤 선 채로 고양이 사진을 찍고 있자니 집주인으로 보이는 아주머니가 마당으로 들어서는 거였다. 마당 여기저기에 얌전하게 앉아 있던 고양이들은 갑자기 분주해져서 집 봉당 쪽으로 우르르 몰려와 냥냥거리기 시작했다. 집 안으로 들어간 아주머니는 곧이어 빵을 한 봉지 들고 나왔다. 빵을 한 조각씩 뜯어내 고양이에게 던져 주는 아주머니. 그걸 서로 받아먹겠다고 직립해서 야옹거리는 고양이. 아예 아주머니 허리춤에 앞발을 걸친 채 빵을 가로채려는 고양이. 고양이만으로 부산하고 산만한 것이 노떼기시장이 따로 없었다.

빵 한 봉지를 다 던져 준 아주머니는 선착장 쪽으로 걸음을 옮겼다. 구걸 세리모니가 끝난 고양이들은 제멋대로 마당과 골목에 널브러져 잠을 청했다. 녀석들은 특별히 아주머니가 키우는 고양이 같지는 않았지만, 밥을 주고 보살피는 것만큼은 확실해 보였다. 어떤 녀석들은 발길을 돌려 선착장 쪽으로 내려갔다. 여기서 선착장까지는 기껏해야 50여 미터. 선착장에 도착한 고양이들은 물고기 선별장 주변을 기웃거렸다. 눈앞에 보이는 여섯 마리 가운데 세 마리는 빵 급식소에서 내려온 고양이들이었다.

물고기 선별이 마무리될 때쯤 고양이들의 행동은 대범해졌다. 가장 먼저 행동에 나선 고등어 녀석은 누군가 손질하고 버린 커다란 생선 대가리를 낚아채는 데 성공했다. 녀석이 그것을 물고 어구더미 쪽으로 달아나자 흰둥이가 '어부지리'하자며 고등어의 뒤를 밟았다. 갈색 얼룩이도 질척거리는 바닥을 뒤져 커다란 생선 대가리를 얻는데 성공했다. 선별장에 나온 어부들은 고양이가 멀쩡한 물고기를 물고 갈까봐 경계했지만, 손질을 끝내고 나오는 부산물에 대해서는 여기저기 인심을 썼다. 선별이 다 끝나고 어부들이 돌아간 뒤에도 몇몇 고양이는 선착장을 떠나지 못했다.

저녁이 다 돼 민박집에 돌아오자 주인 할머니는, 이 섬에서 오랜 동안 민박을 했지만 한국 사람은 처음이라며 나에게 주소와 이름을 남겨 달라고 했다. 그리고 출입문에 붙여 놓은 주의 문구도 또박또박 읽어 주었다. 어차피 무슨 소리인지 알아들을 수는 없었지만, 한자를 보니 대충 이런 내용이었다. 문을 열어 놓으면 고양이가 방으로 들어올 수 있으니 문단속을 철저히 해 달라 뭐 그런 정도. 히메지마에서의 2박3일은 순식간에 지나가 버렸다. 둘째날은 태풍이 지나가는 바람에 아침과 저녁에 잠깐 바깥 구경을 했다. 마지막 날에도 어김없이 비가 내렸다. 3일 동안 비가 오지 않는 시간은 반나절 정도밖에 되지 않았는데, 그마저도 먹구름이 드리워있어 히메지마에서의 3일은 내내 우중충했다.

히메지마 포구의 물고기 선별장 앞에
서로 엉덩이를 맞대고 앉아 있는 고양이.
물고기 선별이 끝나기를 기다리고 있다.

하지만 짧은 시간에 만난 고양이들은 저마다 긴 여운을 전해 주었다. 비가 와도 캣맘의 집에는 여전히 열 마리 이상의 고양이가 추녀 밑에 모여 앉았고, 선착장으로 간 고양이들은 더 많은 '어부지리'에 성공했다. 대체로 히메지마의 사람들은 다시로지마의 어부들처럼 고양이에게 물고기를 던져 주거나 눈에 보이는 선의를 베풀지는 않았다. 간혹 빵을 주거나 생선살을 섞은 밥을 내놓는 사람들을 만나긴 했지만, 대부분은 고양이에 대해 그저 무심한 듯 보였다. 어쩌면 그 무심함이 섬 고양이들을 이제껏 평화로운 세계로 이끌어 왔는지도 모르겠다.

모든 사람이 고양이에게 선의를 베풀 필요는 없다. 그보다 중요한 것은 모든 사람이 고양이에게 악의적인 행동을 하지 않는 것이다.

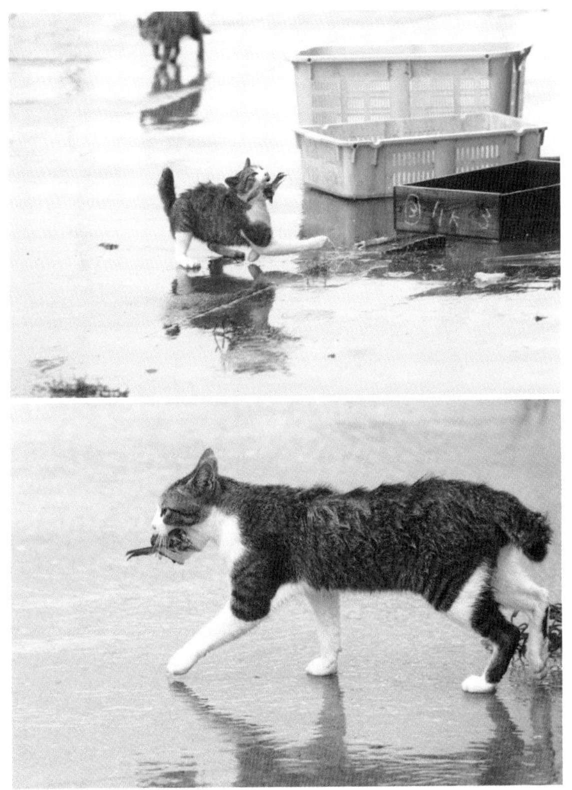

고양이 소굴

새벽부터 낙뢰 소리와 거센 빗소리에 잠을 설쳤다. 섬은 급격하게 태풍의 영향권에 들기 시작했다. 잠을 설친 끝에 새벽 여섯 시 쯤 민박집을 나왔다. 민박집에서 30여 미터만 걸어가면 방파제와 방파제 사이 바다로 내려가는 길목을 볼 수 있는데, 여기가 바로 히메지마의 '고양이 아지트'다. 나쁜 표현을 빌리자면 '고양이 소굴.' 어젯밤 비가 그친 틈에 산책을 나왔다가 나는 믿지 못할 풍경을 만났었다. 바닷가의 울퉁불퉁 솟아난 방파제 구조물 여기저기 고양이가 올라앉아 바다를 구경하고 있었던 것이다. 가로등 불빛이 없었다면 만나지 못했을 한밤중의 풍경이었다.

눈 뜨자마자 내가 이곳을 찾은 것도 어젯밤의 그 낭만적인 풍경 때문이다. 새벽 여섯 시, '고양이 소굴'에 울려 퍼지는 발자국 소리. 동시에 방파제 속에서 해양 동물처럼 기어 나오는 고양이들. 순식간에 방파제와 바닷가에 열 마리 이상의 고양이가 몰려들었다. 방파제 사이로 고개를 내밀었다가 도로 몸을 숨긴 아기 고양이들, 깊은 잠에 빠져 인간 따위 관심도 없는 고양이들까지 합치면 이곳엔 무려 스무 마리 이상의 고양이들이 머물고 있었다. 이 정도면 고양이 섬 히메지마에서도 고양이 밀도가 가장 높은 곳이라 할 수 있다.

내 앞에 몰려든 열 마리가 넘는 고양이들은 사람에 대한 두려움이 전혀 없었다. 그렇다면 이곳에 이렇게 집중적으로 고양이들이 모여 사는 까닭은 무엇일까. 우선 마을에서 가까우면서도 언제든 몸을 숨기고 잠을 잘 수 있는 방파제가 있기 때문이다. 두 번째는 바로 앞이 바다여서 파도에 떠밀려 오는 물고기 사체를 구하기 쉽다는 것이다. 세 번째, 마을에서 나오는 음식 쓰레기를 이곳에 버리는 경

우도 있기 때문이다.

고양이 입장에서 보면 이 모든 것을 한 자리에서 해결할 수 있는 천혜의 장소가 바로 이곳인 셈이다. 날은 밝았지만 하늘이 잔뜩 흐려서 목에 걸고 나온 카메라는 무용지물이었다. 내 앞에 모인 열 마리 이상의 고양이는 나만 바라보며 잔뜩 기대에 부풀어 있었지만, 빈손으로 나온 내가 해 줄 수 있는 건 아무것도 없었다. 공연히 내 눈만 고양이 구경으로 호사를 누린 거다. 새벽에서 아침으로 넘어가면서 하늘도 급변하기 시작했다. 먹구름 가득한 하늘은 다시금 가랑비를 뿌리기 시작했다. 그래 봐야 여기서 30미터만 가면 민박집이므로 나는 서두르지 않았다.

가랑비를 맞으며 민박집에 돌아오니 부지런한 할머니가 벌써 방안에 밥상을 차려다 놓았다. 생선구이에 생선회, 소라며 오징어 반찬. 생선과 비린 것 일색이었다. 어떤 이들은 원전 오염수를 걱정해 일본에서 생선을 먹을 수 없다고 하지만, 히메지마가 자리한 곳은 우리나라 남해 바다(일본에서는 현해탄)나 다름없는 곳이고, 도쿄보다 제주도가 가까운 곳이다. 이 모든 걸 떠나 나는 그다지 생선이나 회를 즐겨먹지 않는 편이어서, 먹고 남은 생선 반찬을 모조리 비닐봉지에 담았다. 고양이들에게 조촐한 생선 파티라도 열어 줄 생각이었다.

아침식사를 마치고 나는 비닐봉지에 담아 온 생선 반찬과 회를 바닷가에 풀어 놓았다. 당연히 고양이 소굴은 한바탕 난리가 났다. 방파제 속에서 관망해 오던 고양이들까지 나와 저마다 한 점씩 생선 맛을 봤다. 어차피 모두가 배불리 먹을 수 있는 양은 아니었다. 오전 열시를 넘기면서 섬은 태풍의 직격타를 맞았다. 나는 모든 일정을 접고 민박집에 들어앉아 창밖의 빗소리에 귀를 기울였다. 방파제를 공동주택으로 살아가는 고양이들도 지금쯤 몸을 움츠리고 태풍과 폭우를 피하고 있을 것이다. 태풍의 기세는 오후 네 시를 넘기면서 조금씩 꺾이기 시작했다.

방파제의 고양이들도 저녁 무렵이 되어서야 하나 둘 은신처를 벗어나 밖으로 나왔다. 어떤 고양이는 마을 쪽으로 올라와 내가 묵는 민박집 주변을 기웃거렸다. 섬을 떠나는 마지막 날에도 나는 아침 일찍 '고양이 소굴'을 찾았다. 고양이들은 오랜만에 비가 그친 탓인지 바닷가에서 바쁜 시간을 보내고 있었다. 파도에 떠밀려오는 물고기 사체나 음식 쓰레기를 찾아내는 것은 생각보다 경쟁이 치열했다. 남보다 먼저 무언가를 얻기 위해선 남보다 한발이라도 더 가까이 바닷가로 나서야 했다. 이곳에서는 파도를 두려워해서도 안 된다. 물을 싫어하는 고양이지만, 밀려온 파도에 발목 정도 잠기는 것쯤은 감수해야 하는 것이다. 파도가 쳐서 포말 가득한 바닷물 세례를 맞는 것 역시 예사로 넘겨야 하는 거다.

하루 종일 파도 세례를 맞으며
바닷가를 떠돌아도 대다수 고양이는
먹이 한 점 얻지 못한다.

방파제 고양이들은 파도를 두려워하지 않는다.
남보다 한발 먼저 물고기 사체를 얻으려면
바닷물에 발목이 빠지는 것쯤은 각오해야 한다.

바닷가에서 발목을 적시며 밀려온 쓰레기 더미를 뒤지던 노랑이 한 마리는 드디어 물고기 사체를 찾아냈다. 절반 넘게 문드러진 물고기 사체를 물고도 녀석은 승리자가 된 듯 당당하게 방파제 쪽으로 걸음을 옮겼다. 어떤 녀석은 말 그대로 살이 한 점도 붙어 있지 않은 생선뼈를 물고 달아났다. 파도에 밀려온 햄버거 빵을 물고 돌아가는 고양이도 있었다. 그러나 아쉽게도 대부분의 고양이는 아무것도 얻지 못한 채 바닷가에서 계속 헛걸음을 치고, 헛수고만 하고 있었다. 천천히 바닷가를 거니는 고양이 섬의 낭만은 녀석들에게 사치나 다름없었다. 이름난 고양이 섬의 고양이조차 치열한 생존 경쟁에서 자유로울 수는 없었다.

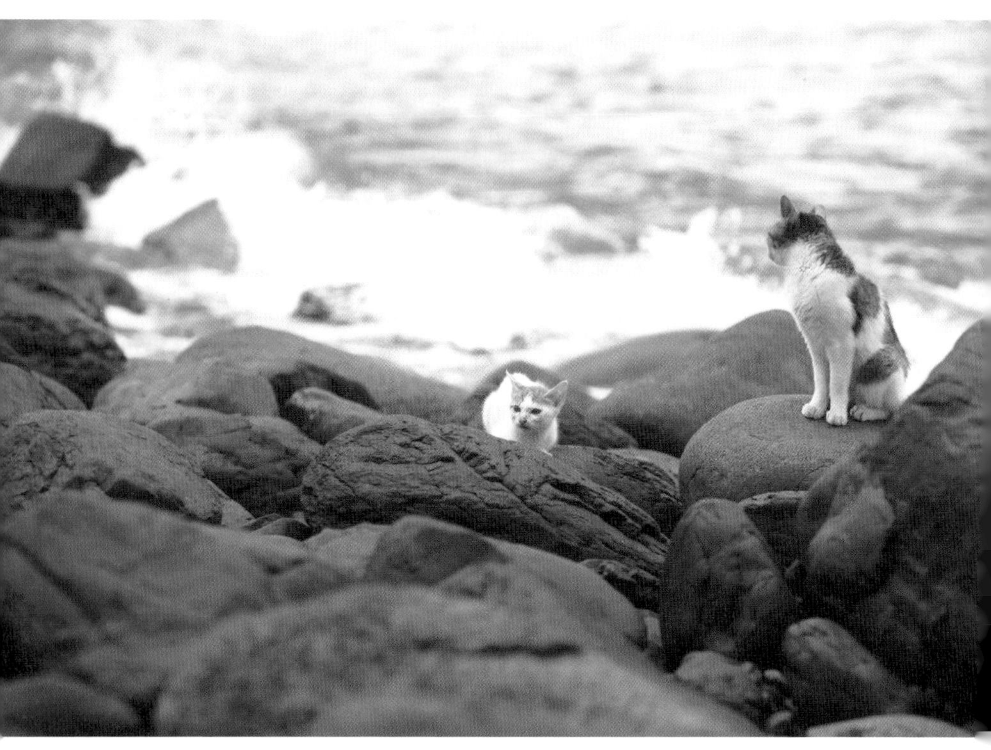

어디를 가나 길고양이의 삶은 순탄치가 않다. 일본이라고 해서 다를 것도 없다. 다만 이곳이 한국과 다른 점이라면, 그렇잖아도 힘든 묘생(猫生)에 사람들이 개입해 해코지를 일삼거나 냉대하지 않는다는 것이다. 그리고 고양이를 이 세상의 일원으로 받아들인다는 것.

사람보다 고양이가 더 많이 산다는 고양이 섬. 사실 2박3일 동안 히메지마에 머물긴 했지만, 대부분 비가 왔기 때문에 제대로 섬을 돌아다닌 시간은 고작 반나절밖에는 안 된다. 하지만 반나절 만에 만난 고양이는 거의 60여 마리에 달한다. 캣맘의 집과 선착장에서 20마리 이상, 방파제에서 20여 마리, 그리고 수백여

미디 이어진 해변에서도 약 20여 마리의 고양이를 만났다. 여기서 몇몇 녀석은 겹치기 출연도 했겠지만, 그것을 감안하더라도 굉장한 악천후 속에서 엄청나게 많은 고양이를 만난 셈이다.

'해변의 고양이'들은 주로 내가 묵었던 민박집 우측의 해안 길을 따라 소학교까지 올라가는 바닷가에서 볼 수 있다. 해안 길을 따라가다 보면 중간 중간 바다로 내려가는 통로가 보이는데, 이리로 내려가면 십중팔구는 바닷가를 떠도는 고양이를 만나게 된다. 가장 기억에 남는 것은 소학교 앞 바닷가에서 만난 고양이 일가족이다. 세 마리 아기 고양이와 삼색이 어미, 회색 아빠로 구성된 가족이었다.

아기 고양이 세 마리는 기껏해야 한 달이나 달포쯤 되어 보였는데, 녀석들은 성묘에 비해 경계심이 심했다.

비가 오면 녀석들은 콘크리트 굴속에 들어가 있다가 비가 그치면 파도가 찰랑이는 갯바위까지 달려가곤 했다. 달려가다 나와 눈이 마주치면 바위 아래 숨었다가 금세 장난을 치고, 한 녀석은 저 아래까지 우다다를 하고는 냐앙냐앙 엄마를 찾으며 울어 댔다. 녀석들에겐 이 커다랗고 위험한 바위자갈 해변이 놀이터나 다름없었다. 아직 스스로 먹을 것을 찾아다니기에는 너무 어린 녀석들. 보기에도 뼈만 앙상하게 보일 정도로 마른 녀석들. 사료를 가져온 것도 아니어서 나는 마을로 다시 내려가 빵을 두 봉지 사왔다. 한 봉지를 뜯어 새끼들에게 나눠주자 뒤에 가만히 앉아 있던 어미 고양이가 더 열광적인 반응을 보인다. 계단에 앉은 아빠 고양이만이 '나는 너희들 먹는 것만 봐도 배가 부르다'는 표정으로 앉아 있다.

히메지마는 그리 큰 섬이 아니어서 마을 선착장에서 소학교까지 걸어가도 10분이 채 걸리지 않는다. 비가 그칠 때마다 나는 이 길을 열 번도 더 오르내렸다. 그때마다 다섯 마리 고양이 식구가 언제나 눈에 띄었다. 특히 아기 고양이들은 별것도 없는 바닷가에서 대부분의 시간을 보냈다. 결국 녀석들은 밀물이 들어올 때쯤에야 콘크리트 동굴로 몸을 피했다. 소학교와 '고양이 소굴' 중간쯤에는 늘 고양이들이 여러 마리 모여 있었다. 적게는 네댓 마리, 많게는 열 마리 정도의 고양이가 그곳에 앉아 있었다. 이틀날까지도 왜 그런지 몰랐는데, 마지막 날에야 이유를 알게 되었다.

누군가 고양이를 위해 해변에 밥을 가져다 주고 있었다. 직접 눈으로도 확인했지만, 그건 사료가 아니라 밥이었다. 굳이 설명하자면 온갖 생선과 바다에서 나는 비린 것들을 밥과 섞어 내놓은 비빔밥 같은 거라고나 할까. 양도 상당히 많았다. 족히 한 양동이 분량은 되어 보였다. 언제 누가 이곳에 밥을 내려놓고 갔는지, 정기적으로 급식을 하고 있는 건지는 알 수 없지만, 제법 많은 고양이들이 여기서 급식을 받고 떠난 모양이었다. 거기에는 위에서 내려온 아빠 고양이도 있었다. 하지만 두 번이나 고양이들이 밥을 먹고 떠날 때까지도 아빠 고양이는 먼발치에서 입맛만 다시고 있었다. 왠지 녀석의 얼굴에 집에서도 찬밥, 밖에서도 찬밥인 힘없는 가장의 모습이 오버랩되었다.

해변의 고양이들이 사는 방식은 방파제 고양이들이 사는 방식과 똑같다. 바닷가에서 파도에 떠밀려온 물고기 사체나 음식 쓰레기를 먹고 사는 것이다. 녀석들은 소라와 조개류는 물론 해초까지 닥치는 대로 먹어치운다. 실제로 이곳에

서는 고양이 배설물에서 우뭇가사리 같은 해초가 발견되기도 한다. 해변에 생선 비빔밥을 내놓은 사람은 아마도 이런 고양이들에게 측은지심을 느꼈으리라. 짧은 시간이었지만 나도 그것을 느꼈다. 측은하지만 갸륵한 그들의 묘생을.

섬을 떠나는 날까지도 하늘은 흐리고 먹구름이 가득했다. 누군가는 몇 시간이면 웬만큼 섬 고양이 사진을 찍을 수 있는 작은 섬에서 2박3일이나 머문 것을 의아해했다. 그러나 내가 보고 싶은 것은 사진에 찍힌 고양이가 아니라 사진 밖의 현실적인 고양이들이었다. 몇 시간 만에 고양이 사진을 찍을 수는 있어도 그들의 묘생을 만날 수는 없는 것이다. 2박3일 동안 태풍과 악천후 속에서 분투하는 묘생을 수없이 만났지만, 그건 그냥 카메라가 아닌 내 가슴에 새겨 두었다. 태풍 전야의 바닷가, 가랑비 속에서 자꾸만 심상치 않은 바다를 흘끔거리던 늙은 고양이의 뒷모습을 나는 잊을 수가 없다. 그 먹먹함을.

빵과 여름, 고양이와 함께한 날들

하카타 항에서 뱃길로 40여 분. 겐카이시마(玄界島)에 도착했다. 일본에서는 대한해협을 현해탄(玄界〈海〉灘)이라 부르는데, 이곳이 바로 그 의미를 담고 있는 섬이다. 그런데 섬 분위기가 참 요상하다. 하나같이 새로 지은 집과 건물이 마치 계획도시처럼 들어서 있다. 알고 보니 2005년 지진으로 인해 민가 20여 채를 비롯해 섬 전체가 피해를 보는 바람에, 복구를 하면서 시영 주택이 들어서게 된 거란다. 때마침 겐카이시마에 도착한 날은 늦더위가 기승을 부리는 날이었고, 섬에 내리자마자 나도 땀을 식히려고 냉동창고 그늘로 향했다.

그런데 냉동창고 그늘에는 이미 다른 손님들이 여기저기 자리를 차지하고 앉아 있었다. 건너편 자동차 그늘에도 두 마리의 손님이 단잠에 빠져 있었다. 무더운 날씨와 뜨거운 햇살을 피해 그늘을 찾아온 고양이들. 다들 늘어지고 의욕이 없어 보였다. 내가 좀 벤치에 앉아도 되느냐고 먼저 온 손님들에게 양해를 구해도 이 손님들 무심하게 눈만 꿈벅거린다. 카메라를 꺼내 찰칵거려도 녀석들은 신경도 안 쓴다. 선창을 따라 늘어선 어구창고 골목에도 그늘을 따라 고양이가 군데군데 앉아 있었다.

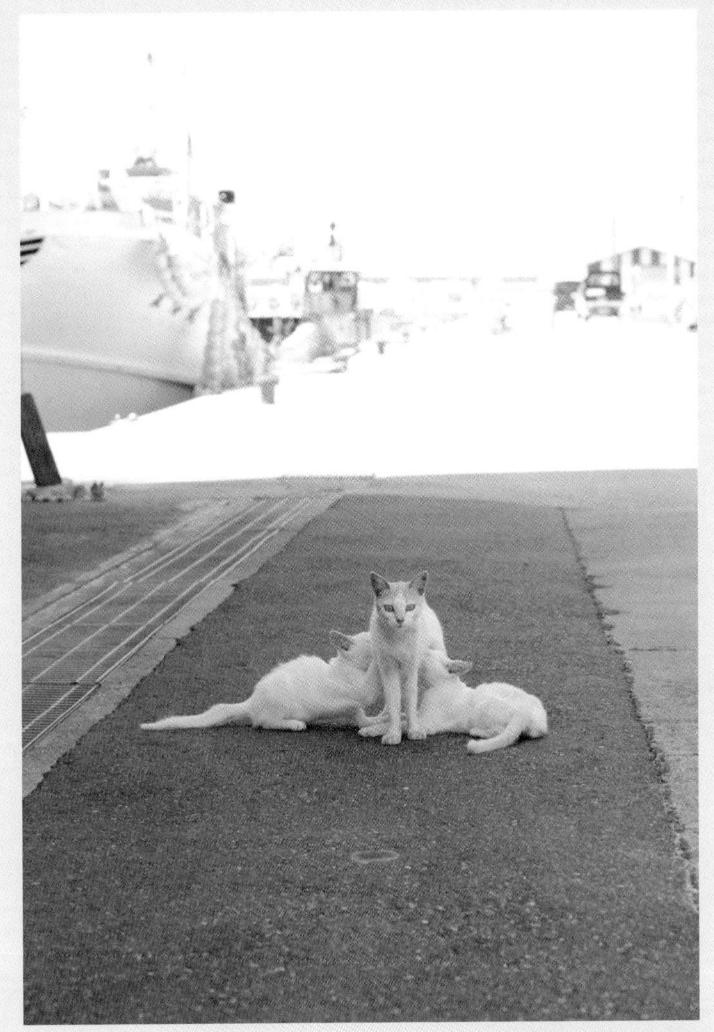

아침부터 겐카이시마 고양이들은 의욕 없이 늘어져 있었다. 마을로 올라가는 길목에 자리한 우체국 화단에는 더 많은 고양이가 '아무렇게나 던져 놓은 듯' 흩어져 낮잠을 자거나 어미 젖을 빨고 있었다. 족히 10여 마리 이상은 되어 보였다. 그것도 서너 마리를 제외하면 모두 아기 고양이들이었다. 태어난 지 얼마 안 되는 녀석들부터 약간 자란 녀석, 중고양이에 가까운 아기 고양이까지 어우러져 흡사 탁아소 같았다. 얼룩이 엄마는 노랑이에게 젖을 물렸고, 삼색이 엄마는 삼색이와 노랑이에게, 노랑이 엄마는 흰둥이 새끼에게 젖을 물렸다. 젖을 물지 않는 아기 고양이들은 순서를 기다리다 지쳐서 잠이 든 듯했다.

그런데 나중에 보니 이곳의 몇몇 아기 고양이들은 엄마를 가리지 않고 쫓아다니며 젖동냥을 했다. 또 몇몇 엄마는 아기를 가리지 않고 젖을 물리는 거였다. 해서 누가 누구의 어미이고, 누가 누구의 새끼인지 통 알 수가 없었다. 이게 말로만 듣던 공동육아인가. 어떤 엄마는 한참이나 새끼들에게 젖을 물리다가 뒤늦게 남의 새끼를 발견하고는 하악거렸지만, 아기 고양이는 미안한 기색도 없이 어느 새 다른 어미의 품을 파고들었다. 아기 고양이들의 젖동냥은 때와 장소를 가리지 않았다. 냉동창고 그늘에서도, 선착장에서도 젖을 물리는 엄마가 있으면 다른 아기 고양이들까지 우르르 몰려가 젖동냥을 벌였다.

겐카이시마의 고양이들은 대부분 선착장과 냉동창고, 어구창고, 우체국 골목에 머물렀다. 거리상으로는 반경 50여 미터 이내에 약 30여 마리 고양이가 머물고 있는 셈이었다. 이곳의 고양이들은 한국에 비하면 엄청나게 살갑고 친근한 편이지만, 모로코나 터키에 비하면 다소 무심한 편이다. 도망은 가지 않지만, 다가오지는 않는다고 할까. 하지만 그것도 사람 나름이다. 여객선 터미널 쪽에서 만난 인부 한 명이 고양이들에게 빵을 나눠 주자 녀석들은 순식간에 접대냥이로 돌변했다. 그의 다리를 부비고 코앞에서 발라당을 선보이며 갖은 애교를 다 떨었다.

겐카이시마 냉동창고 그늘에서 만난 고양이 떼.
묘구밀도가 높은 겐카이시마 선착장을 중심으로
반경 50여 미터에서 무려 30여 마리의 고양이를 만났다.

九州P箱
みたけ
三岳
本格焼酎
屋久島産
清酒
専用通箱

빵 한 봉지로 저렇게 달라질 수 있다니! 일본에서는 역시 빵이 진리인 것일까. 섬에서 유일한 마트에 들러 나는 종류별로 빵을 세 봉지나 샀다. 한 봉지는 나의 점심이었고, 두 봉지는 고양이용이었다. 어차피 이 섬에는 식당이 없어서 점심은 빵으로 때워야 했다. 냉동창고 벤치에 앉아 빵이나 먹자고 봉지를 뜯는데, 난리도 그런 난리가 없었다. 다들 어디에 숨어 있다가 그렇게 쏜살같이 나타난 건지 열댓 마리 고양이가 순식간에 내 앞뒤를 점령해 버린 것이다.

열댓 마리 고양이가 한꺼번에 냥냥거리는 소리도 위압적이었다. '우리에게 자유가 아니면 빵을 달라!'고 외치지는 않았지만, 나는 마음 놓고 빵조차 먹을 수 없는 지경이 되고 말았다. 결국 몇 입 먹지도 못하고 빵 한 개를 열댓 마리 고양이들에게 헌납했다. 하지만 열댓 마리의 경쟁도 치열해서, 약하고 어린 고양이들은 입에도 못 댄 녀석들이 많았다. 이왕 이렇게 된 거 어구창고와 우체국 고양이들에게도 나머지 빵을 풀기로 했다. 그런데 이곳에 있던 절반 정도의 고양이는 어구창고까지 줄레줄레 따라왔다. 사케 박스더미 앞에 이르러 빵을 나눠 주려고 보니 어느 새 고양이 수는 20여 마리로 불어나 있었다.

가장 양이 많은 빵을 이곳에 풀고, 곧바로 우체국 고양이들에게도 빵 한 봉지 인심을 썼다. 눈 깜짝할 사이에 던져 준 빵은 동이 났다. 문제는 그때부터였다. 우체국 고양이들 중 절반 정도는 내가 걸음을 옮길 때마다 따라다녔고, 곧이어 어구창고 고양이도 합세하더니 선착장에 이르렀을 때는 냉동창고 식구들까지 20여 마리의 고양이들이 내 뒤를 졸졸졸 따라다니기 시작한 것이다. 음료수를 사러 마트까지 가는데도 내 뒤에는 열댓 마리 고양이가 우르르 따라왔다. 심지어 카메라 가방을 내려놓고 좀 쉴라치면 내 앞에서 당당하게 가방까지 뒤지는 거였다.

그들과 나는 그렇게 빵으로 맺어진 친구 사이가 되었다. 먹이로 맺어진 사이는 오래 가지 않는다지만, 딱히 나쁠 것도 없었다. 피리 부는 아저씨도 아닌데 고양이들을 줄줄이 몰고 다니자 선착장 주변의 사람들이 모두 나를 주시했다. 어떤 아저씨는 나를 '네코 카메라맨'이라 부르며, 소소한 고양이의 행방을 알려 주었다. 이곳에서는 누구도 고양이 사진을 왜 찍느냐고 묻지 않았고, 고양이를 비난하던 손가락으로 나를 가리키지도 않았다. 섬에서 보낸 하루는 그야말로 꿈만 같았다. 일본에서는 고양이와 함께한 모든 날들이 꿈만 같았다.

겐카이시마는 한국에 거의 알려지지 않은 고양이 섬이지만, 일본에는 이와 같은 고양이 섬이 얼마든지 있다고 한다. 일본의 한 고양이 잡지는 아예 〈고양이 섬〉이란 꼭지를 매회 싣고 있을 정도였다. 잡지를 살펴보면 히로시마 내해를 비롯해 오키나와 인근, 대한해협을 끼고 자리한 상당수의 섬들이 고양이 섬이라 불러도 무방할 정도였다.

일본의 고양이 섬에서는 고양이가
사람을 보고 도망치는 법이 없다.
사람과 고양이 사이에 존재하는 신뢰 때문이다.

한국에도
알려진
고양이 섬

책과 블로그를 통해 한국에도 잘 알려진 일본의 고양이 섬이 있다. 후쿠오카 인근의 아이노시마(相島)가 바로 그곳이다. 북규슈 쪽에도 아이노시마(藍島)가 있는데, 일본에서는 둘 다 고양이 섬으로 통한다. 아이노시마(相島)에 가려고 신구 도선장에 도착했을 때, 대합실에 뜬금없이 고양이가 엎드려 있었다. 녀석은 날이 무더웠는지 에어컨 바람이 나오는 대합실에 들어와 시원한 낮잠을 즐기고 있었다. 나는 곤하게 자는 녀석을 깨우고 싶지 않았지만, 덜덜거리는 트렁크 소리에 그만 예민한 녀석이 잠에서 깨 대합실을 나가버렸다.

바퀴가 고장난 트렁크를 대합실에 버려두고 창밖을 보는데, 도선장 방파제 아래 흰 고양이 세 마리가 노닐고 있었다. 방파제 위에도 또 한 마리의 흰 고양이가 아래쪽을 살피고 있었다. 모두 네 마리의 흰 고양이가 있었고, 방금 나간 고등어 녀석까지 도합 다섯 마리가 방파제 인근에 모여 있었다. 나른한 날의 백일몽 같은 풍경이었다. 방파제 가까이 다가가자 녀석들은 제각기 흩어져 거리를 유지한 채 그루밍을 하고, 풀을 뜯고, 꾸벅꾸벅 졸았다. 그동안 규슈의 고양이 섬들을 여행하며 한 가지 눈에 띈 것은 한국에 비해 일본의 고양이 섬에 유난히 흰 고양이가 많다는 점이다. 어느 섬을 가도 흰 고양이를 만나는 것은 어렵지 않았다.

아니나 다를까. 아이노시마에 도착해 도선장 앞에서 처음 만난 고양이도 역시 흰 고양이였다. 녀석은 신구항 고양이들과는 달리 나와 눈이 마주치자 부리나케 달려와 내 앞을 가로막고 섰다. 딱히 바라는 바가 있는 건 아닌 듯했다. 간식이라도 던져 주면 좋겠지만, 그게 아니어도 상관없다는 표정이었다. 아이노시마에는 유난히 흰 고양이가 많았고 검은 고양이와 회색 고양이도 어느 섬보다 많았다.

이 섬에서는 삼색이와 노랑이가 오히려 드물었다.

일본에서 고양이 섬이라고 알려진 섬들은 대체로 규모가 작고, 관광자원도 취약한 섬이 대부분이다. 관광지가 아닌 작은 섬이다 보니 숙소 잡기도 쉽지가 않았다. 아이노시마에는 세 곳의 여관이 있었지만, 두 곳은 유명무실해서 손님을 받지 않는 상태였다. 겨우 손님을 받는 여관을 찾아 짐을 부려 놓고 밖으로 나왔다. 누가 고양이 섬 아니랄까 봐, 그새 숙소 앞에 고등어 두 마리가 앉아 있었다. 다른 섬에서도 이미 경험한 바이지만 이곳에서도 고양이들이 대체로 너무 가까이 다가오는 경향이 있다. 사진을 찍는 사람의 입장에서는 일정거리를 유지해야 원하는 그림을 얻을 수 있지만, 고양이의 입장은 언제나 나와 다른 경우가 많았다.

아이노시마가 여느 고양이 섬과 다른 점이라면 집고양이를 키우거나 외출고양이를 둔 가정이 많다는 점이다. 현관에 고양이 밥그릇과 물그릇을 내놓은 광경이나 골목에서 흔하게 고양이 급식소를 발견할 수 있다는 것도 아이노시마의 다른 점이다. 이곳에서는 대부분의 사람들이 고양이에게 우호적이고, 밥을 주는 것 또한 적극적인 편이다. 그러다 보니 대부분의 고양이들은 골목이나 선착장에서 자유롭게 노닐었다. 아이노시마에서 만난 인상적인 캣맘은 백발의 할머니였는데, 한 번은 내가 고양이 사진을 찍는 곳마다 그분이 계셔서 의아했다. 하필 내가 그분의 밥 주는 코스를 따라 돌아다니고 있었던 거다.

할머니는 자전거를 타고 다니며 고양이들에게 사료 배달을 하고 있었다. 가는 곳마다 마주치다 보니 도선장 앞에서는 자연스럽게 서로 인사도 나누게 되었다. 역시나 할머니는 밥 주던 고양이를 쓰다듬고 있었다. 숙소로 들어가는 길에 냉동창고 뒤에서 캣대디 할아버지도 만났다. 그는 고양이들에게 생선 내장을 나눠 주고 돌아서는 길이었는데, 할아버지가 먼저 나에게 인사를 건넸다. 어떻게 알았는지, 고양이 사진은 많이 찍었느냐고 묻기도 했다. 좁은 섬에서 고양이를 찍으며 돌아다니니 애묘인에겐 눈에 띌 수밖에 없었을 것이다. 다음 날 아침에도 그는 선착장 앞에서 고양이에게 생선 내장을 나눠 주고 사라졌다.

그가 사라진 방향으로 산책을 하다가 우연히 만난 풍경 하나. 어미 고등어가 집 앞 계단에 앉아 아기 고양이 세 마리에게 젖을 물리고 있었는데, 세 마리 다 흰 고양이였다. 내가 가까이 다가가자 젖을 먹이던 어미 고양이는 새끼들을 뿌리치고 발밑으로 다가왔다. 갑자기 버림받은 아기 고양이들은 잠시 어리둥절해 있다가 나를 발견하고는 기겁을 하고 도망을 쳤다. 어미와 달리 녀석들은 경계심이 심했다. 한동안 베란다 구석에 숨어 옴짝달싹하지 않던 녀석들은 어미가 베란다로 올라간 뒤에야 다시 모습을 드러냈다. 햇살 좋은 날에 서로 뒤엉켜 장난도 치고 그루밍도 하다가 어느 순간 꾸벅꾸벅 졸기 시작하는 아기 고양이들. 어느 별에서 온 하얀 천사들인지.

숙소에서 도선장 가는 길의 야산에서 만난 고양이는 아기 고양이 네 마리와 어미 고양이까지 다섯 마리가 모두 고등어인 고등어 가족이었다. 고양이 섬에서는 보기 드물게, 어쩌면 유일하게 경계심이 심했던 고양이들이다. 이틀에 걸쳐 먹을

것을 갖다 바쳤는데도 녀석들은 마치 한국의 길고양이처럼 경계심을 풀지 않았다. 숙소 바로 앞에서 만난 아기 고양이 3남매의 아빠는 뒷다리가 한쪽 없는 장애 고양이(턱시도)였다. 녀석들은 어미 고등어와 놀다가도 아빠가 나타나면 열렬하게 냥냥거리며 반가움을 표시하곤 했다.

숙소를 드나들며 여러 번 마주친 이 아빠는, 걷기 힘든 몸인데도 내가 나오기라도 하면 가장 열심히 달려와서 나에게 부비부비를 했던 고양이이기도 했다. 3남매의 어미는 차별 없이 아빠 고양이와 사랑했을 것이고, 아기 고양이들도 아빠의 장애 같은 건 아무런 문제가 되지 않는 것 같았다. 섬을 떠나는 날, 3남매 중 고등어 녀석이 선착장으로 나오던 아빠를 발견하고 부리나케 달려와 얼굴을 부비며 목덜미를 핥아 주는 장면은 두고두고 코끝을 시큰하게 만든 풍경이었다.

사실 현지에서 아이노시마는 낚시로도 무척 유명한 섬이다. 주말이면 섬에는 어부보다 낚시꾼이 더 많을 지경이다. 아이노시마를 떠나던 날 하필이면 토요일이어서 도선장 옆 등대 쪽에 두 명의 낚시꾼이 낚싯대를 드리웠다. 각각 낚시꾼의 뒤에는 흰 고양이 두 마리가 앉아 있었는데, 목적의식은 그리 뚜렷해 보이지 않았다. 낚시꾼이 잔고기라도 던져 주면 다행이고, 그렇지 않아도 상관없다는 태도였다. 등대 너머로 보이는 하늘은 맑았고, 구름은 적당했다. 그 맑고 푸른 풍경 속에 고양이가 있어서 더 빛나는 시간이었다. 몇 시간 뒤 낚시꾼이 다른 곳으로 자리를 옮겼는데도 흰 고양이 한 마리는 자리를 뜨지 않고 여전히 자리를 지켰다. 마치 등대를 지키는 등대지기 고양이처럼. 녀석은 내가 여객선에 올라 아이노시마를 떠나는 순간까지도 그렇게 그곳에 앉아 있었다.

섬 고양이가 솔개와 공존하는 법

사실 아이노시마는 과거에 조선통신사 객관이 있던 섬으로, 지금은 무너져 그 터만 남아 있다. 도선장 앞에는 이에 대한 안내판이 설치돼 있으며, 그 아래 "어서 오십시오 아이노시마에."라고 쓴 어설픈 한국어 인사말도 적혀 있다. 이토시마의 히메지마나 북규슈의 아이노시마와 달리 이곳의 고양이들은 예닐곱 마리 이상 무리지어 있는 경우가 별로 없다. 앞서 밝힌 두 곳의 섬에서는 고양이가 본래 이렇게 무리생활을 하는 동물이었나 의심이 들 정도였지만, 아이노시마의 고양이들은 개별 행동을 하는 게 일반적이었다. 무리생활을 하는 고양이라곤 어미가 아기 고양이를 거느린 육아묘 가족이 대부분이었다.

물론 이곳에도 무리생활을 하는 고양이들이 있긴 있었다. 섬의 남서쪽 방파제 쪽에 늘 예닐곱 마리가 무리지어 있곤 했다. 아이노시마에서 내가 가장 오래 시간을 보낸 곳도 바로 이곳이다. 남서쪽 방파제와 너럭바위 바닷가. 그런데 이곳에 진을 치고 있는 것은 고양이뿐만이 아니었다. 고양이보다 많은 수의 솔개와 까마귀도 늘 방파제를 사랑했다. 고양이 무리와 솔개 떼가 언제나 이곳에 머무는 까닭은 무엇일까. 의문이 풀리는 데는 그리 오랜 시간이 걸리지 않았다.

한 아주머니가 무언가를 담은 양동이를 들고 나타나자 창고 그늘 쪽에 앉아 있던 고양이들이 하나 둘 방파제 쪽으로 걸음을 옮겼다. 아주머니는 양동이에 담아온 것을 바닷가에 던져 버리고는 서둘러 사라졌다. 고양이를 따라 방파제에 이르러 아래쪽을 살펴보니 생선 내장과 머리 등 물고기 부속이었다. 고양이와 솔개가 진을 친 이유가 바로 이것이었다. 사람들은 이곳에 생선 내장이나 음식물을 먹이 삼아 주고 있었다. 설령 그냥 버리는 것이라 해도 고양이와 솔개들의 입장은 달랐다. 아주머니가 사라지자마자 고양이들은 우르르 몰려들어 그것을 먹어치우기 시작했고, 솔개 떼는 호시탐탐 기회를 엿보고 있었다.

한번은 이런 일도 있었다. 아기 노랑이가 생선 내장과 함께 버려진 라면 가락을 물고 방파제 위로 올라가 먹고 있는데, 솔개가 아기 노랑이를 급습했다. 순식간에 벌어진 일이어서 카메라가 따라갈 수도 없었다. 아기 노랑이는 두려움 없이 솔개와 맞서 쫓아버렸는데, 대체로 먹이 쟁탈전은 고양이가 우위에 있는 편이다. 하지만 까마귀라면 이야기는 달라진다. 우리가 보기에는 솔개가 더 위협적일 것 같지만, 까마귀는 솔개도 함부로 대적하지 못하는 먹이사슬의 강자다. 까마귀는

방파제에 버려지는 고기와 생선 등의
음식 쓰레기는 이곳 고양이들을 먹여 살릴 뿐
아니라 솔개와 까마귀까지 먹여 살리고 있다.

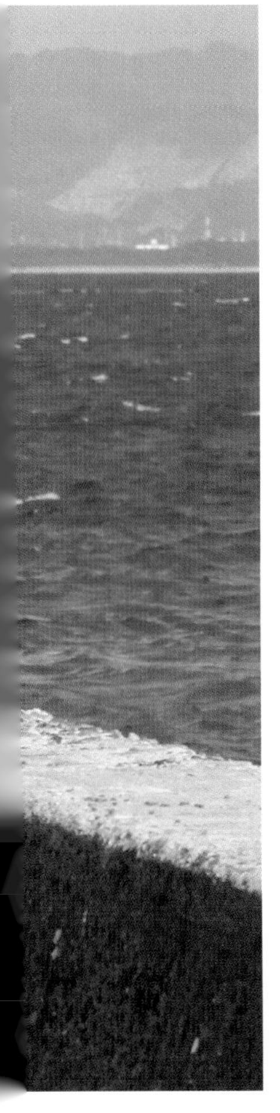

떼로 다니며 공격을 일삼는 데다, 상대가 누구든 물불을 가리지 않는 경향이 있다.

실제로 방파제 위에서 누군가 던져 준 먹이를 먹던 중고양이 두 마리가 까마귀의 공격을 받아 줄행랑을 치기도 했다. 솔개의 위협에는 꿈쩍도 않던 고양이도 까마귀의 공격에는 당할 도리가 없었던 모양이다. 물론 몸집이 큰 성묘의 경우에는 까마귀의 위협이 잘 먹히지 않지만……. 내가 오며가며 지켜본 바, 이곳 방파제에는 하루에도 수차례 생선 내장과 음식 쓰레기가 버려지곤 했다. 이렇게 버려진 음식 쓰레기로 고양이들이 한차례 배를 채우고, 솔개와 까마귀가 뒤처리를 하는 게 보통이다. 평상시 솔개와 까마귀가 고양이와 사생결단으로 먹이 쟁탈전을 벌이지 않는 까닭도 그 때문이다. 굳이 위험을 감수하면서까지 쟁탈전을 벌일 만큼 먹이가 부족한 상태가 아닌 것이다.

방파제 쪽에는 낭만적인 고양이들도 많았다. 바닷가에 내려가 식사를 끝내고 온 고양이들은 방파제 위로 올라가 그루밍을 하곤 했는데, 이 모습이 한 폭의 그림이었다. 바다를 배경으로 그저 앉아 있는 모습도 괜찮았고, 역광이나 해질 무렵의 실루엣도 보기 좋았다. 아이노시마의 남서쪽 방파제 위쪽으로는 자갈해변이 50~60미터 이어지다가 너럭바위 해변이 길게 펼쳐진다. 방

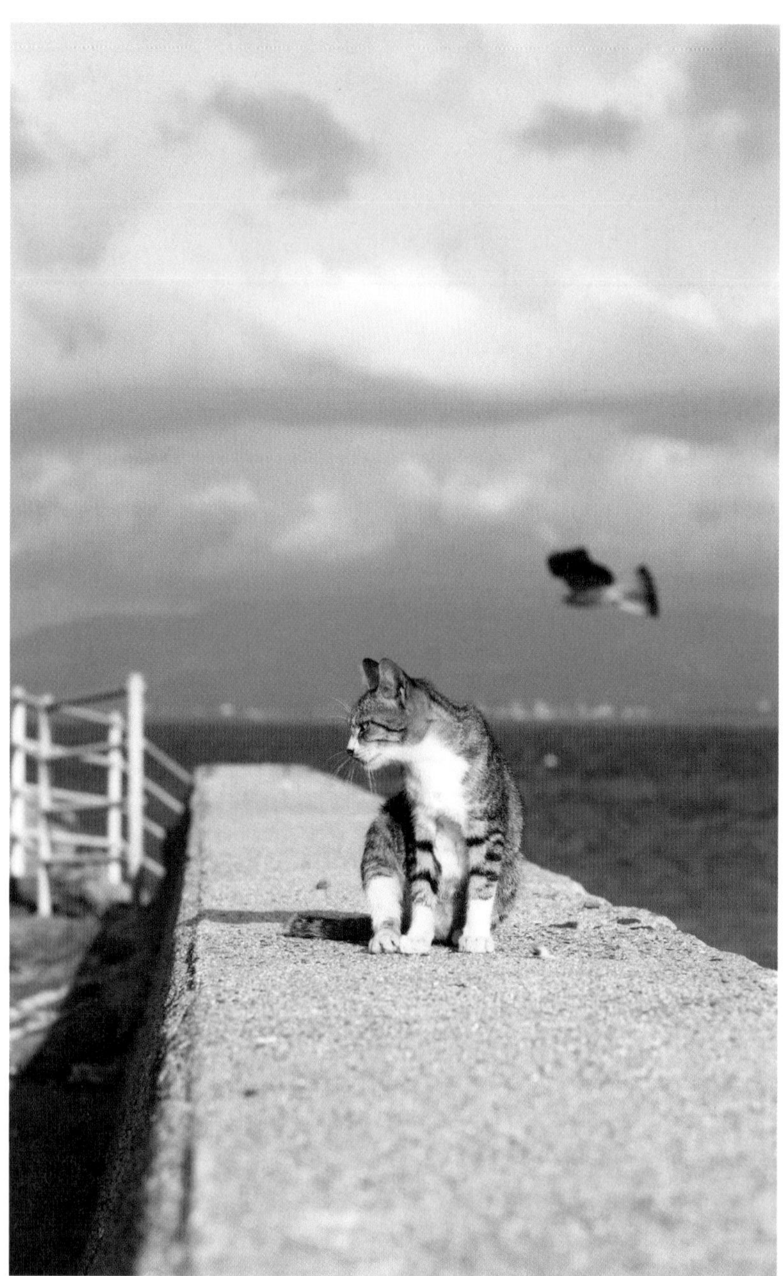

파제 고양이들의 아지트에서 100여 미터쯤 위쪽으로 올라간 너럭바위 해변에는 뭐라 설명하기 어려운 고양이도 한 마리 있었다. 2박3일 내내 나는 너럭바위에 혼자 앉아 바다를 바라보는 녀석과 마주했다. 오로지 혼자서 파도소리를 듣고, 혼자서 해풍에 몸을 말리고, 혼자서 바닷가를 걷다가 혼자서 일몰을 구경하는 센티멘털 고양이. 사실 개인적으로 나는 아이노시마에서 보낸 2박3일 동안 이 녀석과 보낸 시간이 가장 특별했다.

녀석은 바닷가 너럭바위에 앉아 두세 시간 낮잠만 잘 때도 있었고, 소나기가 오거나 뜨거운 햇살이 비치는 정오 무렵에는 제방 수로 속에 들어가 시간을 보냈다. 이틀 연속 나는 녀석과 일몰을 함께 했는데, 녀석은 바닷물이 찰랑이는 너럭바위에 앉아, 나는 바로 녀석의 2~3미터 앞에 앉아 해가 지는 하늘을 구경했다. 그저 해가 질 때까지 고양이는 그곳에 엎드려 있었고, 나는 이따금 셔터를 눌렀을 뿐 대부분의 시간은 아무것도 하지 않았다. 녀석은 가까이 다가오지도 않았지만 멀리 달아나지도 않았다. 마치 구도자의 면모가 물씬 풍기던 그런 고양이. 그런 고양이가 딱 한번 카리스마와 이성을 던져 버린 사건이 있었으니, 비닐봉지 사건이 그것이다.

밀물에 비닐봉지가 떠밀려와 녀석이 엎드린 너럭바위에 걸리자 그렇게 조용하게 참선하던 녀석이 갑자기 냥냥냥 호들갑을 떨더니 종종걸음으로 다가가 그것을 덥석 물고는 촐랑촐랑 계단 쪽으로 달려가는 거였다. 그렇게 동작이 빠른 녀석인지는 몰랐다. 구도하던 고양이는 순식간에 비닐봉지를 건지더니 계단에 앉아서 봉지를 뜯기 시작했다. 음, 결과는 참 아팠다. 그동안의 경험으로는 비닐봉지 안에 음식 쓰레기가 들어 있는 게 당연했지만, 아무것도 없었다. 해가 막 넘어간 뒤에야 너럭바위로 돌아온 고양이는 언제 그랬느냐는 듯 다시 구도자처럼 앉아서 참선을 하기 시작했다.

“네코 이빠이, 네코지마!”

북규슈 고쿠라 항에서 하루 세 번 운항하는 배를 타고 아이노시마(藍島)로 간다. 후쿠오카 쪽의 아이노시마(相島)와는 같은 이름(한자는 다르다), 다른 섬이다. 상도가 한국에도 알려진 고양이 섬이라면, 람도는 일본에만 알려진 고양이 섬이라 할 수 있다. 내가 둘러본 바로는 람도 쪽이 일본 현지인의 방문이 더 많은 편이고, 고양이 밀도도 약간 더 높은 편이다. 그러나 사진으로 보여주는 그림은 상도 쪽의 풍경이 좀 더 낫고, 식당과 숙소의 사정도 그쪽이 나은 편이다.

아무것도 모르고 섬에 들어온 나는 민박을 구하지 못해 난감했다. 지도에는 민박집이 네 곳으로 표기돼 있었지만, 실제로 영업 중인 민박집은 세 군데였고, 세 곳 다 방이 없다고 손사래를 쳤다. 방이 없으니 막배를 타고 다시 나가야 할 처지였다. 가랑비는 흩뿌리는데, 커다란 트렁크를 끌고 왔다 갔다 하는 게 안쓰러웠는지 선착장 가겟집 할머니가 나를 불러 세웠다. 때마침 목도 마르던 차여서 나는 생수를 한 병 사며 푹푹 한숨을 쉬었다. 말이 통하지 않아 사정을 다 이야기할 수는 없었지만, 대충 몸짓을 섞어 방이 없다고 하자 할머니는 친절하게도 기다려 보라며 여기저기 전화를 돌린다.

하지만 역시 방이 없다는 말이 되돌아왔다. 어쩔 수 없었다. 막배가 올 때까지만 2시간 정도 트렁크를 가게에 맡아 주십사 부탁드린 뒤 나는 밖으로 나왔다. 숙소를 잡지 못해 마음이 불편하니 산책도 흥이 나지 않았다. 건성으로 선착장 마을을 한 바퀴 돌다가 가게에 돌아와 보니, 할머니가 환하게 웃으신다. 방을 구했다고. 그런데 식사도 안 되고, 샤워도 안 되고, 하룻밤 잠만 자는 것도 괜찮으냐고 하신다. 나로서는 이것저것 가릴 처지가 아니었다. 할머니의 친절로 겨우겨우 방을 구했다. 잠만 자는 방이지만 다행이다.

방에 짐을 부려 놓고 밖으로 나오자 민박집 딸내미가 내게 한국말로 인사를 건넨다. 그 애가 할 수 있는 말은 '안녕하세요.'가 전부였지만, 그건 나도 마찬가지였다. 아이에게 나는 손짓발짓을 섞어가며 이 섬의 고양이에 대해 물어보았다. 그랬더니 아이의 짤막한 대답. "네코 이빠이, 아이노시마 네코지마!" 어디를 가든 가는 곳마다 고양이를 만날 수 있을 거라고 한다. 거짓말이 아니었다. 민박집을 나오자마자 골목에서 바로 세 마리의 고양이를 만났다. 녀석들은 촬영거리 따위 무시하고 사진을 찍을 수 없을 정도로 가까이 다가왔다. 선착장으로 나가 큰길로 접어드는데, 어김없이 이번에도 대여섯 마리 고양이가 몰려왔다. 일면식도 없는 사람에게 이렇게 가까이 다가오는 고양이라니!

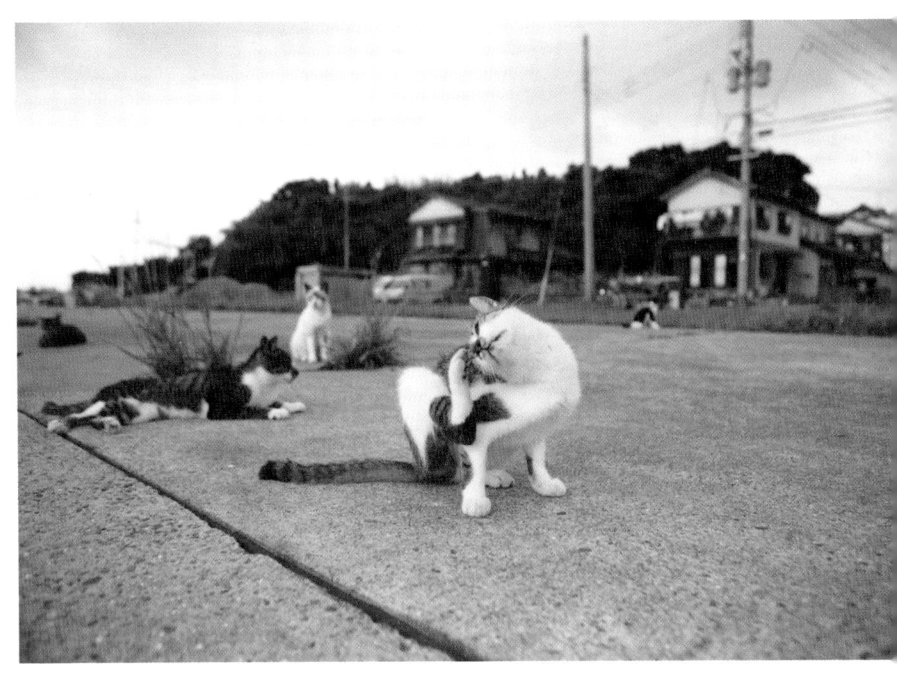

찬찬히 섬을 한 바퀴 돌아보니 이곳에서는 고양이에게 적극적으로 밥을 주는 집이 상당히 많았다. 1박2일 동안 만난 급식소만 해도 여섯 군데나 되었고, 급식소마다 7~15마리 고양이가 상주하고 있었다. 여느 고양이 섬과 달리 이곳에서는 선착장이나 해변의 고양이보다 마을 안쪽 급식소를 중심으로 활동하는 고양이가 절대다수를 차지했다. 아이노시마는 크게 여객선이 오가는 선착장 마을과 터널을 지나 만나는 소학교 마을, 선착장에서 2킬로미터 쯤 떨어진 북쪽 항구 마을 등 3개 지역으로 나눌 수 있다. 고양이는 선착장 마을보다는 소학교 마을에 더 많은 편이고, 북쪽 항구 마을에도 어렵지 않게 고양이를 만날 수 있다.

외떨어진 북쪽 항구 마을은 고작해야 예닐곱 가구가 전부이지만, 고양이는 10여 마리가 넘었다. 녀석들은 여기저기 흩어져 있다가 내가 마을에 도착하자 우르르 나만 따라다녔다. 경계심이라곤 눈곱만큼도 찾아볼 수가 없었다. 그중 젖소고양이 한 마리는 내가 선착장 마을로 돌아가려 하자 계속해서 나를 따라왔다. 산중이나 다름없는 숲길을 거의 1킬로미터 가까이 따라왔고, 이대로라면 인천공항까지도 따라올 기세였다. 마침 나에게 점심으로 챙겨간 빵이 있었기에 망정이지(덕분에 나는 점심을 굶었고, 할머니 상점에서 일본 컵라면으로 점심을 때워야 했다)…….

선착장 마을에서 북쪽 항구 마을과 소학교 마을로 가는 길이 갈라지는 삼거리쯤에 고양이 계단도 만날 수 있다. 딱히 여기서는 뭐라고 하는지 잘 모르겠지만, 나는 이곳의 계단을 그냥 '고양이 계단'으로 불렀다. 그곳을 지날 때마다 고양이들은 제각기 한 계단씩을 차지하고 앉아 있었다. 그러다 만만한 사람이 나타나면 우르르 앞길을 막고 냥냥거렸다. 고양이 계단이 있는 집 마당에 사료그릇과 물그릇이 있는 것으로 보아 누군가 이 고양이들을 보살피고 있었지만, 녀석들의 수가 많아 다 감당이 될지 알 수가 없는 노릇이었다. 적게는 예닐곱 마리, 많게는 열두 마리의 고양이가 이곳에 머물고 있었다.

녀석들에게 나는 만만한 사람이었을까. 터널을 지나 소학교 마을로 갈 때마다 계단에 앉아 있던 고양이들이 도로를 점거한 채 시위를 벌이곤 하는 거였다. 심지어 어떤 녀석은 터널 깊숙한 곳까지 나를 따라왔다. 차량 통행이 드문 섬이지만 그래도 더러 저쪽 마을에서 이쪽 마을을 오가는 차량이 있는 터라 터널에 고양이가 들어오는 건 퍽 위험한 일이었다. 다행히 소학교 마을에서 트럭이 한 대 달려오자 터널에 들어왔던 고양이도, 터널 앞에 앉아 있던 고양이도

모두 몸을 피했다. 그래도 참 신기한 것은 계단 고양이들이 함부로 터널을 지나 소학교 마을로 들어가지 않는다는 것이다. 마찬가지로 소학교 마을 고양이도 이 터널을 마치 국경처럼 여기고 있었다.

이튿날 고양이 계단에서 할머니 한 분을 만났다. 한창 그곳에서 고양이 사진을 찍고 있는데, 할머니는 뒤에서 한참이나 구경만 하는 거였다. 알고 보니 할머니는 그 계단집 주인이자 이곳 고양이의 캣맘이었다. 할머니는 내가 알아들을 수 없는 일본말로 꽤나 길게 이야기를 하며 고양이를 한 마리씩 가리켰다. 아마도 이곳 고양이 한 마리 한 마리에 대해서 설명을 하고 있는 듯했다. 고양이에 대한 기나긴 설명이 끝나고서야 할머니는 집안으로 들어섰다. 계단에 있던 고양이들도 일제히 현관 앞으로 몰려갔다. 곧 녀석들의 식사시간이 시작될 것이다.

猫の餌やりは
ここでお願いします

고양이 할머니
그리고
고등어 클럽

"굳이 그렇게 고양이 섬에서 하루 이틀씩 묵어야 합니까?" 어떤 분이 내게 물었다. 반드시 그럴 필요는 없지만, 되도록 나는 그렇게 하고 싶었다. 어떤 섬은 반나절이면 촬영을 끝낼 수 있을 정도로 섬의 규모가 작았지만, 체류기간은 섬의 규모와는 상관이 없다. 중요한 것은 그곳 섬과 사람, 고양이와의 이해와 교감이다. 사실 2박3일로도 부족하고 어려운 게 사실이다. 할 수만 있다면 아이노시마에서도 2박3일 정도는 머물고 싶었지만, 상황이 여의치 않았다.

내가 임의로 구분한 아이노시마의 3개 지역에서 고양이가 가장 많은 곳은 터널 건너편에 있는 소학교 마을이다. 선착장 마을에서 고양이 계단을 지나 터널을 건너면 곳곳에서 손쉽게 고양이를 만날 수 있다. 그중에서도 고양이가 무리지어 머무는 두 곳의 장소가 있다. 마을 초입 '고양이 급식소' 안내문을 붙인 집이 첫 번째 장소이다. 이곳에는 허리가 아파서 보행기에 의지해야만 거동할 수 있는 할머니가 사는 집으로, 언제나 일곱 마리에서 열마리 정도의 고양이가 여기 머문다. 불편한 몸에도 할머니는 살뜰하게 고양이를 챙기고 있다.

내가 처음 이 급식소 앞을 지날 때 코팅된 안내문 사진 속의 모델 고양이로 보이는 녀석이 담장 위에 앉아 있었다. 마치 여기가 급식소예요, 하면서 담장에 붙은 안내문을 가리키는 듯했다. 집안 그늘에는 고양이 대여섯 마리가 널브러져 단잠에 빠져 있었다. 이튿날 아침 나는 다시 이곳을 지나다가 작은 감동을 받았다. 할머니가 집을 나와 보행기를 밀고 포구 쪽으로 걸어가는데, 집 앞에 있던 고양이들이 모두 할머니를 호위하듯 따라가고 있었던 것이다. 포구 가까이 도착해 할머니는 다리쉼을 하느라 벤치에 앉았고, 그제야 고양이들은 제각기 흩어져 바닷가를 산책했다.

바람을 쐬러 나온 할머니와 동행한 고양이들의 자유로운 산책. 한동안 고양이들은 제방 위에 나란히 앉아 포즈를 취하기도 했고, 소라잡이 항아리 사이에 들어가 장난을 치기도 했다. 도로 한복판으로 나와 발라당을 하거나 내 가랑이 사이를 오가며 부비부비하는 고양이도 있었다. 그러다 잠시 후 고양이들은 약속이나 한 듯 벤치에 앉은 할머니 앞으로 몰려갔다. 할머니 앞에 다소곳이 앉은 고양이들. 때맞춰 일어나는 할머니. 보행기를 밀고 집으로 돌아가는 할머니 뒤에는 다시금 보디가드 고양이들이 잔뜩 따라붙었다. 고양이를 몰고 다니는 할머니. 〈백만 마리 고양이〉 같은 동화에서나 만날 듯한 아름다운 풍경이었고, 감동적인 장면이었다. 반드시 할머니와 고양이들은 오래오래 행복하게 잘 살았습니다, 로 끝내야 할 것 같은 멋진 그림이다.

할머니의 고양이 급식소에서 100여 미터 남짓 떨어진 곳에도 숨겨진 급식소가 있다. 아이노시마에서 가장 많은 고양이 무리를 만날 수 있는 비밀스러운 장소. 선착장 창고 뒤편 나란히 붙은 두 집 모두 급식소 노릇을 하고 있었다. 왼쪽 집에는 검은 고양이를 비롯해 고등어, 턱시도 등 다양한 고양이가 있었고, 오른쪽 집은 특이하게 고등어 무늬 고양이가 대세를 이루었다. 집 앞에 앉은 여섯 마리 고양이가 모두 고등어였던 것이다. 이건 거의 고등어 클럽이나 다름없었다. 그 중 고등어 두 마리에게는 집고양이 표식인 목걸이까지 걸어 놓았다.

'고등어 클럽'이나 다름없는 소학교 마을의 급식소.
나란히 붙은 두 집에서 모두 20여 마리의
고양이를 보살피고 있었다.

내가 이곳을 찾았을 때, 두 집에서 나온 아주머니는 집 앞 공터에서 열 마리가 넘는 고양이와 어울려 놀고 있었다. 아침부터 고양이들과 장난 삼매경에 빠진 아주머니들. 저쪽 창고 그늘에도 대여섯 마리의 고양이가 앉아 있었는데, 모두 합치면 20여 마리에 가까웠다. 이 녀석들은 아이노시마에서도 가장 사람을 잘 따르는 고양이들이었다. 처음 보는 내가 가까이 다가가 앉아 있어도 녀석들은 우르르 달려와 나를 에워쌌다. 여기저기서 부비고, 무릎 위로 올라오고, 뒤에서 잡아당기고……. 위에서 카메라를 들이대면 녀석들은 하나같이 렌즈를 빤히 쳐다보며 포즈를 취했다.

이곳의 많은 고양이들은 어느 집 소속인지 도무지 알 수가 없었다. 그건 아무래도 상관없었다. 양쪽 집에서 밥을 내놓으면 녀석들은 이 집 저 집 경계 없이 넘나들었으므로. 아이노시마에서 내가 가장 오랜 시간을 보낸 곳도 이곳이다. 솔직히 한국에서 고양이 여행을 다닐 때면 경계심이 심한 고양이들 때문에 어느 정도 거리를 두고 망원렌즈를 끼울 때가 많았다. 하지만 지금 이 순간의 걱정은 이것이다. 광각렌즈를 끼우고도 고양이가 너무 가까이 다가오는 바람에 촬영을 놓치는 경우가 허다했다.

창고 앞 선착장에는 아이들의 낚시가 한창이었다. 아이들 옆에는 조금 전까지 내 종아리를 부비던 고등어 녀석이 얌전하게 앉아 있었다. 녀석은 아이들이 낚시로 잡을 물고기를 노리는 게 틀림없었다. 아니나 다를까. 한 아이가 낚시로 물고기를 건져 올리자마자 고양이가 달려가 낚아챘다. 순식간에 녀석은 낚아챈 물고기를 천연덕스럽게 먹어치웠다. 고양이는 다시 기다림의 자세로 돌아갔다. 낚시를 하는 아이들과 그 뒤에서 얌전하게 기다리는 고양이. 그저 평화롭기만 한 풍경이었다.

아이노시마에서 보낸 이틀은 멋지고 아름다웠다. 사람들은 대부분 고양이에게 선의를 베풀었고, 고양이는 그런 사람들을 믿고 의지했다. 그 어떤 섬보다 고양이는 착했고, 사람을 잘 따랐다. 사람들이 고양이를 좋아하게 되면 만나게 될 풍경을 나는 내내 아이노시마에서 보았다. 아! 아이노시마, 네코지마.

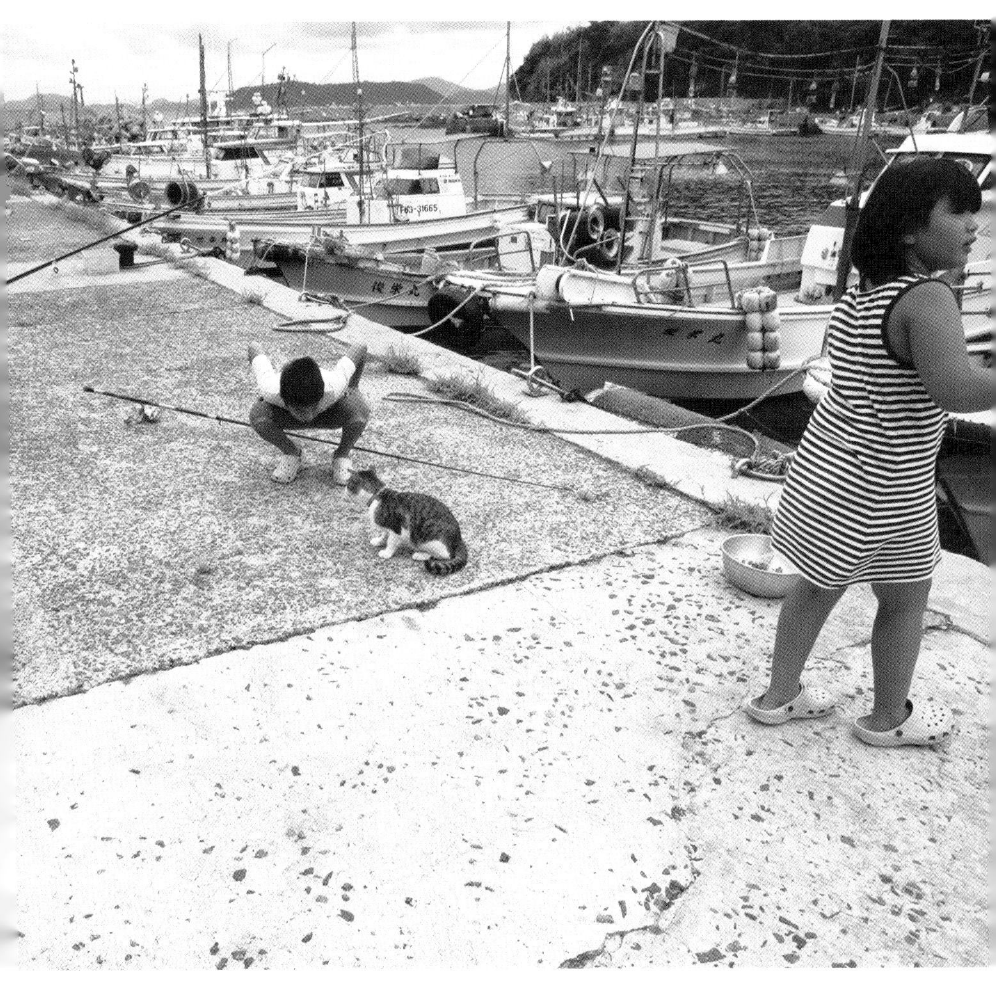

다리 밑 노숙자와 노숙묘

내가 규슈의 고양이 섬 여행을 하는 동안, 네댓새를 제외하곤 내내 비가 오거나 날이 흐렸다. 일주일 간격으로 두 개의 태풍이 연달아 올라왔고, 가을장마 시기와도 겹쳐서 사진을 찍기에 최악의 날씨가 계속되었다. 두 번째 태풍이 올라오던 날, 나는 섬 여행을 접고 후쿠오카에 머물면서 이자키(伊崎) 어항을 둘러본 적이 있다. 후쿠오카 돔 경기장이 건너다보이는 항구. 바람과 폭우가 심해 잠시 도시고속화도로 교각 아래 몸을 피하려 들어갈 때였다.

다리 아래 제법 넓은 공터가 있었고, 비바람을 피할 수 있는 장소가 있었는데, 거기 개가 여러 마리 묶여 있었다. 한쪽에 천막이 설치돼 있고, 얼핏 고양이들이 돌아다니는 모습도 보였다. 비는 줄기차게 내렸지만 그곳은 비 맞을 염려가 없는 안전한 곳이었다. 가까이 가서 보니 주변에는 온통 고철과 공병, 박스 등 고물이 잔뜩 쌓여 있었다. 낯선 사람이 다가오자 천막 속에서 허름한 복장의 한 노인이 걸어 나왔다. 한눈에 봐도 다리 아래에 사는 노숙자였다.

정중하게 나는 인사를 하고, 천막 옆에서 밥그릇을 핥고 있는 고양이를 가리키며 사진을 좀 찍어도 되느냐고 물어보았다. 노인은 흔쾌히 고개를 끄덕였다. 보아하니 그는 고물을 수집하고 팔아서 생계를 유지하고 있을 뿐만 아니라 개와 고양이까지 부양하고 있었다. 노숙묘인 길고양이 처지가 자신의 처지와 다를 게 없다고 측은지심을 느꼈던 걸까. 고양이가 핥고 있는 밥그릇에는 그저 사람이 먹는 밥에 생선살을 섞어 놓은 '생선 비빔밥'이 들어 있었다. 그저 흔한 밥이지만, 길거리 생활하는 길고양이와 개들에게는 소중한 양식이 아닐 수 없었다.

다리 밑 노숙자가 내놓은 고양이 밥.
그는 어려운 처지에도 세 마리의 개와
일곱 마리 고양이를 보살피고 있었다.

개가 세 마리, 고양이는 모두 일곱 마리였다. 어미로 보이는 노랑이와 중고양이 노랑이 두 마리, 그리고 태어난 지 얼마 안 된 아기 고양이 네 마리도 모두 노랑이였다. 노랑이만 일곱 마리. 노인의 거처는 박스 더미 위에 천막을 둘러씌운 움막 같은 곳이었는데, 고양이들은 밥 먹다가 혹은 놀다가 잠을 잘 때면 꼭 이곳에 올라가 눈을 붙였다. 게다가 네 마리 아기 고양이들은 천막 안을 자유자재로 드나들었다. 천막이란 곳이 이른바 사람과 고양이의 공동주택쯤 되는 거였다.

고양이들은 노인에게 사랑을 받고 자라서인지 낯선 이방인의 출현에도 아랑곳없이 자연스럽게 행동했다. 밥 먹고 그루밍하고 장난치고 잠자고. 어려서부터 개와 함께 지내온 덕분인지 모든 고양이가 스스럼없이 개와 어울렸다. 아기 고양이들은 개의 면전에서 잠을 자는가 하면 개 꼬리를 잡아당기는 장난도 서슴지 않았다. 내 뒤에서 노인은 그런 모습을 그저 흐뭇하게 바라만 보았다. 개는 꽤 순했다. 녀석은 혹시라도 내가 아기 고양이에게 못된 짓을 벌이지 않을까 노심초사 지켜보며 경계하는 눈치였다. 내가 사진 좀 찍으려고 아기 고양이에게 다가서면 개는 어김없이 내 앞을 막아섰다. 어미 고양이도 하지 않는 보호자 노릇을 개가 하고 있었다. 개와 고양이, 노인이 함께 사는 곳. 가난한 이들의 거주지. 최소한 이곳에서는 동물을 사랑하는 데 가난은 문제가 되지 않는다.

빗줄기가 잦아들 무렵에야 나는 다리 밑을 떠났다. 하지만 이자키 어항에 이르자 빗줄기는 또다시 굵어졌다. 어쩔 수 없이 냉동창고 앞에서 한 시간 넘게 비를 피했다. 항구 주변에도 꽤 많은 고양이가 있었고, 어항을 낀 주택가에도 심심찮게 고양이를 만날 수 있었다. 이곳 주택가에서 만난 한 마리 고등어 녀석은 오크통 캣타워에 들어가 있었는데, 참으로 평화로워 보이는 풍경이었다. 오크통에 들어가 고개를 내밀고, 골목의 비오는 풍경을 구경하는 팔자 좋은 고양이. 다리 아래 사는 가난한 고양이와 비교되는 풍경이었다.

신사
고양이

후쿠오카 도심에서 고양이를 만나기란 쉽지 않다. 어쩌면 서울에서 고양이를 만나는 것보다 더 어려운 일일지도 모른다. 이럴 땐 도심의 휴식공간인 신사에 들러보자. 십중팔구 고양이를 만나게 될 것이다. 메이 사튼의 소설『신사 고양이』 말고 일본 신사에서 만나는 신사(神社) 고양이.

후쿠오카에 머무는 동안 나는 이틀에 걸쳐 스미요시(住吉) 신사를 찾은 적이 있다. 이곳(커낼시티 하카타에서 도보 10분)은 일본 전역에 있는 2000여 곳의 스미요시 신사 중 가장 오래된 신사로 규모도 상당히 큰 편이다. 이곳 후원에서 나는 고양이를 여러 마리 만났다. 제법 넓은 후원의 연못 근처에서. 일본에서도 길고양이로서는 보기 드문 아메리칸 쇼트헤어 가족(노랑이 한 마리, 고등어 두 마리)이었다. 녀석들 가까이에는 그냥 평범한 고등어도 한 마리 앉아 있었고, 멀찌감치 거리를 두고 갈색 얼룩이도 나무 둥치에 엎드려 있었다.

오후 5시쯤이었는데, 자전거를 타고 온 캣대디가 비닐봉지를 들고 후원에 나타나자 여기저기 숲에 은신해 있던 고양이들이 공터와 연못 근처로 나왔다. 안 보이던 카오스 아기 고양이와 어미 삼색이까지 캣대디 앞뒤로 자리를 잡았다. 그가 비닐봉지에서 꺼내든 것은 그저 평범한 식빵이었다. 캣대디는 식빵을 한 조각씩 뜯어내 고양이 앞에 던졌다. 후원의 신사 고양이들 중에는 제법 경계심이 있는 녀석들도 있어서 그는 멀리서 빵을 뜯어 일일이 고양이 앞으로 던졌다. 자기 앞에 빵이 떨어질 때마다 고양이는 재빨리 물고 나무 그늘 아래로 사라졌다.

스미요시 신사 숲에 거주하는 고양이 식구들.
이들 중 세 마리는 일본에서도 보기 드문
'아메리칸 쇼트헤어' 가족이었다.

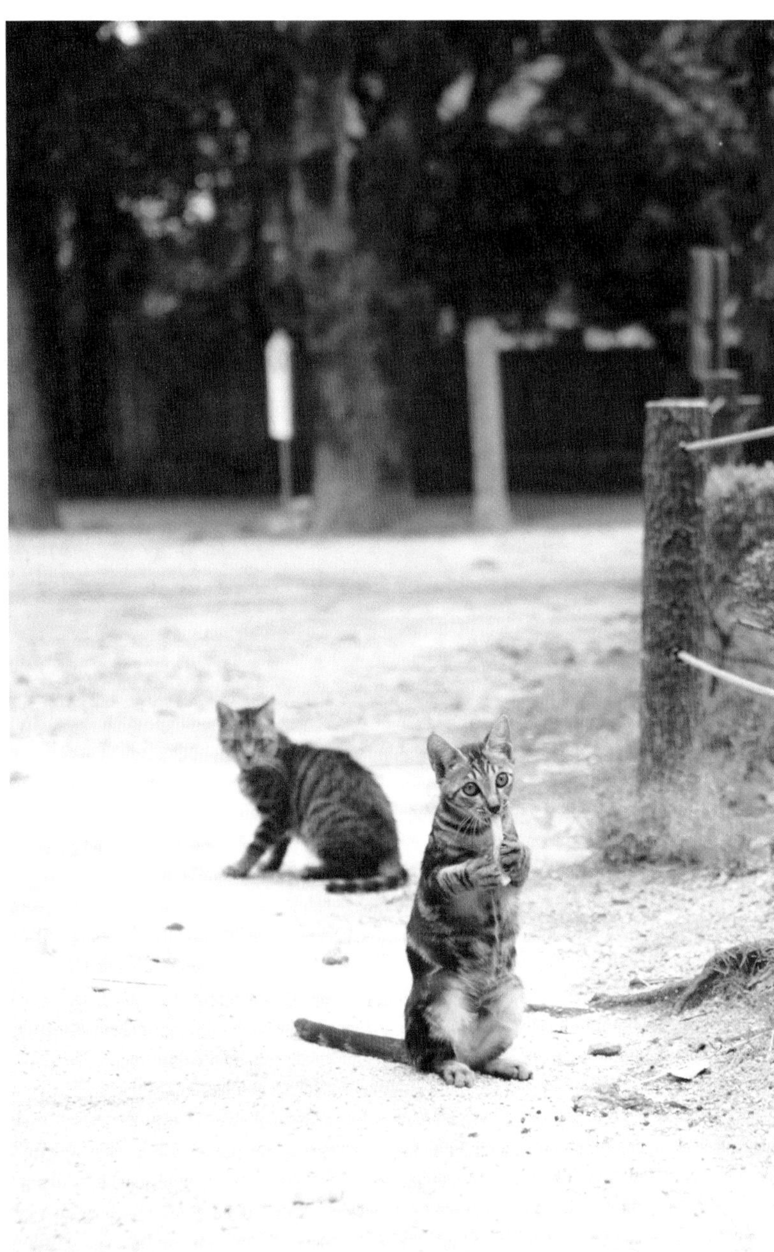

후원 고양이 중에 가장 경계심이 없는 녀석들은 아메리칸 쇼트헤어 가족들이었다. 녀석들은 세 마리가 연못 근처로 나와 넙죽넙죽 빵을 받아먹었다. 녀석들 모두 빵깨나 먹어본 솜씨였다. 캣대디는 식빵 하나를 다 뜯어서 고양이들에게 던져 주고서야 도로 자전거에 올랐다. 그가 떠나자 어린 카오스와 삼색이는 자취를 감추었고, 갈색 얼룩이도 등나무 위로 몸을 피했다. 역시나 마지막까지 남은 건 아메리칸 쇼트헤어 가족들과 고등어 녀석이었다. 녀석들은 연못가 산책로에 나와서 저물어가는 저녁을 배경으로 천천히 그루밍을 했다.

이곳에 산책을 나온 사람들도 신사 고양이가 신기한지 연신 휴대폰 카메라를 꺼내 사진을 찍었다. 그러나 잠시 후 개를 데리고 산책 나온 아주머니가 아무 생각 없이 고양이한테 다가가는 바람에 고양이들은 혼비백산 달아나 버렸다. 일본에도 눈치 없는 사람들은 있는 법. 구경하던 사람들의 웅성거리는 불만에도 아주머니는 기어이 고양이를 다 쫓아내고, 연못가에 앉아 자신이 데려온 개의 뒷일까지 보게 했다. 날이 저물어 신사는 환하게 불을 밝히기 시작했고, 나는 신사 정문 쪽으로 발길을 돌렸다.

이튿날에는 좀 더 이른 시간에 스미요시 신사를 찾았다. 여전히 무늬가 멋진 가족 세 마리와 고등어는 연못 앞에 앉아 있었다. 그런데 잠시 후 어제와 똑같은 일이 벌어졌다. 개를 데리고 나온 아주머니가 고양이를 다 쫓아내고 이번에도 연못가에서 개에게 뒷일을 보게 했다. 이후로 거의 한 시간 넘게 고양이는 덤불숲에 들어가 모습을 드러내지 않았다. 오후 5시가 되자 어김없이 캣대디가 식빵을 들고 나타났고, 그제야 고양이들도 바깥에 모습을 드러냈다.

쇼핑의 천국, 덴진(天神)에 있는 스이쿄(水鏡) 신사는 스미요시에 비하면 아주 작은 규모의 신사이다. 사람들이 많이 오가는 길목에 자리하고 있지만, 신사는 언제나 한가롭고 조용한 편이다. 이곳에서도 여러 마리의 고양이를 만났다. 본당 건물 그늘에서 낮잠을 자던 고양이들. 갈색 얼룩이와 고등어, 아기 노랑이 세 마리는 한데 뭉쳐 낮잠을 자다가 찰칵이는 카메라 셔터소리에 잠에서 깨어났다. 어미 고양이 얼룩이는 선잠을 깬 듯 살짝 짜증을 부렸지만, 아기 노랑이는 금세 잠을 털고 꼬리잡기 놀이에 빠져 신이 났다. 수컷인 고등어도 눈치 없이 숨바꼭질을 하다가 얼룩이의 화를 돋우었다.

얼룩이는 만사 제쳐두고 본당 마루 밑으로 몸을 피했다. 아기 노랑이는 신사를 한 바퀴 돌아 참배단을 오르더니 마루로 뛰어올랐다. 녀석은 마루에 늘어뜨린 볏섬의 줄을 가지고 놀기 시작한다. 이따금 사람들이 와서 두 손을 모아 참배하는 동안에도 녀석은 줄 장난을 치며 마루에서 쿵쾅거린다. 몇몇 사람들은 참배를 왔다가 장난치는 고양이를 보고 키득키득 웃는다. 아마도 녀석에게는 신사의 모든 가구와 설치물이 장난감인 듯했다. 녀석에겐 제한된 구역도, 제한된 행동도 없었다.

세 마리 고양이가 본당에 머무는 동안 성묘 노랑이 한 마리는 부속건물 창틀에 앉아 꾸벅꾸벅 졸고 있다. 신사 건물 특유의 분위기와 잘 어울리는 고양이. 평화와 적막, 신사와 고양이. 이 조용한 풍경을 뒤로 하고 신사를 나서는데, 정문 옆 벤치에서도 평화로운 풍경이 이어졌다. 한 할머니가 고양이를 데리고 나와 발톱을 깎고 있었던 것이다. 발톱을 깎는다고 고양이는 불만에 가득 차 있었지만, 그건 무척이나 아름다운 장면이었다. 발톱 손질이 끝나자 고양이는 발을 탈탈 털면서 신사 정문 쪽으로 가만히 걸음을 옮겼다.

스이쿄 신사 안에서 만난 아기 고양이(왼쪽 페이지 위, 아래)와
신사 앞 벤치에서 발톱을 깎고 신사 산책에 나선 집고양이(왼쪽, 위)

덴파이 산의 야생 고양이들

후쿠오카 하카타 역에서 가고시마 본선을 타고 약 30분 거리에 후쓰카이치(二日) 역이 있다. 여기서 다시 택시로 10분, 도보로 4~50분 거리에 덴파이(天拜)라는 산이 있다. 그저 등산이 가능한 흔한 산인데, 역사자연공원으로도 알려진 곳이다. 하지만 이곳이 애묘인들에게는 더러 알려진 고양이 공원이요, 고양이 산이라는 사실을 아는 사람은 그리 많지 않다. 규슈에서 활동하는 현지 가이드의 전언에 따르면 산을 오르는 동안 밑에서부터 중턱의 신사까지 꽤 많은 야생 고양이를 볼 수 있고, 산에서 녀석들에게 밥을 주는 사람도 만날 수 있다는 거였다.

후쿠오카 여행 마지막 날 나는 속는 셈 치고 이곳을 찾았다. 등산로 입구에서부터 아는 체를 하는 고등어 무늬 고양이 두 마리. 두 녀석은 이제껏 당연하게 입장료를 챙겨 왔다는 듯 앙칼지게 울며 통행세를 요구했다. 등산로를 따라 200여 미터 이상 올라간 숲에도 예닐곱 마리 산고양이가 여기저기 흩어져 있었다. 대부분 야생 고양이였지만, 개중에는 래그돌(Ragdoll) 품종도 눈에 띄었다. 그나저나 이 깊은 산중에 저 녀석들은 누구를 기다리고 있는 것일까. 큰 나무 아래 두세 마리, 덤불 아래 한 마리, 바위 옆에 또 한 마리. 녀석들은 약간의 거리를 두고 앉아 있었는데, 누군가를 기다리는 표정이 역력했다.

그게 오늘은 나일 수도 있겠구나, 라는 생각은 카메라 가방에 넣어 온 빵 한 봉지 때문이었다. 부스럭부스럭 가방에서 빵을 꺼내는 소리가 들리자 숲에 있던 고양이 중 네 마리가 비탈을 타고 올라왔다. 녀석들은 늘 보던 캣대디가 아니어도 상관없었다. 이런 숲에서 살다 보면 먹을 것 앞에서 약해질 수밖에 없을 것이다. 물론 끝까지 올라오지 않는 녀석들은 녀석들대로 이유가 있을 테지만……. 산 중턱에는 알려진 것처럼 신사가 있었다. 이 깊은 산중의 신사에도 고양이는 있었다. 고등어, 갈색 얼룩이, 삼색이. 녀석들은 경계심을 약간 보이면서도 사람의 시선에서 멀어지려 하지 않았다. 등산객 중의 한 명이 참배를 왔을 때도 몇 미터 옆에서 물끄러미 지켜보았다.

녀석들은 이 야생의 숲에서 야생의 삶을 살고 있지만, 누군가 정기적으로 찾아와 먹이를 주는 자비에도 익숙해 있었다. 야생에서 사람을 기다리는 고양이들. 사실 덴파이 산 입구에는 제법 넓은 공원이 펼쳐져 있는데, 이곳에는 야생이 아닌 사람들과 함께 어울려 사는 고양이들이 더 많다. 입구 잔디광장 쪽에 예닐곱 마리, 안쪽 휴게소 쪽에 약 10여 마리. 대부분 중성화수술 표시인 귀 커팅이 되어 있었고, 몸도 깨끗한 것이 누군가의 보살핌을 받는 게 틀림없었다. 아니나 다를까. 내가 덴파이 공원에 머무는 두어 시간 동안 두 명의 캣대디가 고양이를 찾아왔다.

둘 다 차를 타고 와서 이곳 고양이들에게 사료와 캔을 나눠 주고는 한참이나 놀다 갔다. 잔디광장의 고양이들은 주로 나무 덤불 속에 들어가 낮잠을 자거나 소풍을 나온 사람들 주변을 기웃거렸다. 안쪽 휴게소는 고양이 휴게소나 다름없었다. 이곳의 탁자와 의자, 바닥까지 온통 고양이가 차지하고 있었다. 녀석들은 캣대디가 와서 캔을 나눠 주는데도 그리 열렬한 반응을 보이지 않았다. 절반 이상의 고양이는 귀찮다며 자던 잠을 마저 잤다. 나중에 사료를 주러 온 캣대디에 대한 반응도 시큰둥했다. 녀석들에게 캣대디의 출현은 일상적이고 의례적인 일이 된 것이다.

집에 가기 싫어요

아이노시마(相島) 외출 고양이가 저녁 무렵까지 돌아오지 않자 집사가 결국 고양이를 찾으러 나왔다. 집사는 도선장에서 발견한 녀석을 어깨에 올리고 집으로 간다. 고양이는 더 놀고 싶다고, 집에 가기 싫다고 불만 가득한 표정이다.

LOVECAT
13

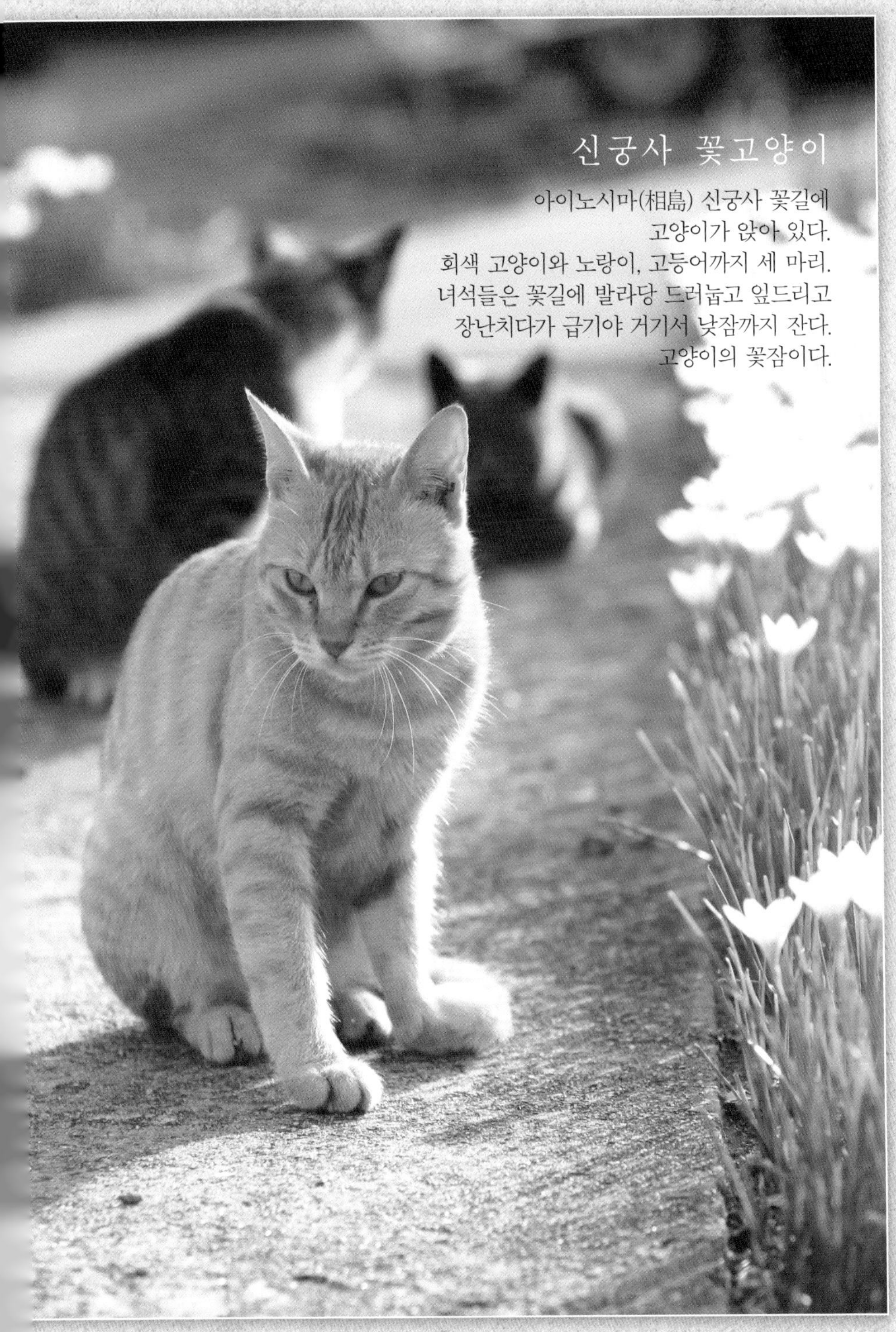

신궁사 꽃고양이

아이노시마(相島) 신궁사 꽃길에
고양이가 앉아 있다.
회색 고양이와 노랑이, 고등어까지 세 마리.
녀석들은 꽃길에 발라당 드러눕고 엎드리고
장난치다가 급기야 거기서 낮잠까지 잔다.
고양이의 꽃잠이다.

노코노시마 고양이들

메이노하마 도선장에서 배로 10분 거리에 있는 노코노시마(能古島)는 후쿠오카에서도 가까운데다 아일랜드 파크와 해수욕장까지 있어 관광지로 꽤 유명하다. 고양이 섬은 아니지만, 관광지를 벗어나 한적한 주택가 골목으로 들어가면 얼마든지 고양이를 만날 수 있다.

LOVECAT
14

아이스크림 노점 점장 고양이

포장마차 골목으로 유명한 후쿠오카 나카스 거리에서
우연히 만난 이동식 아이스크림 노점의 점장 고양이.
아기 고양이 두 마리와 함께 아이스크림 장사를 시작한다.
"아이스크림 사세요. 냥냥냥!"

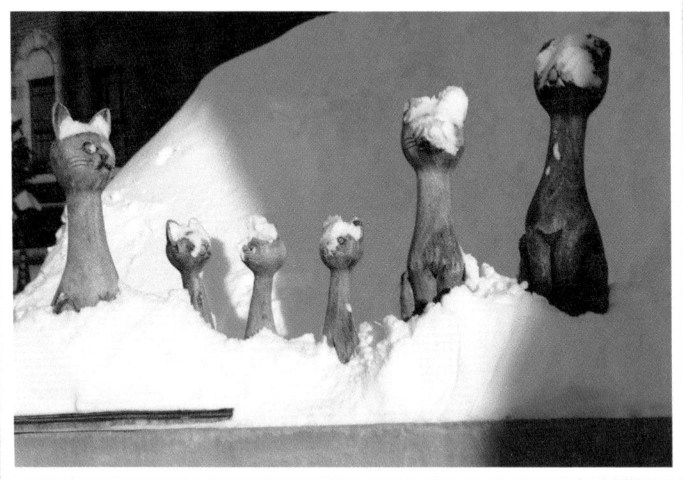

오타루 눈 고양이

영화 〈러브레터〉의 촬영지이기도 했던 홋카이도의 오타루 거리에서 고양이를 만났다. 폭설 내린 거리에서 우연히 만난 녀석은 발이 시리다며 내 무릎을 잠시 빌리더니 15분이 넘도록 내려가지 않았다. 아주 발 저린 경험이었다. 오타루에는 일본 최대의 오르골 전문점 〈오타루 오르골 당〉이 있는데, 수십여 종이 넘는 고양이 오르골도 만날 수 있다. 오르골당 건너편에는 애묘인들의 기념촬영 장소로 유명한 '고양이 목조각상'도 있다.

여행하고 사랑하고 고양이하라

대만·인도·라오스

그들이 고양이를 사랑하는 방법들

애묘인들의
히든 플레이스

타이베이 역에서 기차 타고 1시간쯤 달려 루이팡 역에 내린다. 여기서 다시 핑시선 열차로 갈아탄 뒤, 한 정거장만 가면 호우통(侯硐) 역이다. 루이팡-호우통-싼댜오링-다화-스펀-왕구-링자오-핑시-징퉁을 왕복(대략 한 시간에 한 대꼴)하는 핑시선 열차 코스는 대만에서 가장 인기 있는 열차여행 코스로도 유명하다. 일반적으로 관광객들에게 인기 있는 명소는 스펀, 핑시, 징퉁 등인데, 최근에는 호우통이 급부상하고 있다. 고양이를 좋아하는 여행자 사이에서 이곳은 성지나 다름없고, 요즘에는 일본과 한국의 애묘인들에게도 '히든 플레이스'로 각광받고 있다. 여기가 바로 그 유명한 '고양이 마을'이 있는 곳이다.

이른 아침이라 그런지 핑시선 열차에는 승객이 별로 없다. 한 정거장 지나 호우통 역에 내리는 사람도 기껏해야 30여 명 정도. 비수기 평일 아침 치고는 적지 않은 인원일지도 모르겠다. 알려진 바로는 고양이 마을이 있는 호우통에 평일에는 수백 명, 주말에는 수천 명의 관광객이 찾아온다고 한다. 무너졌던 이곳의 지역경제를 고양이가 살렸다는 이야기도 있다. 실제로 이곳의 주민들도 그렇게 여기고 있다. 고양이 마을이 생기자 역 앞의 여행자 정보센터에는 늘 사람들로 붐비기 시작했고, 역 주변의 식당과 카페, 고양이용품(고양이 낚싯대와 사료 등을 판다)을 파는 작은 가게들조차 성업을 이루었다.

사실 고양이 마을로 올라가기 전에 역전에서 국수나 한 그릇 먹자고 식당에 들어섰는데, 오전부터 줄을 서서 한참이나 기다려야 했다. 이른 시간에 왔으니 배를 채우고 천천히 저녁까지 시간을 보낼 생각이었다. 국수를 먹고 나오는데, 검은 고양이 한 마리가 나에게 달려왔다. 하지만 녀석은 역전에 이르러 뒤도 안 돌아보고 곧장 역 안으로 들어서는 거였다. 이 녀석뿐만 아니라 다른 고양이들도, 심지어 개도 자유롭게 역을 드나들었다. 그것부터 고양이 마을다웠다.

호우통 역 1층에 세워진 고양이 동상은
까만코 명예역장이다. 이곳 사람들은
열차 사고로 숨진 까만코를 위해 동상을
세우고, 명예역장 모자까지 씌워 주었다.

역 1층에는 영원한 역장, 까만코(黑鼻) 동상이 세워져 있다. 명예역장인 까만코는 고양이 마을이 생기기 전에 이 마을에 살던 고양이라고 한다. 어느 날 녀석은 열차사고로 세상을 떠났고, 마을 사람들은 그를 위해 역 내에 까만코 동상을 세워 명예역장 모자를 씌워 주었다는 것이다. 호우통 역의 대합실과 매표소는 1층이 아니라 2층에 있다. 2층에 들어서면 가장 먼저 만나는 고등어 무늬 고양이가 있다. 주로 '고양이 스탬프'를 담당하는 역무원 고양이다. 하필이면 자리도 스탬프를 찍는 탁자 위에 자주 앉아 있는 편이다. 카오스와 노랑이 녀석도 대합실 손님들 곁에서 무릎냥이 노릇을 한다.

아직 본격적인 고양이 마을은 가 보지도 않았는데, 역 대합실에서부터 고양이가 애간장을 녹인다. 호우통 역전에서 약 50여 미터 떨어진 곳에 위치한 여행자 정보센터와 탄광기념관 앞 마당에도 늘 열 마리 이상의 고양이를 만날 수 있다. 녀석들은 마을에서 숙식을 제공하고, 관광객으로부터 간식까지 제공받는다. 때로는 관광객이 던져 주는 지나친 간식이 문제가 될 때도 있다. 관광객 입장에서는 처음 던져 주는 간식이지만, 하루 종일 여기서 지내는 고양이들에게는 이것이 과식이 되는 경우가 있다.

2 3 4 5 6
車票一張50元
照片一張25元

사실 고양이 밀도만으로는 고양이 마을보다 오히려 정보센터 쪽이 더 높은 편이다. 그래서인지 처음 역에서 내린 관광객 중에는 이곳이 고양이 마을의 전부인 줄 착각하는 분들도 있다. 그들은 뒤늦게 역내 1층과 대합실에 그려진 고양이 마을 안내도를 보고서야 모든 사실을 알게 된다고. 본격적인 고양이 마을은 2층 대합실과 연결된 구름다리를 건너 철로를 건너가야 비로소 만날 수 있다.

고양이 마을 호우통은 과거 대만 최고의 탄광도시였다. 전성기 때만 해도 이곳에는 900호에 이르는 가구가 있을 정도로 번창했지만, 1990년 석탄 생산이 중단되자 인구는 급감하고, 마을은 쇠락했다. 몰락의 길을 걷던 마을이 다시 살아난 것은 2005년 탄광박물관으로 마을을 정비하면서 함께 고양이 마을을 조성한 게 결정적인 계기가 되었다. 애묘인들 사이에 '고양이 마을'이 알려지면서 덩달아 이곳의 지역경제도 살아난 것이다. 쇠락한 탄광도시에서 인기 있는 고양이 마을로의 변신. 성공사례로 꼽히는 '고양이 마을'을 모델로 우리도 폐광촌이나 외딴 섬 등에서 시도해봄 직 하지만, 솔직히 기대보다 우려가 되는 게 사실이다.

호우통
고양이 마을에서
보낸 하루

호우통 역에서 구름다리 건너가 만난 고양이 마을. 마을 입구에 서면 가장 먼저 눈에 띄는 팻말이 있다. 개는 데리고 들어오지 말라는 팻말. 다만 마을에서 이미 오래전부터 키우는 개는 고양이와 사이가 좋아 상관없다. 고양이 사료와 간식 이외의 사람이 먹는 음식을 주지 말라는 안내문도 붙어 있다. 그리고 가장 중요한 정보를 얻을 수 있는 '고양이 마을 산책 지도'도 마을 입구에서 만날 수 있다. 지도에 찍혀 있는 고양이 발자국은 고양이를 만날 수 있는 장소이고, 고양이 그림은 그 영역을 대표하는 고양이를 나타낸 것이다.

마을 입구부터 고양이를 만나는 일은 어렵지가 않다. 입구부터 커튼을 단 고양이 집과 여러 마리의 고양이를 만나게 된다. 고양이 마을을 한 바퀴 돌아보면 알게 되겠지만, 마을 곳곳에 이런 고양이 집이 마련돼 있다. 이 고양이 집은 급식소 노릇도 겸하고 있다. 호우통에서는 거의 모든 집에서 고양이에게 사료를 주고 있다고 보면 된다. 아무리 고양이 마을이라 해도 고양이가 그렇게 많겠어? …… 많다. 마을에 거주하는 사람보다 고양이가 더 많다. 입구부터 나는 여섯 마리의 고양이를 만났는데, 녀석들은 일제히 고개를 들어 냥냥거리더니 내 앞까지 달려와 환영인사를 건넸다.

어차피 이곳에서는 가만있어도 알아서 사료와 간식을 주고, 알아서 만져주고 예뻐해 줄 텐데. 녀석들은 마치 접대냥이라도 된 듯 사람들에게 친절하고 적극적으로 행동했다. 누군가 만일 고양이 옆에서 다리쉼이라도 하고 있으면 어김없이 고양이 한 마리가 당신의 무릎을 점령하고 말 것이다. 이곳에서는 거의 대부분의 고양이를 집고양이처럼 만질 수가 있고, 적당한 거리만 유지하면 멋진 포즈로 모

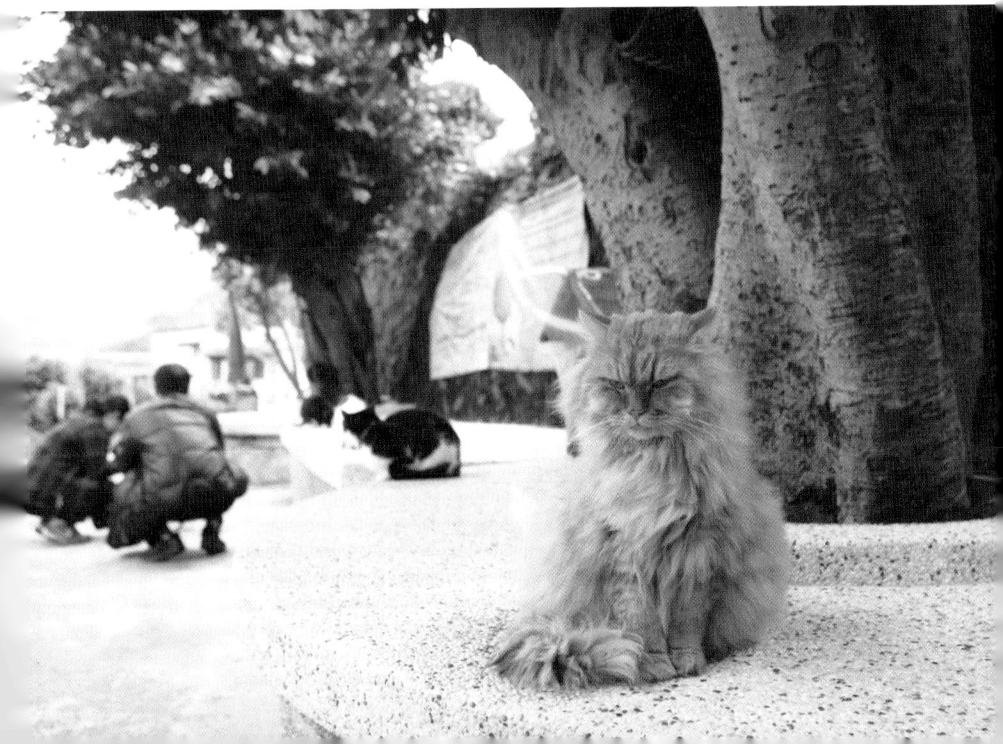

델 고양이가 되어 주기도 한다. 이곳 고양이들에게 사람은 언제나 먹이를 주고 살 집을 내어 주는 고마운 존재이자 친근하고 신뢰할만한 반려자인 셈이다.

이른 시간 고양이 마을에 온 덕분에 나는 한결 여유 있는 산책을 즐겼다. 여섯 마리 고양이를 만난 입구부터 나는 오랜 시간을 보냈다. 사실인즉슨 내 무릎으로 올라온 턱시도 녀석이 내려갈 생각이 없어 다리가 저릴 때쯤에야 녀석을 내려 보내느라 입구부터 시간을 지체한 것이다. 사진을 찍는 것에도 녀석들은 대부분 협조적이었다. 두 번째 장소에서 만난 담장 고양이들은 아무리 앞에서 셔터를 눌러도 개의치 않았다. 오히려 담장 위를 걸어 장소를 옮겨 다니며 '여긴 어떠냐?'고 물어볼 정도였다.

특히 역과 탄광기념관 풍경이 발 아래로 펼쳐지는 전망 좋은 곳에 고양이 여러 마리가 연달아 앉아 있으니, 지나가는 사람들이 모두 한번은 걸음을 멈춰 이곳 고양이들에게 초점을 맞추었다. 결국 구경꾼도 다 떠나고 내가 카메라를 거둔 뒤에야 녀석들은 '다 찍었수?' 하면서 담장을 내려왔다. 이곳에도 사람 무릎만 보이면 점령해 버리는 검은 고양이가 있어서 녀석은 담장 앞 벤치에 사람들이 쉬어갈 때마다 무릎을 갈아타곤 했다. 이건 뭐 말도 아니고, 무릎을 갈아타는 고양이라니!

마을에는 건물 전체에 고양이 벽화가 그려진 인상적인 장소도 있었다. 당연히 그 건물 앞에도 두 채의 고양이 집이 있었고, 각각 한 마리씩 그 안에서 고양이는 잠을 자고 있었다. 고등어 한 마리는 벽화 앞에 그림의 일부처럼 앉아 있었고, 노

고양이 마을에서 만난 고양이 솥.
멀쩡한 집을 놔두고 녀석들은
솥까지 차지해버렸다.

랑이 녀석도 다른 분위기의 그림 앞에 모델처럼 앉아 있었다. 검은 고양이가 그려진 벽화 앞에 웅크린 검은 고양이. 이 모든 풍경을 뒤에서 지켜보는 개 한 마리. 벽화 건물 옆 동에서는 고등어 한 마리가 두 대의 카메라 앞에서 스크래쳐 시범을 보이고 있었다. "이렇게 한번 해 볼까요?"

오전에만 마을을 두 바퀴나 돌았다. 마을이 별로 크지는 않아서 두 바퀴를 도는데 오랜 시간이 걸리지는 않았다. 다만 가는 곳마다 고양이가 있어서 녀석들을 카메라에 담는데 적지 않은 시간이 걸렸다. 오후가 되면서 고양이 마을에는 이제 점점 많은 사람들이 붐비기 시작했다. 유모차를 끌고 아기와 함께 여행을 온 가족도 있었고, 고양이 낚싯대로 오로지 고양이를 낚으러 온 커플도 있었다. 역전의 고양이 용품점에 들러 고양이 낚싯대를 사오는 사람들은 꽤 많은 편이었다. 또 다른 젊은 커플도 남자가 낚싯대로 고양이 점프를 유도하면 여자가 찰칵 사진을 찍곤 했다. 기껏해야 예닐곱 살밖에 안 되는 아이도 낚싯대를 들고 다니며 고양이와 장난을 쳤다.

오로지 고양이를 만지고 싶어 이곳에 오는 여행자도 있었다. 어떤 여성은 벤치가 있는 곳마다 앉아서 고양이를 무릎에 앉히고 쓰다듬었다. 그 여성은 눈앞에 보이는 모든 고양이를 만지고 싶어 했다. 이곳에는 일본에서 온 관광객이 유난히 많은데, 한 부부는 가는 곳마다 캣허그를 하고 다녔다. 내가 본 것만도 다섯 마리째의 캣허그였다. 고양이만 보면 허그 동작을 취하고 사진에 담는 것이 콘셉트였던 모양이다. 예닐곱 명이 단체로 여행을 온 학생들도 있었다. 이들은 어린 학생들답게 고양이를 배경으로 '셀카'를 찍느라 정신이 없었다.

개인적으로 마을에서 가장 마음에 들었던 장소는 고양이 마을의 유일한 카페인 '217카페'(오후에 문을 연다)이다. 이곳은 고양이 사랑방으로도 통하는데, 보통 3~7마리의 고양이가 자유자재로 카페를 들락거리곤 한다. 동네 고양이들은 이곳에 들어와 손님들 탁자 위에 마음대로 올라가고 아무데나 누워 잠을 자다 가기도 한다. 물론 이 카페 안과 밖에 고양이 사료그릇이 놓여 있었고, 카페 주인장이 특별히 고양이를 아끼는 마음을 카페 곳곳에서 만날 수 있었다. 고양이를 위한 쿠션과 고양이 사진들, 고양이 소품들. 특히 장모종 터키쉬 녀석은 이곳 주방 탁자에까지 올라가 한참이나 주방장과 눈을 맞췄다.

'217카페' 안팎에는 멋진 고양이도 많았다. 터키쉬 녀석뿐만 아니라 옆구리에 점이 세 개 있는 '세점박이'와 등에 커다란 점이 있는 '한점박이'는 카페 손님들로부터 많은 사랑을 받았다. 바깥을 오가는 여행자들에게도 이 녀석들은 인기모델로 통했다. 가끔은 녀석들이 '217카페'로 손님들을 끌어들였다. 나 또한 녀석들

이 끌어들인 손님이었는데, 세점박이를 따라 들어왔다가 카페에서 한 시간이나 다리쉼을 했다. 내가 커피를 마시는 동안 세점박이와 터키쉬 녀석은 탁자에 올라와 한참이나 접대냥이 노릇을 하다 내려갔다. 날씨가 쌀쌀해서 그랬는지 커피도 꽤 맛있었다.

고양이 마을 고양이들은 매일같이 수많은 사람들과 만난다. 이렇게 사람 손을 많이 타다 보면 쉽게 질병에 걸릴 수도 있다. 다행히 이곳의 고양이들은 정기적으로 수의사로부터 진료와 치료를 받는다고 한다. 쇠락한 폐광촌에서 최고의 관광지로 거듭난 대만의 고양이 마을. 몇 가지 아쉬운 점이 있다면 이곳에 묵을만한 숙소가 없다는 것과 식당이 부족해 점심시간이면 줄을 서서 한참이나 기다려야 한다는 것. 옛 탄광마을을 정비 없이 고양이 마을로 조성하다보니 자연스럽긴 하지만 살짝 어수선하다는 것도 아쉬운 점이긴 하다. 그러나 이런 아쉬움은 1할도 채 안 된다. 나머지 9할은 부럽고 또 부러울 따름이다.

전망 좋은 고양이

타이베이에서 버스로 1시간 거리에 있는 지우펀(九份)은 대만을 대표하는 허우샤오셴의 영화 〈비정성시〉의 촬영지로 알려지면서 대만 최고의 관광지로 자리 잡았다. 한국 드라마 〈온 에어〉와 일본 애니메이션 〈센과 치히로의 행방불명〉의 배경이 된 찻집 아메이차로우(阿妹茶樓)도 이곳에서 만날 수 있다. 지우펀은 가파른 계단과 골목, 서로 어깨를 맞댄 기와집과 홍등이 어우러진 영화 세트장 같은 곳이다. 특히 저녁 무렵 홍등이 켜진 수치루의 모습은 영화의 한 장면처럼 낭만적이고 아름답다.

지우펀은 편의상 가파른 돌계단을 따라 세로로 이어진 수치루와 먹을거리, 기념품 등을 파는 가로로 펼쳐진 시장 골목 지산제로 나눌 수 있다. 수치루에 찻집과 식당이 주로 들어서 있다면, 지산제에는 기념품 가게와 전통 먹을거리를 파는 포장마차가 즐비하다. 관광객이 몰리는 주말이면 지산제 골목과 수치루는 그야말로 인산인해다. 이곳에서 좀 더 한적하고 적막한 시간을 보내고 싶다면 평일에 오는 것이 좋다. 그리고 좀 더 많은 고양이를 만나고 싶어도 마찬가지다.

지우펀 도착 첫날 〈비정성시〉 식당에서 밥을 먹고, '아메이차로우'에 가서 차를 마실 생각이었다. 수치루 계단을 사이에 두고 나란히 붙어 있는 식당과 찻집 모두 영화의 배경이 되었던 곳이다. 하지만 〈비정성시〉에서 밥을 먹으며 건너편 찻집을 구경하는데, 1층 눈썹지붕에 고양이 세 마리가 엎드려 있었다. 그곳은 아메이 찻집이 아니라

‘샤오상하이’(小上海)라는 찻집이었다. 나는 고양이가 있다는 것만으로 차를 마시러 샤오상하이로 건너갔다. 2층 테라스에서 내려다보니 이 녀석들 세 마리가 서로 뒤엉켜 잠을 자고 있었다. 그때 옆 테이블에서 국수를 먹던 손님이 고양이에게 국수 가락을 던져주자 녀석들은 잠에서 덜 깬 눈빛으로 달려와 국수를 받아먹었다. 나는 그저 위에서 사진을 찍고 있는데도 녀석들은 나에게까지 눈을 맞추며 냥냥거렸다. 보아하니 이 녀석들 식당과 찻집을 겸하고 있는 이곳에서 음식깨나 얻어먹은 듯했다.

밥도 먹고 차도 마시고 가파른 수치루 계단을 천천히 걸어 산책에 나섰다. 수치루 꼭대기쯤에 이르렀을 때, 미용실 앞에 10여 마리의 고양이가 몰려 있었다. 미용실 마당에 박스로 고양이 집을 만들어 준 것이며, 여러 개의 사료그릇과 물그릇을 놓아 둔 것을 보면 여기가 급식소이자 거처인 모양이었다. 워낙에 많은 사람들이 오가는 곳이다 보니 어린 고양이들은 안전한 박스에 들어가 쉬고 있었고, 다른 고양이들은 탁자와 의자에 올라가 해바라기를 하고 있었다. 지나가던 사람들은 놀라움과 반가움의 감탄사를 내뱉으며 저마다 고양이를 사진에 담았다. 기본적으로 서너 명은 늘 고양이 앞에서 사진을 찍고 있었다.

지우펀의 수치루 계단 꼭대기 쯤에서
만날 수 있는 미용실 고양이.
이곳은 지우펀에서 가장 많은 고양이를
만날 수 있는 '고양이 아지트'이기도 하다.

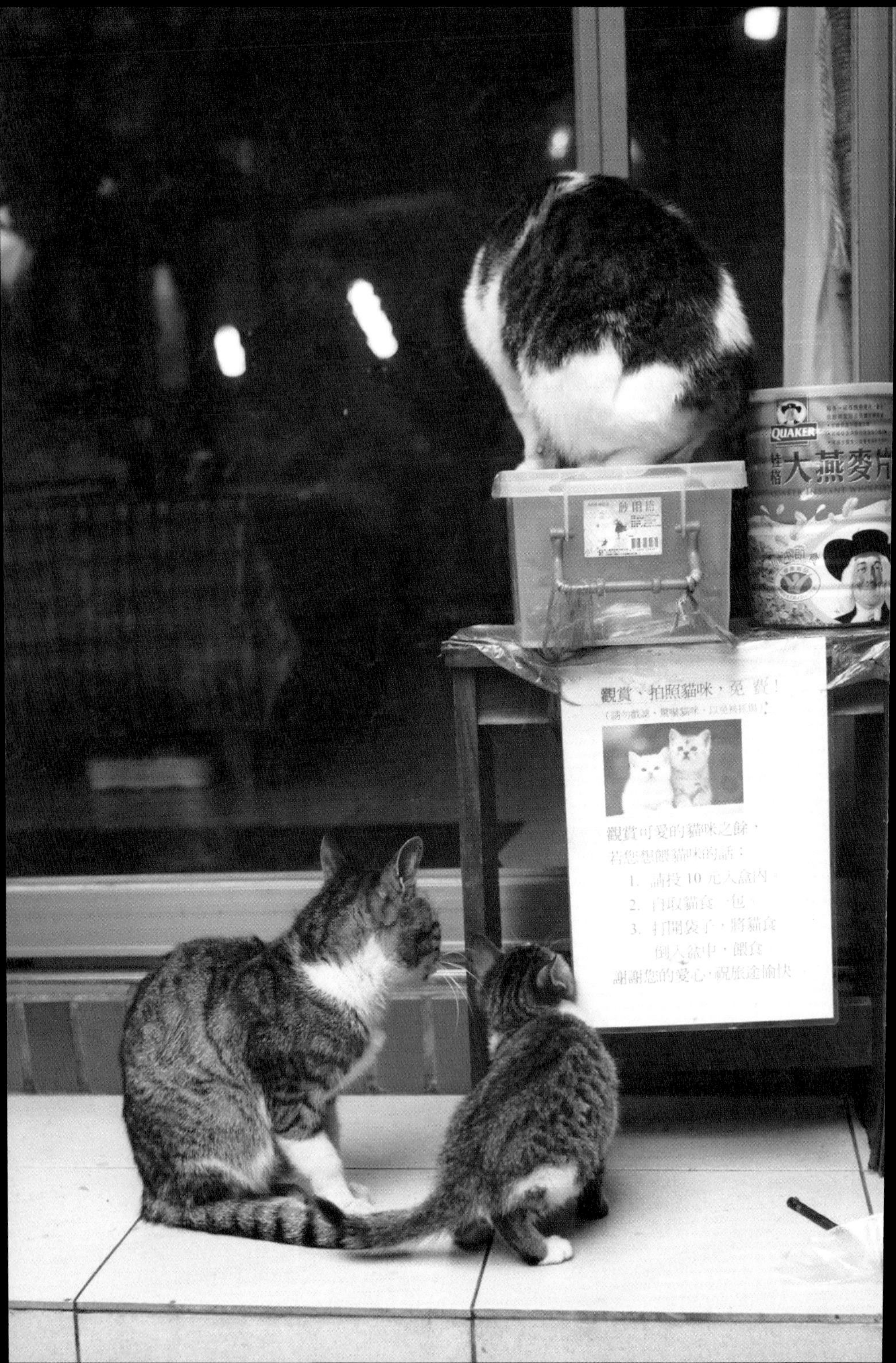
QUAKER
桂格大燕麥片
觀賞、拍照貓咪，免費！
觀賞可愛的貓咪之餘，
若您想餵貓咪的話：
1. 請投 10 元入盒內
2. 自取貓食一包
3. 打開袋子，將貓食
倒入盆中，餵食
謝謝您的愛心，祝旅途愉快

이렇게 하루 종일 사진 모델을 하다 보면 지겹고 짜증이 날 법도 하건만 고양이들은 찍든가 말든가 개의치 않고 그루밍을 하거나 낮잠을 잤다. 나중에 이야기를 들어보니 이 미용실이 지우편에서 가장 많은 고양이를 만날 수 있는 '고양이 아지트'라고 한다. 저녁이면 다른 곳을 떠돌다 온 고양이까지 합쳐 열 마리가 넘을 때도 있다는 것이다. 수치루보다 늘 관광객이 더 많은 지산제에도 고양이 아지트가 있다. 지산제가 거의 끝나는 지점(진스커잔 민박집 가는 길), 지우편의 풍경과 멀리 바다의 전망이 어우러진 곳(전기설비 위)에 고양이가 앉아 있는 거였다. 네 마리 다 고등어였는데, 한 녀석은 사진기를 들이대자 붐비는 지산제 거리로 사라져버렸다.

무엇보다 이곳의 고양이들은 지우편 최고의 전망대에 자리하고 있었다. 고양이들 너머로 펼쳐지는 섬과 바다 풍경은 그냥 그 자체로도 달력 그림이었다. 산자락에 자리한 지우편의 계단식 집들도 보기에 좋았다. 이 좋은 배경을 뒤로 하고 녀석들은 주로 눈을 감은 채 낮잠을 잤다. 여기저기서 촬영을 하느라 시끄러우면 이따금 눈을 떴다가 자세도 바꾸고 자리도 옮기면서 녀석들은 또 잠을 청했다. 산은 산이요, 바다는 바다로다 하면서 저 아름다운 풍경에 그저 무심한 고양이들. 저 도통한 고양이들에 비하면 나는 아직 멀었다는 생각. 아직 나는 '고양이는 고양이로다'기 잘 안된다는 생각.

지우편의 지산제와 수치루에는 고양이 소품과 액세서리를 파는 가게들이 많다. 거기서 나는 고양이 오카리나가 마음에 들어서 사왔는데, 아직도 연주는 할 줄 모른다. 도자기로 된 아기자기한 고양이 소품들 구경하는 재미도 제법 쏠쏠하다.

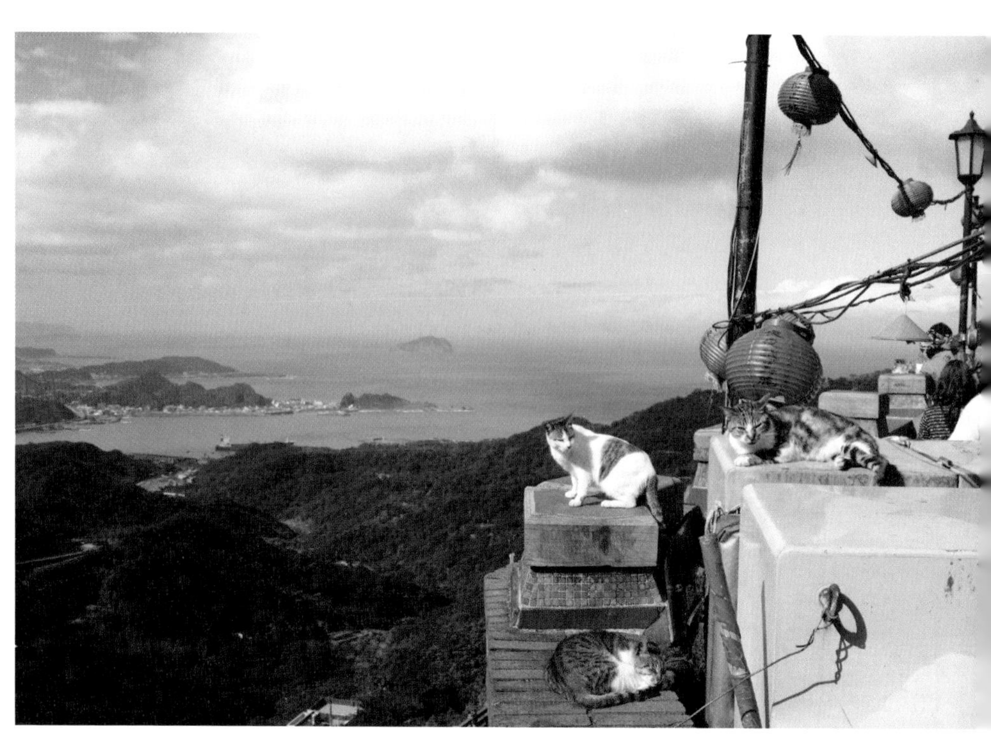

지우펀 최고의 전망대 지산제
끝자락에서 만난 고양이들.
고양이 너머로 멋진 섬과
바다 풍경이 펼쳐진다.

고양이 거리,
고양이 서점

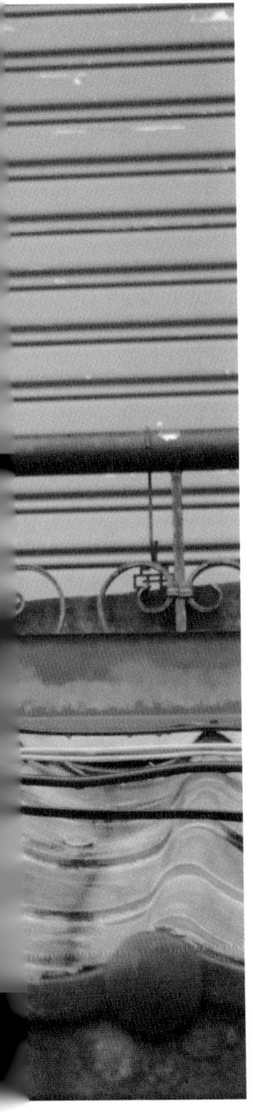

대만에 고양이 마을만 있는 것이 아니다. 한국에는 별로 알려지지 않았지만, 타이베이 북쪽(전철로 30분) 단수이(淡水)에 가면 '고양이 거리'도 있다. 단수이 올드타운을 따라 펼쳐진 해안길을 일명 고양이 거리라 부르는데, 유하(有河)서점을 기점으로 약 1킬로미터 정도 고양이 산책로가 이어진다. 유하서점에 가면 이곳에 대한 대략적인 설명을 곁들인 '고양이 산책 지도'까지 배포하고 있다. 지도에는 고양이 출몰 장소를 비롯해 급식 장소까지 자세히 표시돼 있다.

하필 단수이를 여행할 때 줄곧 비가 오고, 날이 흐렸다. 비가 오다보니 고양이 거리에도 덩달아 고양이를 만나기가 어려웠다. 비를 피해 다들 어디론가 대피한 게 분명했다. 가랑비 치고는 제법 굵은 빗줄기가 쏟아지는데, 바닷가 낚시꾼 주변을 어슬렁거리는 한 마리 검은 고양이가 눈에 띄었다. 오는 비를 다 맞으며 녀석은 무언가를 노리고 있었다. 그제야 나는 녀석이 보관함에 있는 물고기를 노리고 있다는 것을 눈치 챘다. 하지만 그 사실을 깨달았을 때는 이미 늦었다. 눈 깜짝할 새 녀석은 보관함에 있던 물고기를 한 마리 입에 물고 해안가 계단을 올라오고 있었다.

시둘러 나는 우산을 내려놓고 카메라를 꺼내들었지만, 녀석은 벌써 큰길을 유유히 건너서 1층 상가 지붕으로 풀쩍 뛰어올랐다. 상가의 기와지붕은 비가 와서 미끄러운데, 아랑곳없이 녀석은 커다란 물고기를 입에 물고 룰루랄라 발걸음도 경쾌하게 걸

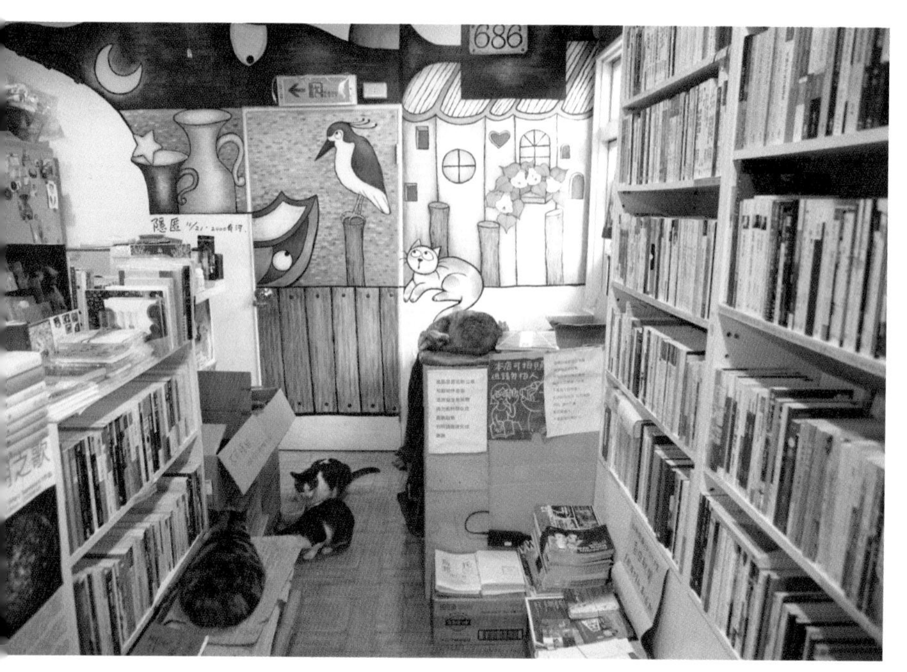

어갔다. 지붕을 타고 거의 50여 미터는 갔을 거다. 어떤 집의 2층 베란다로 들어서기 무섭게 두 마리 아기 고양이가 고개를 내밀었다.

비는 계속해서 내렸다. 고양이 거리의 기점인 유하서점을 방문하려 했으나, 아직 문을 열지 않아 비 오는 거리를 소득 없이 헤맸다. 서점 오픈시간인 12시가 가까워오자 서점 아래층 액세서리 가게에는 느닷없이 고등어 한 마리와 꼬리만 검은 흰둥이가 매장을 돌아다니기 시작했다. 녀석들 또한 서점이 열리기를 기다리는 모양이었다. 드디어 12시, 유하서점 오픈. 문이 열리기가 무섭게 서점에는 네 마리의 고양이가 서점 안으로 들어왔다. 밑에서 방황하던 두 마리 고양이도 함께. 녀석들은 박스와 책상을 각각 차지한 채, 밥보다 먼저 잠을 청하기 시작했다.

뒤늦게 지붕을 타고 온 세 마리 고양이는 서점 테라스에 마련된 사료그릇에서

밥을 먹고는 쥐도 새도 모르게 사라졌다. 유하서점은 카페도 겸하고 있는데, 테라스에서 커피(웬만한 카페보다 커피가 맛있다!)를 마시다 보면 지붕을 타고 서점 테라스로 건너오는 고양이를 자연스럽게 만나게 된다. 한낮에 서점에 머물거나 잠시 이곳에 와서 밥만 먹고 가는 녀석들까지 모두 합해 유하서점에서 약 10여 마리 고양이를 만날 수 있다고 한다. 모두 길고양이다. 서점이 열리면 와서 밥 먹고 쉬다가 문 닫을 시간이면 밖으로 나가는 고양이들(녀석들은 주로 책상 옆 창문에 난 '고양이 구멍'을 통해 서점을 드나든다).

과거에는 밤에도 서점 내부에 고양이를 재웠다고 하는데, 녀석들이 자꾸 책에다 스프레잉을 하고 발톱자국을 내는 통에 어쩔 수 없이 밤에는 내보내는 거란다. 사실 유하서점의 주인은 고양이 거리 곳곳을 다니며 고양이 밥을 주는 캣대디이기도 하다. 그동안 서점을 거쳐간 고양이를 비롯해 그가 이름을 붙여준 고양이만 해도 100여 마리에 이른다고 한다. 남편이 주로 바깥 고양이를 챙기고 있다면, 서점에 오는 고양이를 챙기는 것은 아내 몫이다. 본래 아내는 시인이고, 남편은 카피라이터이지만 이제는 캣맘, 캣대디가 더 익숙한 상태가 되었다. 유하서점 또한 대만에서 유명해진 이유가 바로 고양이 때문이다. 마치 고양이 카페처럼 늘 10여 마리 고양이를 만날 수 있는 '고양이 서점'. 최근에는 이 특별한 서점이 일본에까지 소문이 나서 적지 않은 일본 관광객이 이곳을 찾는다고 한다.

단수이 고양이 거리는 유하서점을 끼고 해안을 따라 족히 1킬로미터는 이어진다. 줄기차게 내리던 비는 이제 뜸한 가랑비로 바뀌었다. 빗줄기가 잦아들면서 바닷가에는 안 보이던 고양이들이 이따금 눈에 띈다. 단수이 고양이 거리의 절정이자 결말은 고양이 사진가들이 흔히 '고양이 광장'이라 부르는 곳이다. 해안도로 주차장일 뿐이지만, 고양이 사진가들에게는 고양이 광장인 것이다. 고양이 산책 지도에도 거의 끝자락쯤에 위치한 고양이 광장은 해안 산책로에 길고양이 동상까지 들어선 특별하고 의미 있는 공간이기도 하다.

동상은 소녀가 아기 고양이와 함께 앉아 있고 그 주위로 고양이 다섯 마리가 둘러앉은 형상을 하고 있다. 이곳에서는 늘 10여 마리 이상의 고양이를 만날 수 있다고 하는데, 늘 그보다 많은 사진가를 볼 수 있는 곳이기도 하다. 대만의 고양이 사진가들에게는 이곳이 아주 유명한 곳이라고. 내가 그곳을 찾은 날에도 광장에는 10여 명의 사진가들이 고양이에게 먹을 것을 나눠 주고 사진을 찍고, 놀고 웃고, 이야기를 나누고 있었다. 그들은 내가 한국에서 온 것을 알고는 좋은 자리를 내어 주는 등 배려를 아끼지 않았다. 하지만 비가 오고 날이 흐린 데다 커다란 나무 그늘 아래 고양이들이 모여 있어 사진 찍기가 여간 곤란한 게 아니었다.

단수이 고양이 거리의 '고양이 광장'.
이곳에는 늘 10여 마리 이상의 고양이가 상주하고,
10여 명 이상의 사진가들도 만날 수 있다.

사진이란 게 대수롭잖은 것을 대단한 것처럼 보여줄 때도 있지만, 때로 가슴에 담고 싶은 아름다운 장면을 제대로 구현하지 못할 때도 있다. 고양이 광장이 딱 그랬다. 어둠 속에서 빛나는 반짝거리는 장면들은 그저 눈으로 담는 수밖에 도리가 없었다. 아랑곳없이 고양이들은 사진가의 배낭에 올라앉아 내려갈 생각이 없고, 한국에서 온 이방인의 다리를 파고들며 무릎을 내놓으라고 냥냥거렸다. 그때였다. 갑자기 광장에 앉아 있던 예닐곱 마리 고양이들이 일제히 주차장 입구로 달려갔다. 한 손에는 먹이, 한손에는 고양이 낚싯대를 집어든 캣대디가 이쪽으로 걸어오고 있었던 것이다.

캣대디는 나무 아래 놓아 두었던 사료그릇이며 물그릇을 청소하고, 새로운 물과 사료를 부어주고는 한참이나 낚싯대로 고양이와 놀아 주었다. 사진가들은 이제 고양이와 노는 캣대디에 초점을 맞춰 카메라 셔터를 누르기 시작했다. 그것도 잠시, 주춤했던 비가 다시금 쏟아졌다. 잘 놀던 고양이도, 사진가도 하나 둘 광장을 떠나버렸다. 나무 아래 소녀와 길고양이 동상만이 남아서 추적추적 비를 맞고 있었다.

외눈 고양이의 사랑

많은 사람들이 오가는 화시제(華西街) 한복판에서 검은 고양이를 만났다. 나와 눈을 맞추고 녀석은 '냐앙~' 하고 길게 운다. 가만 보니 한쪽 눈이 없다. 나를 올려다보는 슬픈 눈의 고양이. 배가 고파서 그런가? 나는 냥냥거리는 녀석을 거리에 두고 30미터쯤 위쪽 포장마차에서 꼬치어묵을 하나 사 왔다. 이 녀석 도망도 안 가고 그 자리에 그냥 있다. 적당한 크기로 어묵을 잘라 녀석에게 내밀었지만, 녀석은 먹을 생각이 없다. 대신에 녀석은 내 다리를 부비며 놀아달란다. 연신 고개를 들이밀고 내 허벅지와 다리에 부비부비를 하는 고양이. 한쪽 눈이 없는 외눈 고양이.

아까부터 나와 고양이를 지켜보던 노점상이 뭐라 뭐라 나에게 한마디 한다. 다 알아들을 수는 없지만, 대충 이런 얘기 같았다. 저 아래 이 녀석을 돌보는 캣맘이 따로 있다. 그 분이 밥을 주고 있으니, 밥 대신 고양이랑 놀아주고 가시라. 바쁠 것도 없고, 어디 가야 하는 것도 아니어서 나는 한참이나 녀석을 쓰다듬고 놀았다. 이렇게나 사람을 좋아하는 걸 보면, 사람에게 해코지를 당해 눈이 저렇게 된 것 같지는 않아 보였다. 녀석을 잘 아는 사람들은 오며가며 잠시 쪼그려 앉아 녀석을 쓰다듬고 갔다. 그럴 때마다 녀석은 가릉가릉 골골골 기분 좋은 소리를 냈다.

화시제 뒷골목에서 만난 한 아저씨와 고양이.
아저씨는 자랑하듯 '어깨 위의 고양이'를
데리고 왔다갔다를 반복했다.

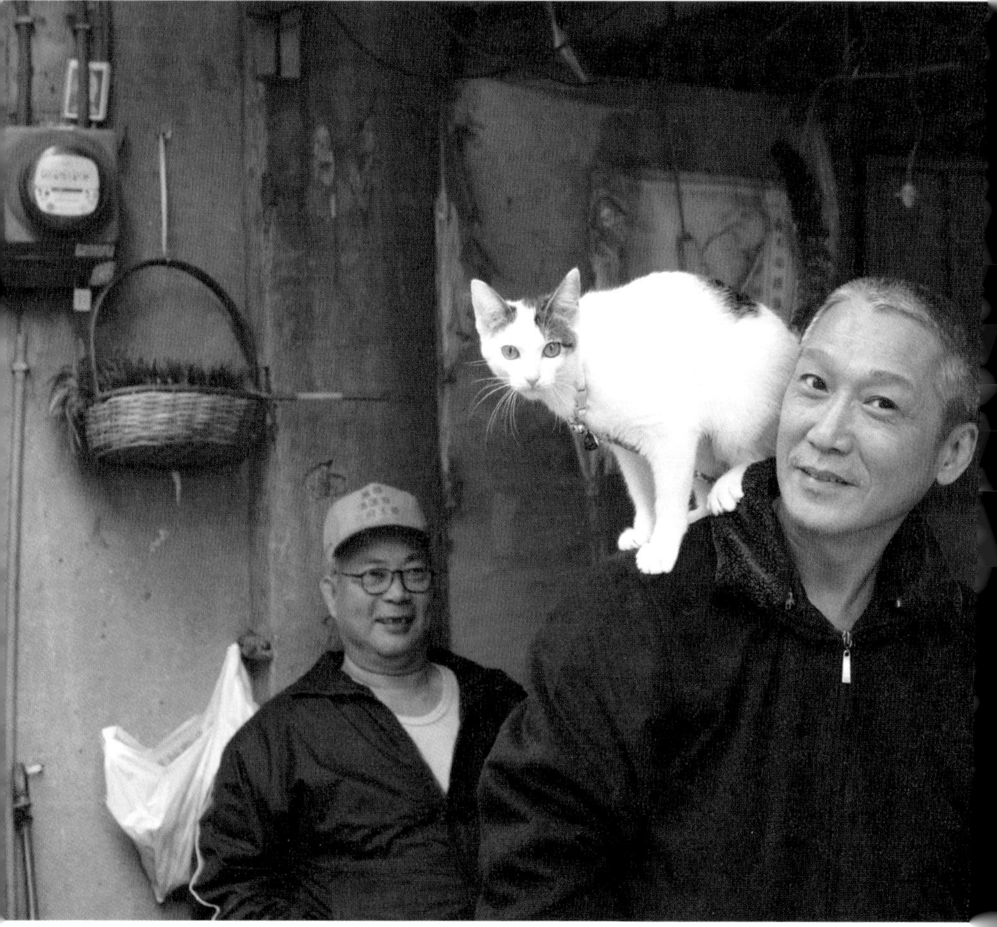

배보다 사랑이 고픈 외눈 고양이. 한쪽 눈만 없을 뿐이지 녀석의 성격은 오히려 웬만한 고양이보다 명랑하고 다정했다. 얼마 뒤 어느 골목에선가 녀석을 부르는 소리가 들렸고, 녀석은 언제 그랬느냐는 듯 뒤도 안 돌아보고 소리 나는 골목으로 달려갔다. 따로 있다는 캣맘인 모양이었다. 녀석이 달려간 골목 쪽으로 천천히 걸음을 옮겨 보는데, 소리도 없고, 자취도 없다. 이왕 여기까지 왔으니 골목 깊숙이 들어가 보기로 한다. 화시제의 어두운 뒷골목. 약 50여 미터쯤 걸어가자 차 위에 두 마리, 차 아래 한 마리 고양이가 앉아서 낯선 침입자를 경계하고 있다.

낡은 건물의 눈썹지붕 위에도 두 마리 고양이가 뒤엉켜 낮잠을 자고 있다. 올드타운 골목에 느닷없이 등장하는 고양이들. 어라, 몇 발자국 더 걸어가니 집 앞 탁자 위에도 고양이가 두 마리 있다. 턱시도와 고등어. 그런데 고등어 녀석은 철장에 갇혀 있었다. 앞에 앉아 있던 아저씨가 말하기를 고양이가 아파서 잠시 격리 중이라는 거였다. 그리고 안에서 돼지고기인지 오리고기인지를 들고 나온 아주머니, 손으로 고기를 잘라 탁자 위 고양이들에게 먹였다. 차 밑으로 몰려온 고양이 세 마리에게도 던져주고, 건너편 포장 위에 앉은 녀석에게도 인심을 썼다.

내가 고양이 사진을 찍는 것에 신이 났는지, 아저씨는 갑자기 안으로 들어가 목줄을 맨 고양 한 마리를 데리고 나왔다. 등허리에 어설픈 하트무늬가 있는 멋진 고양이였다. 아저씨는 이 녀석을 어깨 위에 올려놓았다. 그러고는 10미터쯤 앞으로 갔다가 되돌아오기를 반복했다. 아저씨는 고양이와 자신의 유대관계와 친분을 자랑하고 싶었던 모양이었다. 고양이는 아저씨의 어깨 위에서 중심을 잡은 채 포즈를 취하고 있었다. 알아들을 수 없는 아저씨의 고양이 자랑은 계속되었다. 아마 내가 자리를 뜨지 않았다면 몇날 며칠 그렇게 고양이 자랑을 늘어놓았을지도 모른다.

들어올 때는 몰랐는데, 골목을 가로질러 나가면서 나는 이 골목이 약간 이상하다는 것을 느꼈다. 화장을 진하게 하고 옷도 야하게 입은, 화류계의 변방으로 일찌감치 밀려난 아줌마들이 집 앞에 나와 호객을 하고 있었던 것이다. 그렇고 그런 골목이었다. 그런데 그렇고 그런 골목의 한복판에도 고양이 밥을 주고 고양이를 보살피는 사람이 있었던 것이다. 중심에 있지 못한 변방의 사람들이 고양이 밥이나 주면서 밀려난 시간을 다독이는 이런 풍경. 조금은 슬프지만, 나쁘지 않다.

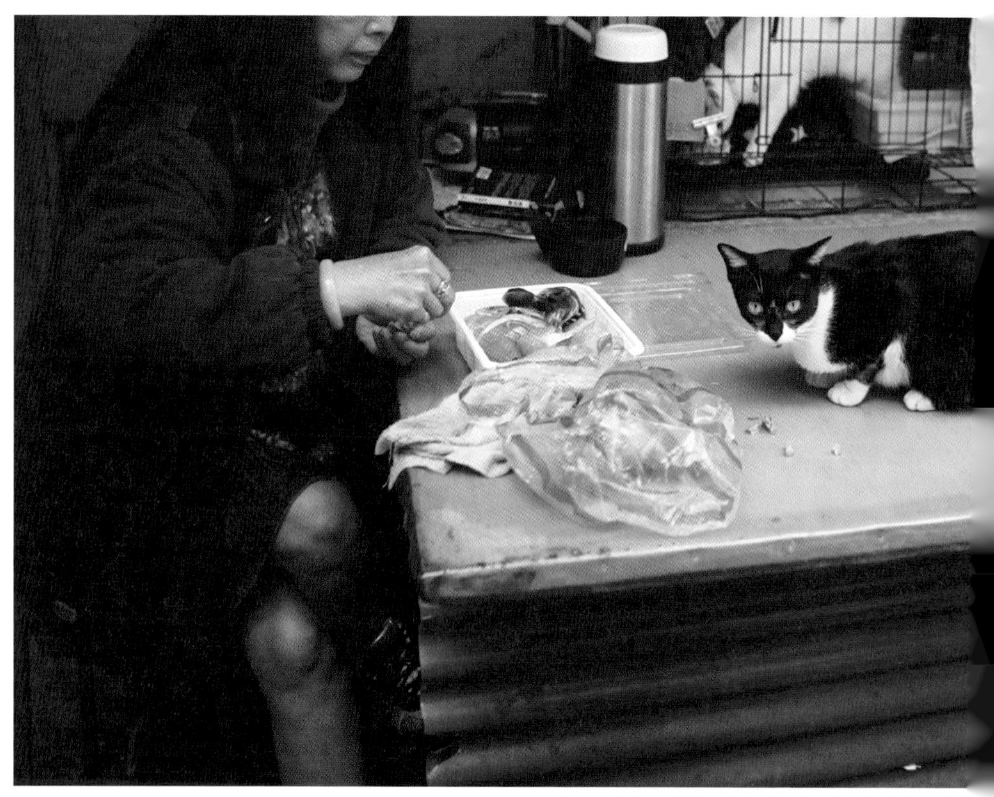

인도에는 길고양이 초상권이 있다고?

캘커타 도심을 걷다가 우연히 고양이 두 마리를 만난 적이 있다. 서더 스트리트에서 인도박물관을 향해 걷다가 무심코 돌아본 공터에 두 마리의 노랑이가 앉아 있었다. 반가운 마음에 나는 고양이에게 다가앉아 연신 셔터를 눌렀다. 녀석들은 별로 경계심도 없어서 사진을 찍든 말든 별다른 관심을 보이지 않았다. 얼굴 가까이 광각렌즈를 들이밀고 찍는데도 녀석들은 도망칠 생각은커녕 귀찮은 듯 고개를 돌려버렸다.

그런데 무심한 고양이 두 마리가 갑자기 시끄럽게 울기 시작하더니 어딘가로 달려갔다. 저쪽에서 경비원 차림을 한 아저씨가 걸어오고 있었다. 고양이들은 어느새 경비원이 가는 길을 막고 목청을 놓아 울었다. 가만 보니 경비원의 손에 음식이 담긴 흰 비닐봉지가 들려 있었다. 고양이가 반색을 하고 달려간 것도 그 때문이었다. 경비원은 내가 보는 앞에서 비닐봉지를 열어 국수처럼 보이는 음식을 한 움큼씩 고양이 앞에 던져 주었다.

두 마리의 고양이는 게 눈 감추듯 주어진 먹이를 먹어치웠다. 경비원은 고양이가 다 먹은 것을 확인하고서야 공터를 가로질러 갔다. 멀어져 가는 경비원을 바라보며 고양이들은 아쉬운 듯 한 번 더 울었다. 경비원이 사라지자 녀석들은 도로 무심한 상태로 돌아갔다. 돌아앉아 한참이나 그루밍을 하고 입맛을 다셨다. 볼거리 많은 인도에서 고작 고양이 사진을 찍고 있는 내가 신기했는지, 아니면 한심했는지, 공터 건너편에서 동네 아주머니들이 하나 둘 몰려나와 구경을 했다. 큰길에서 좌판을 벌이던 사람들도 노골적으로 나를 주시했다.

영 뒤통수가 따가워서 나는 카메라를 거두고 큰길 쪽으로 걸음을 옮겼다. 그때였다. 한 남자가 공터 입구에서 양팔을 벌려 나를 막아섰다. 영문을 몰라 어리둥절해 있는데, 남자는 고양이를 가리키며 100루피(한화 약 2000원)를 내놓으라고 했다. 설마 이 사람이 저 고양이들의 주인이었단 말인가? 아무리 봐도 저 녀석들은 길고양이가 분명했다. 혹시 길고양이의 초상권이 100루피? 내가 모른 척하고 빠져나가려고 하자 남자는 내 팔을 잡아챘다. 누가 봐도 남자는 억지를 부리며 100루피를 갈취하려는 게 분명했다.

사실 100루피가 그리 큰돈도 아니고 얼마든지 내줄 수도 있는 거지만, 억지와 생떼를 부리는 남자의 행동이 괘씸했다. 때마침 고양이에게 음식물을 나눠 주었던 경비원이 이쪽으로 걸어왔다. 나는 경비원에게 다가가 손짓 몸짓을 섞어가며 이야기를 했다. "쟤네들 스트리트 캣 맞죠?" "그렇지. 스트리트 캣." "이 고양이의 주인이 저 사람인가요?" "무슨 말도 안 되는 소리." "그런데 왜 100루피를 요구하죠?" 경비원과 그 남자의 눈이 마주쳤다. 양팔을 벌리고 나를 제지했던 남자는 팔을 허공으로 한번 휘저었다 내리며 공손하게 길을 열어 주었다.

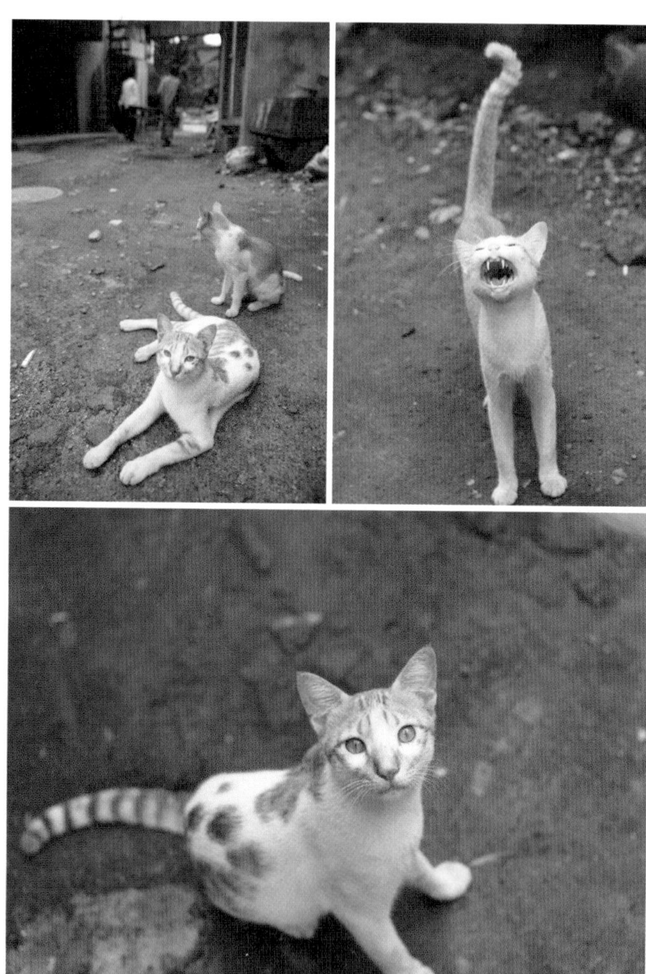

오히려 언제 그랬느냐는 듯 장난 좀 친 거라며 잘 가라고 인사까지 했다. 나는 몇 걸음 걷다가 지갑에서 50루피 지폐 한 장을 꺼냈다. 그리고 걸음을 되돌려 내 앞을 막아서던 그 남자에게 건넸다. 그 남자에게 나는 하고 싶은 말이 있었고, 그가 알아들을 수 없는 한국말로 이렇게 말했다. "길고양이 초상권이 고작 100루피야? 다음부턴 통 크게 1000루피쯤 부르는 게 어때!" 그는 알아들을 리 없지만, 고개를 끄덕거리며 씨익, 웃었다.

소녀와 노파,
그리고
고양이들

여기 소녀가 있다. 그리고 노파가 있다. 둘은 캘커타 빈민가에 산다. 낮에는 시장통에 나와 채소 따위를 판다. 스콜이 내리기 시작하자 그들은 채소는 그냥 길에 두고 어두운 창고 건물로 들어가 비를 피한다. 손님 대신 고양이 몇 마리가 주위를 어슬렁거린다. 창고 건물을 영역으로 살아가는 길고양이다. 고양이를 발견하고 다급하게 카메라를 꺼내 고양이에게 초점을 맞춘다. 고양이는 도망간다. 고양이를 뒤쫓아 창고 안으로 들어간다.

창고 안에는 소녀와 노파처럼 채소를 가지고 나온 사람들이 여기저기 앉아 있다. 고양이들은 소녀와 노파의 뒤편에서 맴돈다. 가만 보니 그릇이 하나 있다. 밥알이 말라붙어 있는 것을 보니 고양이밥을 담는 그릇이 분명하다. 고양이는 먹을 게 없어서 말라붙은 밥그릇을 자꾸만 핥았다. 하루 종일 팔아야 겨우 입에 풀칠이나 할까 말까인 시장통 사람들이 십시일반 고양이에게 밥을 주고 있었다. 넉넉하게 줄 수는 없어서 있으면 주고 없으면 마는 모양이다.

지구의 한 귀퉁이, 없이 사는 사람들이 십시일반으로 밥을 주는 고양이들. 고양이들은 유난히 소녀와 노파 주변에 머물렀다. 내가 고양이를 향해 연신 셔터를 누르자 노파는 옆으로 다가온 고양이 한 마리를 잡아 소녀에게 건넸다. 소녀는 나에게 손짓을 하며 사진을 찍으라고 한다. 장난기가 발동한 할머니는 고양이 귀를 잡고 '웃긴 표정'까지 만들어준다. 소녀도 웃고, 나도 웃고, 뒤에 앉은 아낙도 깔깔거리며 웃는다.

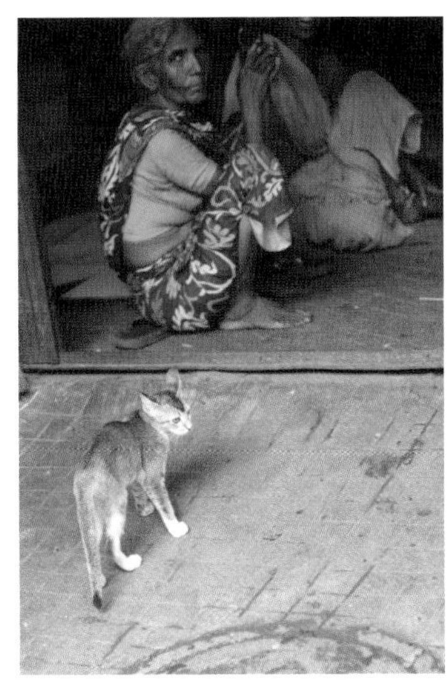

웃다가 눈물이 날 것 같아서 더 오래 찍지 못한 아름다운 풍경. 여기 소녀가 있고, 노파가 있고, 고양이를 사랑하는 손길이 있다. 이건 거짓된 연출도 아니고, 과장된 이야기도 아니다. 일찍이 인도 독립의 아버지 마하트마 간디는 말했다. "국가의 위대함과 도덕적 수준은 그 나라에서 동물이 어떤 취급을 받는가에 따라 판단할 수 있다. 나는 나약한 동물일수록 인간의 잔인함으로부터 철저히 보호되어야만 한다고 생각한다." 내가 볼 때 이곳 사람들이야말로 간디의 말을 실천하고 있는 것처럼 보인다.

누군가는 말한다. 인도는 더럽고, 사기꾼도 많고, 범죄도 많은 나라인데, 마치 신비의 나라, 영혼의 나라로 미화하고 있다고. 미화할 생각은 없다. 내가 말하고자 하는 것은 캘커타의 가난한 사람들이, 자신조차 먹을 것이 없는 사람들이 고양이에게 밥을 주고 보살피는, 있는 그대로의 사실을 전달하고자 하는 것뿐이다. 류시화는 『지구별 여행자』라는 책에서 이렇게 쓴 바 있다. "가난과 인간 고통의 대명사 캘커타. 그곳은 지구의 블랙홀이라 불린다. 전체 인구 천백만 명 중에서 5백만 명이 빈민가에 살고 있고, 또 다른 2백 5십만 명은 길거리에서 잠을 잔다. 이들은 아프리카 원주민들보다 훨씬 빈곤한 삶을 살고 있다." 내가 만난 캘커타의 현실도 크게 다르지 않았다. 저렇게 하루하루 힘겹게 사는 사람들이 길거리의 개와 고양이들에게 먹을 것을 나눠 주는 현실이 마치 비현실처럼 느껴질 정도였다.

A22
NETT WT.14.2 kg
GROSS WT.29.9 kg
Indane

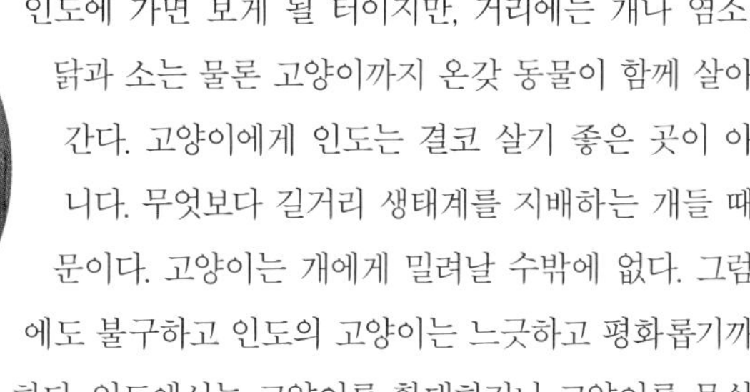

인도에 가면 보게 될 터이지만, 거리에는 개나 염소, 닭과 소는 물론 고양이까지 온갖 동물이 함께 살아간다. 고양이에게 인도는 결코 살기 좋은 곳이 아니다. 무엇보다 길거리 생태계를 지배하는 개들 때문이다. 고양이는 개에게 밀려날 수밖에 없다. 그럼에도 불구하고 인도의 고양이는 느긋하고 평화롭기까지 하다. 인도에서는 고양이를 학대하거나 고양이를 못살게 구는 행위가 거의 없다. 이건 고양이라서가 아니라 모든 동물이 공평하다. 인도에서는 골목마다 길거리 동물을 위해 밥을 내놓곤 한다. 내가 감동을 받은 것은 바로 그것이다. 어려움 속에서도 동물에게 나누고 베푼다는 것.

사실 경제적으로는 우리가 인도 사람들보다 훨씬 풍족한 편이다. 그러나 우리는 대체로 '있는' 사람들일수록 더 베풀 줄 모른다. 손에 꼭 쥔 것들을 요만큼도 내놓으려 하지 않는다. 없이 사는 사람들이 없이 사는 동물들의 처지를 이해하기 때문일까. 인도에 가면 이 지구가 인간만이 사는 별이 아니라 모든 동물과 식물과 사람이 함께 사는 곳이란 것을 느낄 수 있다. 그래서 인도의 고양이는 한국의 고양이보다 훨씬 행복해 보인다.

인도의 가난한 사람들이 길고양이를 사랑하는 방법

인도의 가장 번잡한 도시 캘커타에 가면 자동차와 오토릭샤와 인력거와 사람과 동물이 길거리를 가득 메운 풍경을 흔하게 본다. 인도의 거리에는 온갖 동물들이 산다. 소와 염소, 개와 고양이, 닭과 오리. 이 중 캘커타 같은 대도시에 가장 많이 사는 것은 개다. 거리에 개가 많다 보니 상대적으로 고양이는 적은 편이다. 인간이 주는 음식을 놓고 개와 경쟁해서 고양이가 이길 수는 없다. 당연히 캘커타에서 고양이는 개가 없는 으슥한 뒷골목이나 안전과 먹이가 보장된 사람의 근처에 머문다.

더러 도심 건물의 지붕을 곡예 하듯 옮겨 다니며 사는 고양이들도 있다. 한번은 캘커타 재래시장 모스크 지붕을 어슬렁거리는 고양이를 본 적이 있다. 모스크 옥상의 위험한 난간을 걸어 녀석은 상가 지붕을 아무렇지 않게 건너뛰었다. 재래시장 입구에서도 지붕 위에서 기웃거리는 고양이를 만났다. 녀석은 금세라도 무너질 것만 같은 눈썹지붕 위에서 허름한 옥탑방으로 올라갈 생각을 하고 있었다. 어떤 고양이는 시내 한가운데 즐비하게 늘어선 오래된 건물의 눈썹지붕을 마치 산책하듯 돌아다녔다. 이 녀석들에게는 사는 게 늘 곡예이고, 모험인 것이다.

그런데 우연히 재래시장을 지나다가 한 무리의 고양이를 만난 적이 있다. 시장 뒷골목으로 약 20여 미터쯤 안으로 들어선 순간, 나는 잠시 발길도 멈추고, 숨도 멈추었다. 길고양이 10여 마리가 여기저기 앉아 있었다. 잠시 후 한 아주머니가 한손에 가득 내장 같은 것을 가지고 와 바닥에 던져 주자 우르르 길고양이들이 몰려들어 저마다 한 입씩 그것을 먹기 시작했다. 시장의

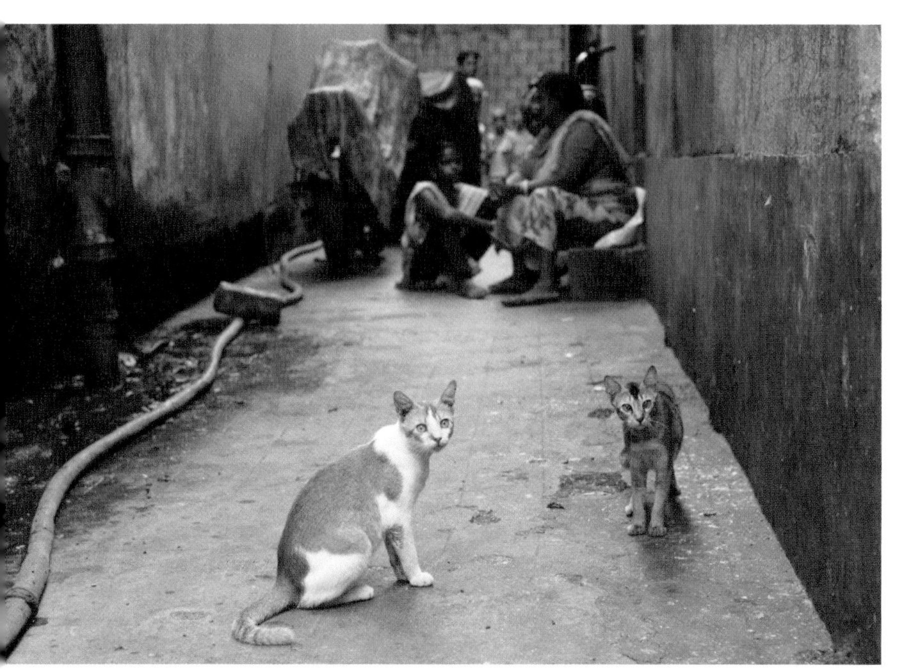

닭집에서 얻어온 부산물인 듯했다. 비록 사료가 없어서 닭 내장을 던져줄지언정 고양이를 생각하는 마음이 갸륵했다.

그것을 얻어먹으려고 이 뒷골목의 고양이가 거의 다 모인 듯했다. 아주머니들은 거리에 나와 설거지를 하면서, 아저씨와 노인들은 계단에 앉거나 골목에 엉거주춤 서서, 아이들은 장난을 치다 말고 약속이나 한 듯 고양이를 구경했다. 나는 뒤늦게 카메라를 꺼내 뒷골목의 길고양이와 사람들을 향해 조심스럽게 셔터를 눌렀다. 빈민가의 뒷골목에서 겁도 없이 사진을 찍는 여행자. 사람들은 이제 고양이보다도 고양이를 찍는 내게 더 큰 관심을 보였다. 고양이 한 마리가 저쪽으로 뛰어가면 사람들은 나에게 손짓을 하며 고양이가 저쪽으로 갔다고 이구동성으로 알려 주었다.

바닥에 던져준 먹이가 동이 나 고양이들이 뿔뿔이 흩어지기 시작하자 옆에서 지켜보던 한 청년은 잠시 어딘가로 가서 생선 내장을 구해왔다. 그가 생선 내장을 바닥에 던져주자 다시금 고양이들이 몰려들었다. 사람들은 고양이가 움직일 때마다 그것을 일일이 내게 말해 주고, 손짓을 해 주었다. 심시어 구석에 앉아 있던 소년은 이쪽으로 와 보라며 나를 데리고 좀 더 으슥한 골목으로 인도했다. 그곳엔 거의 허물어진 담장 아래 올블랙 아기 고양이 한 마리가 앉아 있었는데, 내가 다가서자 구석으로 몸을 숨겼다. 저 고양이를 보여주려고 소년은 내 소매를 잡아끌었던 것이다.

거의 한 시간 넘게 나는 그 골목에 머물렀고, 내가 떠나려 하자 사람들이 더 아쉬워했다. 이튿날에도 나는 이 골목을 다시 찾았다. 몇몇 사람들은 먼저 나를 알아보고 인사를 건넸다. 캘커타에서도 최하층 빈민들이 사는 곳. 자신들조차

먹을 것이 없어서 굶는 게 다반사인 사람들. 고양이에게 내줄 것이 없어서 그들은 시장 좌판에서 닭 내장과 생선 내장을 얻어다 고양이를 먹여 살리고 있었다. 이번에도 역시 뒷골목에는 고양이들이 여기저기 앉아서 닭 부산물을 뜯어먹고 있었다. 인도의 골목에서는 여기저기 먹다 남은 밥을 내놓은 모습이 아주 흔한 풍경이다. 그 밥을 개도 먹고, 고양이도 먹고, 닭도 먹는다. 특별히 고양이를 챙기는 것이 아니라 모든 동물에게 공평하게 베푼다.

나는 또 한 시간이 넘는 시간을 그 골목에서 보냈다. 골목을 빠져나와 생각해보니, 그 골목의, 그 빈민가의 사람들이 고마웠다. 나도 그들에게 무언가를 나눠주고 싶었다. 나는 거리에서 파는 '길거리 음식'을 이것저것 샀다. 100루피 어치를 사니 양손이 묵직할 정도가 되었다. 양손 가득 음식이 담긴 비닐봉지를 들고 나는 그 골목을 다시 찾았다. 그리고 가운데 앉은 청년에게 그것을 내밀었다. 몸짓 손짓을 섞어가며 사람들과 나눠먹으라는 말도 더했다. 단지 나는 내가 고마워하는 이 마음이라도 전하고 싶었던 것이다. 당신들의 그 갸륵한 마음, 잊지 않겠습니다.

생선장수와 세 마리의 고양이

"리나~! 미나~! 디나~!"

늙수그레한 생선장수의 목소리가 거리에 울려 퍼진다. "리나~~! 미나~~! 디나~~!" 한 번 더 생선장수는 목청을 돋운다. 길가의 옷가게에서 고양이 한 마리가 쪼르르 생선장수에게 달려간다. 20미터쯤 떨어진 아래쪽 옷가게에서 또 고양이 한 마리가 생선장수에게 달려간다. 구멍가게 앞 의자 그늘에 앉아 있던 고양이 녀석 또한 기지개를 켜고 생선장수에게 달려간다.

순식간에 고양이 세 마리가 생선장수 앞에 앉았다. 생선장수는 고양이 세 마리를 앞에 두고 민물고기를 손질하기 시작했다. 커다란 민물고기의 부산물은 고양이의 몫이었다. 생선장수는 민물고기를 손질하며 나온 내장과 아가미를 고양이 세 마리에게 골고루 나눠 주었다. 세 마리 고양이는 당연하게도 그것을 받아먹었다. 이따금 근처에 누워 있던 개들이 고양이에게 던져준 것들을 빼앗아먹기도 했지만, 그래서 가끔씩 개와 고양이 사이에 전운이 감돌기는 했지만, 대체로 평화로운 풍경이었다.

여기는 산티니게탄. 타고르가 명상하고 시를 쓰고, 후학을 위해 대학을 세웠던 인구 3만 명의 작은 도시다. 산티니게탄의 첫날은 그렇게 시작되었다. 생선장수와 고양이, 그리고 섭씨 45도의 폭염과 함께. 먹을 것을 얻어먹은 고양이들은 한동안 생선장수 곁에 머물렀지만, 줄기차게 내리쬐는 뙤약볕과 폭염을 참지 못해 하나 둘 근처의 옷가게와 나무 그늘로 피난을 갔다. 아랑곳없이 생선장수는 햇볕 아래서 또 한 마리의 생선을 꺼내 비늘을 다듬기 시작했다.

"리나~! 미나~! 디나~!"

생선장수의 목소리가 또다시 거리에 울려 퍼졌다. 냥냥거리며 다시 고양이가 생선장수 곁으로 모여들었다. 근처의 모래더미에 누워 있던 개와 의자 그늘에 엎드려 있던 개도 굼뜨게 걸어왔다. 생선장수는 고양이에게도 개에게도 공평하게 먹을 것을 나눠 주었다. 개와 고양이는 서로 으르렁거렸지만, 서로가 던져진 몫을 건드리지 않는다는 게 룰이나 다름없었다. 개 한 마리가 그 룰을 깨곤 했는데, 그 때마다 생선장수는 개를 나무랐다.

그나저나 이 세 마리의 고양이는 생선장수가 키우는 고양이일까? 나중에 안 사실이지만, 녀석들은 모두 길고양이였다. 게다가 이 녀석들 모두 품종이 아비시니안이다. 녀석들은 먹을 것을 얻어먹고 나면 근처의 옷가게와 나무그늘에서 더위를 피했다. 옷가게 주인은 마음대로 드나드는 고양이에 대해 별로 개의치 않는 눈치였다. 옷가게를 찾는 손님들도 개의치 않았다. 내가 본 바로 인도에서는 개나 고양이, 소와 양, 오리와 돼지가 다르지 않은 신세였다. 모두 집 안팎을 마음대로 넘나들었고, 아무데서나 먹고, 아무데서나 싸고, 아무데서나 잤다.

사람들은 특별히 더 예뻐하거나 유난히 미워하는 동물이 따로 없었다. 길 위의 모든 동물에 대해 똑같이 무심했다. 어쩌면 고양이 입장에서는 먹을 것을 두고 모든 동물들과 경쟁해야 하기 때문에 더 열악한 환경인지도 모르겠다. 하지만 분명한 것은 어느 누구도 인도에서는 고양이에게 위해를 가하거나 해코지를 하려 들지 않는다는 것이다. 이튿날 아침에 다시 생선장수를 찾았다. 생선장수는 똑같은 자리에서 좌판을 펼치고 생선을 다듬고 있었다. 물고기의 부산물이 나올 때마다 생선장수는 세 마리 고양이의 이름을 불렀다.

"리나~~! 미나~~! 디나~~!"

고양이 세 마리가 다 고만고만해서 누가 리나이고 미나인지는 알 수 없었다. 그리고 사실 그건 별로 중요하지도 않았다. 인도 동북부 벵갈 주의 작은 도시 산티니게탄에도 고양이를 갸륵하게 돌보는 손길이 있었고, 그것을 고마워하는 고양이 세 마리가 있었다. 생선장수와 세 마리의 고양이. 엄연히 존재하는 이 현실이 내게는 아득한 동화처럼 읽혀졌다. 안녕, 리나 미나 디나! 그리고 생선장수 할아버지, 오래오래 건강하세요.

산티니게탄의 생선장수와
고양이 세 마리. 넋을 놓고 보았던
어느 날의 길거리 동화 한 편.

기탄잘리의 고양이 가족

"내 여행의 시간은 길고 그 길은 멉니다. 나는 태양의 첫 햇살 수레를 타고 출발하여 숱한 항성과 유성에 내 자취를 남기며 광막한 우주로 항해를 계속했습니다. 당신에게 가장 가까이 가는 것이 가장 먼 길이며 그 시련은 가장 단순한 가락을 따라가는 가장 복잡한 것입니다. 여행자는 자기 문에 이르기 위해 낯선 문마다 두드려야 하고 마지막 가장 깊은 성소에 다다르기 위해 온갖 바깥 세계를 방황해야 합니다." -타고르, 〈기탄잘리 12〉 중에서

『기탄잘리』는 노벨문학상을 수상한 인도의 시인 타고르의 시집 제목이다. 기탄잘리는 우리에게 '신에게 바치는 송가'로 알려져 있지만, 이것이 지명이라는 사실을 아는 이는 드물다. 타고르가 후학을 위해 대학(비스바 바라티)을 세운 산티니게탄에 바로 그 기탄잘리 마을이 있다. 산티니게탄의 끝자락 마을. 현지 사람들의 발음으로는 기탄졸리.

도로변에는 극장과 터미널이 있어 제법 번화하지만, 도로를 벗어나면 곧바로 오래된 소읍의 풍경이 펼쳐지는 곳. 호숫가에는 단출하고 누추한 초가집이 다닥다닥 붙어 있고, 좁은 골목을 따라가면서 초가와 흙집과 신식 가옥이 무질서하게 뒤엉킨 곳. 아직도 이곳에는 순박한 시골 인심이 남아 있어서 어디를 가든 친절하게 환대해주고 수줍은 미소로 '나마스떼'를 건네곤 한다. 산티니게탄에 머무는 동안 나는 세 번이나 이곳을 찾았고, 세 번이나 이곳을 마음에 눌러 담았다.

২০০৪

하루는 그 소박한 기탄잘리 마을에서 낮잠에 빠진 고양이 가족을 만났다. 아기 고양이 세 마리와 어미 고양이. 어미 고양이는 신식 건물의 2층 난간에서 낮잠에 빠져 있었고, 아기 고양이 세 마리는 대문 옆 담장 위에서 역시 낮잠에 빠져 있었다. 내가 인기척을 해도 녀석들은 귀찮은 듯 눈도 꿈쩍하지 않았다. 내가 사진을 찍든 말든 개의치 않고 낮잠에 빠져있는 고양이들. 급기야 내가 목덜미를 쓰다듬어도, 등짝을 쓸어내려도 녀석들은 맘대로 하쇼, 하면서 별다른 반응을 보이지 않았다.

한참을 만지작거리자 귀찮은 듯 잠시 눈을 떠 내 정체를 확인하곤 도로 단잠에 빠진 녀석들. 대문 아래 개 한 마리도 세상모르게 곯아떨어져 있고, 골목에는 적막과 평화만이 그득했다. 낯선 이방인의 손길을 게으르게 받아내는 기탄잘리의 아기 고양이들. 거리에는 염소가 돌아다니고, 길가 웅덩이에는 오리가 진흙 목욕을 하고 있는 오후의 풍경. 숙소로 돌아오는 길에 기탄잘리의 정감어린 골목에서 더러 길고양이도 만났는데, 특이하게도 이곳의 길고양이는 아비시니안 품종이 다수를 차지하는 듯했다.

가장 오래된 품종 중 하나인 아비시니안(Abyssinian)은 사실 유전학적 기원이 인도양 부근이란 이야기가 있다. 인도에 아비시니안이 유난히 많은 이유도 그 때문일지 모르겠다. 옛날 이집트에서 여신으로 추앙받던 고양이의 혈통도 바로 아비시니안이었다. 오랜 세월이 지나면서 잡종화되긴 했어도 녀석들의 멋진 외모와 당당한 눈빛은 여전했다. 지도에도 나오지 않는 마을, 기탄잘리. 산티니게탄을 여행한다면 한번쯤 들러보는 것도 나쁘지 않을 것이다. 절대 후회하지 않을 것이다.

타고르의 시집 제목이자
실제로 존재하는 마을, 기탄잘리.
이곳에서 만난 고양이는 상당수가
아비시니안 품종이었다.

여행자 거리의 접대 고양이들

몇 년 전 「뉴욕타임스」는 '올해 꼭 가봐야 할 여행지'를 선정하며 1위 자리에 라오스 루앙프라방(Luang Prabang)을 올린 적이 있다. 언제부턴가 한국에서도 여행자의 로망으로 떠오른 루앙프라방. 이곳은 도시 전체가 사원(66개 사원 중 현재는 32개만이 남아 있다)이라 불릴 정도로 수많은 사원이 들어선 '신성한 불상의 도시'다. 이런 이유로 루앙프라방은 도시 전체가 1995년 유네스코 세계문화유산으로도 지정되었다. 루앙프라방을 찾는 여행자들은 대부분 시내 중심

가인 '씨사왕웡'과 '싹카린' 인근에 머무는데, 여행자를 상대로 한 대부분의 게스트 하우스와 여행사 등 여행 편의시설도 이곳에 집중돼 있다. 이곳을 '여행자 거리'로 부르는 것도 그 때문이다. 사실상 이곳에 원주민보다 여행자가 더 많다고 해도 과언이 아니다.

루앙프라방에 다녀온 뒤 얼마 지나지 않아 아는 후배로부터 연락이 왔다. "루앙프라방은 괜찮았어, 형?" "응, 고양이랑 진탕 놀다가 왔지." "난 고양이 못 봤는데." "내 눈엔 고양이밖에 안 보이던데." 그 친구는 두 번이나 루앙프라방에 다녀와 책까지 냈지만, 고양이를 거의 보지 못했다는 것이다. 하긴 고양이에게 관심을 두지 않으면 고양이는 안 보이는 법이다. 반대로 나 같은 고양이 여행자에게 고양이밖에 안 보이는 곳이 바로 루앙프라방이다.

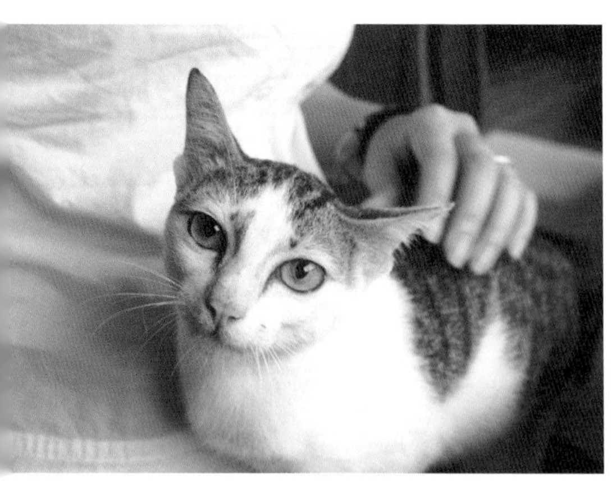

여행자 거리에서 나는 여러 번 고등어 녀석과 마주쳤다. 이 녀석을 한마디로 말하자면 여행자 거리의 접대묘라고나 할까. 녀석은 여행자 거리의 여행사 출입구나 PC방 입구, 카페 앞에서 호객(?)을 하곤 한다. 사람들이 지나가면 빤히 눈을 맞추며 냥냥거리는 것이다. 그러다 고양이를 좋아하는 여행자가 지나가다 쓰다듬어 주거나 예뻐해 주면 녀석은 무릎냥이에 가슴냥이 노릇까지 하며 여행자를 극진하게 대접한다. 심지어 여행자가 자리를 뜨려고 하면 조금만 더 있다 가라고 바짓가랑이를 잡아당긴다. 물론 녀석의 속내는 '접대를 했으면 대가를 지불하는 게 도리 아니겠느냐'는 거겠지만…….

어쨌든 이 녀석은 여행자 거리에서 접대묘로서 사랑을 듬뿍 받고 있다. 어떤 날은 한꺼번에 대여섯 명이 몰려들어 만지고 안고 쓰다듬느라 정신을 못 차릴 지경이 되기도 한다. 그렇게 한참 접대하고 나면 녀석은 피곤하다는 듯 널브러져 잠이 든다. 그것도 꼭 여행자들이 많이 드나드는 업소 앞에서. 이 구역의 또 다른 접대묘 녀석도 나는 알고 있다. 이 녀석 또한 고등어인데, 툭하면 구멍가게 앞에 앉아 있다가 새우과자를 구걸하곤 한다. 용케도 녀석은 새우과자를 들고 나오는 여행자를 골라 앞을 가로막는다. "어이, 거기 새우과자 좀 양심껏 내놔 봐!"

여행자 거리 구멍가게와 식당을 오가며
영업을 하는 고양이.
때와 장소에 따라 무릎냥이,
접대냥이로 변신하곤 한다.

일종의 통행세를 받겠다는 심산인데, 고양이로서는 밑져야 본전이다. 그냥 가버리면 어쩔 수 없는 일이고, 한 움큼 던져주고 가면 다행인 것이다. 가만 보니 이 녀석 영업소도 다양하다. 분명히 조금 전까지 구멍가게 앞에서 새우과자를 구걸하더니 어느 새 옆 건물 식당으로 자리를 옮겨 음식 동냥을 다닌다. 아예 식사 중인 사람의 무릎 위로 철푸덕 뛰어올라 무릎냥이 본성을 드러내기도 한다. 이곳의 여행자들은 대부분 유럽의 여행자들이어서 고양이에게 매우 관대한 편이다. 그들은 냥냥거리는 고양이에게 먹던 것을 나눠 주기도 하고, 무릎 위로 올라온 고양이를 한참 쓰다듬어 주기도 한다.

이 고양이는 그 두 가지를 다 즐기는 편이다. 나 또한 녀석이 영역으로 삼은 식당에서 점심을 먹곤 했는데, 한번은 무심코 앉아있던 아내의 무릎 위로 녀석이 올라왔다. 평소에도 고양이를 애인 보듯 하던 아내는 한동안 이 녀석을 안고 주무르고 쓰다듬느라 그 좋아하는 먹을 것도 뒷전이었다. 그렇게 녀석은 한참을 아내 품에 안겨 있다가 먹을 것이 나오지 않자 구멍가게로 다시 달려갔다. 여행자 거리에서 이런 고양이를 만나는 건 아주 흔한 일이다. 어떤 턱시도 고양이는 여행사 앞에서 노골적인 호객행위도 벌였다. 여행상품 안내판을 가리키며 여행자를 유혹하는 거였다. "여기 좀 보세요. 정글 트레킹 어때요? 코끼리 투어도 있어요."

반면 이른 아침에 만난 노랑이 한 마리는 아직 영업을 시작하지 않은 카페 의자에 앉아 시큰둥하게 나를 돌려보냈다. 카페 주인은 이제 막 문을 열고 청소 준비를 하고 있었는데, 고양이가 의자에 앉아 있는 것 따위 신경도 쓰지 않았다. 메콩강 쪽으로 내려가는 길에 만난 담배가게 검은 고양이는 손님이 와서 담배를 사가든 말든 판매대에 올라앉아 꿈쩍도 하지 않았다.

싹카린 거리에서 '왓 씨앙통' 쪽으로 걷다가 만난 고양이는 빛나는 외모를 지니고 있었다. 노랑이 꼬리를 가진 흰 고양이! 실제로 오후의 햇살을 받은 녀석의 몸은 눈이 부실 지경이었다. 이튿날 아침에도 나는 녀석을 만났는데, 이번에는 내가 묵있던 숙소 바로 옆집이었다. 녀석은 옆집 거실에 들어가 자유롭게 거닐고 있었다. 사실 루앙프라방에서는 길고양이와 집고양이의 구분이 잘 가지 않는다. 일단 실내에 가둬 키우는 고양이는 거의 없는 데다, 길고양이라 하더라도 집 안 출입이 자유롭기 때문이다. 한참이나 거실에 머물던 녀석은 집주인 들어오는 소리가 들리고 나서야 바깥으로 나왔다.

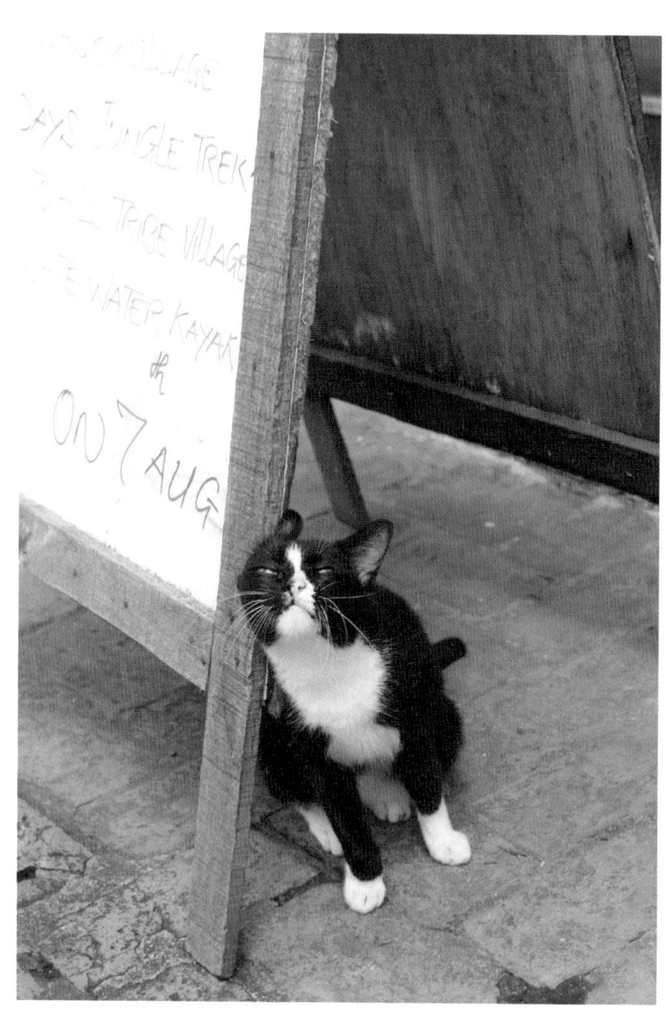
VILLAGE
DAYS JUNGLE TREK
TRIBE VILLAGE
WATER KAYAK
ON 7 AUG

파파이미사이야람 사원의 보살 고양이

라오스에서는 길거리에 개만큼이나 많은 고양이가 돌아다닌다. 이 녀석들은 거의 행동의 제약이 없다. 거리를 떠돌다 집안으로 들어가고 노천카페 테이블 위에 버젓이 앉아 있는가 하면, 사람이 다니는 인도에 누워서 사람이 와도 비켜 주지 않는다. 이곳을 여행하는 여행자들 또한 그런 고양이의 자세가 당연하다고 여긴다. 라오스에서는 고양이가 사람의 눈치를 거의 보지 않고, 사람들도 별로 고양이를 개의치 않는다. 특별히 고양이를 더 사랑하는 것도, 일부러 먹이를 챙겨주는 것도 아니다. 그저 고양이는 고양이의 삶을 살도록 놓아둔다.

라오스만의 특별한 풍경이 또 하나 있다. 사원마다 일명 '보살 고양이'를 두고 있다는 것이다. 고양이가 무슨 보살이 될 수 있겠는가마는 사원에서 탁발로 얻어온 음식을 고양이들에게 나눠주며 몸소 자비와 생명사랑을 실천하는 것이다. 루앙프라방에 머무는 동안 나는 숙소에서 가까운 '파파이미사이야람' 사원을 하루에도 몇 번씩 찾은 적이 있다. 순전히 그것은 사원에 거주하는 보살 고양이들을 만나기 위해서였다. 이곳에는 어미 고양이 한 마리와 다섯 마리 아기 고양이가 살고 있었는데, 어미는 노랑이였고, 다섯 마리 아기 고양이는 노랑이가 두 마리, 삼색이가 한 마리, 깜장이가 한 마리, 카오스가 한 마리였다.

녀석들은 법당에도 자유롭게 출입했고, 심지어 주지 스님이 기거하는 방안에도 스스럼없이 드나들었다. 한번은 주지 스님이 앉은뱅이 책상에 앉아 한가롭게 책을 읽고 있는데, 아기 노랑이 한 마리가 느닷없이 스님에게 뛰어 들어갔다. 그러더니 스님의 무릎에 앉았다, 책상에 올라갔다, 내려왔다 하면서 한참의 시간을 보냈다. 나중에 젊은 스님이 들어와 노랑이는 쫓겨났지만, 이번에는 카오스 녀석이 스님의 방을 기웃거렸다. 비가 오면 이 녀석들은 법당이나 수도승 숙소로 피신을 하고, 해가 나면 사원의 대법당 앞마당으로 나와 햇볕을 쬔다.

이곳의 스님들은 아침 탁발을 다녀오면 탁발해 온 밥을 가장 먼저 불탑과 법당에 공양하고 그 다음으로 개와 고양이들에게 공양한다. 그러나 고양이들은 스님들의 아침 공양만으로는 살 수가 없다. 이곳에서는 아예 고양이 밥 주는 스님이 따로 있어서 하루에 두 번씩 고양이 사료를 챙겨주고 있다. 그래도 어쩐지 아기 고양이들이 비쩍 마른 것 같아 나는 시내의 슈퍼마켓에서 참치 캔을 하나 사다가 한밤중 스님들 몰래 고양이들에게 먹였다. 그런데 아뿔싸! 캔을 치우는 것을 깜박했다. 이튿날 늦은 아침 사원을 찾았더니 이제 나를 알아보고 인사까지 건네는 젊은 스님이 나를 보고 따라오라는 손짓을 했다.

스님의 뒤를 졸졸 따라갔더니 숙소 앞에 고양이 세 마리가 얌전하게 앉아 있었다. 스님은 잘 보라는 듯이 사료 포대를 꺼내 접시에 듬뿍 사료를 담아 고양이에게 내놓았다. 이렇게 사원에서 사료를 주니 참치 캔 따위는 사올 필요 없다는 무언의 메시지였다. 사원에서 만난 스님들은 대부분 10대 중후반의 어린 스님들이었다. 그래서 그런지 스님들은 고양이와 장난을 치며 노는 것도 좋아했다. 아기 고양이를 들어 올려 어깨에 올려놓거나 나무에 얹어 놓는 것은 예사였다.

산책을 하다 우연히 들른 외곽의 조그만 사원에서도 주황색 승복을 입은 어린 스님과 아기 고양이가 노는 모습이 눈에 띄었다. 때마침 점심 무렵이어서 어린 스님들은 회랑에서 점심 공양 중이었다. 회랑 계단에는 검은 고양이와 노랑이가 각각 앉아 있었는데, 갑자기 노랑이가 천장을 보며 냥냥 울기 시작했다. 천장에 기어 다니는 도마뱀을 보고 우는 거였다. 그러자 밥을 먹던 한 스님이 빗자루로 도마뱀을 내쫓아 버렸다. 고양이 입장에서는 "저 도마뱀 좀 잡아 줘!"라고 말한 것 같은데, 살생이 금기인 스님이 그렇게는 할 수 없었던 모양이다.

그래도 좀 미안한지 스님은 공양간 앞으로 아기 고양이를 불렀다. 냥냥거리며 스님에게로 달려가는 아기 고양이 두 마리. 그 앞에서 좋아하며 웃고 있는 어린 스님들. 스님은 먹고 있던 밥을 한 움큼씩 떼어 고양이들에게 나눠 주었다. 그러나 이 녀석들 "밥은 됐어!" 하면서 횡하니 돌아선다. 아무리 밥을 주식으로 먹는 사원의 고양이지만, 도마뱀을 기대하던 고양이의 마음을 달래기에는 역부족인 셈이었다. 계단으로 내려와 낯선 여행자와 눈을 맞추는 고양이. 실망은 했어도

두려움이나 공포, 불신과 같은 기운을 찾을 수가 없는 평온한 눈빛이었다.

루앙프라방을 떠나는 날까지 나는 숙소에서 가까운 파파이미사이야람 사원을 열 번도 더 찾았다. 짧은 날들이었지만, 나중에는 고양이들도 나를 알아보고 나에게 모여들었다. 어떤 고양이는 내 발밑에서 잠을 청했고, 어떤 고양이는 일주문 바깥까지 나를 따라왔다. 일주일간 정이 들어서 그랬는지 공항에 가기 위해 트렁크를 끌고 사원 앞을 지나는데, 나도 모르게 괜히 콧잔등이 시큰해졌다. 아무것도 모르는 녀석들은 마당에 올망졸망 앉아서 루앙프라방을 떠나는 나를 배웅해 주었다.

개싸움 구경하는 고양이들

"고양이는 존재하는 동물이고, 개는 행동하는 동물이다." -윌리 모리스

"개는 화가 나면 으르렁거리고 기분이 좋으면 꼬리를 흔든다. 반대로 나는 기분이 좋으면 그르렁거리고 화가 나면 꼬리를 흔든다." -루이스 캐럴, 『이상한 나라의 앨리스』중에서

"북쪽, 적극적인 세계, 우울함, 맥주가 개와 어울린다면, 남쪽, 꿈, 포도주, 디오니소스적인 쾌활함은 고양이와 잘 어울린다." -에른스트 윙거

"앞발을 들어올리는 행동은 개의 경우 가까워지고 다정한 접촉을 받아들인다는 신호이지만, 고양이의 경우엔 경고의 메시지다. 개는 보통 기분이 좋거나 기쁠 때 누군가를 향해서 달려가므로 사람이 접근해도 좋은 의미로 이해한다. 하지만 고양이는 이것을 공격하는 태도로 이해하고 즉각 대응한다." -데틀레프 블룸, 『고양이 문화사』 중에서

우리는 개와 고양이를 적대관계로 여기는 경향이 있다. 유럽에서는 중세에 이르러 개와 고양이를 서로 앙숙관계로 설정해 놓았다. 이런 설정은 그림이나 우화, 속담을 통해 둘의 관계를 보다 악화시켜왔다. 개와 고양이가 서로 앙숙이라는 것은 다분히 인간의 관점이다. 실제로 어릴 때부터 개와 고양이가 함께 자란 경우 둘은 너무나 잘 어울리고 또 친구처럼 지내는 것을 볼 수 있다.

흔히 라오스를 수식하는 말 중에 '개와 고양이가 행복하게 어울리는 나라'라는 표현이 있다. 라오스를 여행한 사람들은 느꼈을지도 모르겠지만, 라오스에서는 새삼 그 말을 들먹일 필요도 없다. 사원이나 가정에서 개와 고양이가 함께 있는 모습을 흔하게 만날 수 있기 때문이다. 한번은 루앙프라방의 파파이미사이야람 사원에서 개싸움을 구경하는 고양이들을 만났다. 녀석들은 사원 마당에 앉아 꾸벅꾸벅 졸고 있었는데, 어디선가 세 마리의 개가 갑자기 나타났다. 세 마리의 개는 서로 뒤엉켜서 물고 뜯고 넘어지고 올라타고 으르렁거리면서 격렬한 싸움(아니면 장난을 과격하게 치는 것일 수도?)을 벌이는 거였다.

꾸벅꾸벅 졸던 고양이들은 뭐가 이리도 시끄러운가, 눈을 떠서는 한 치의 동요도 없이 앉은자리에서 개싸움을 구경하기 시작했다. 멀리 대법당 앞 계단에서 졸던 고양이마저 마당 가까이로 내려와 개싸움을 구경하는 거였다. 고양이 입장에서 개싸움은 무서울 법도 하건만, 녀석들은 흥미진진하다는 표정이 역력했다. 개싸움은 거의 10여 분 이상 계속되었다. 시간이 지날수록 고양이들은 구경하는 것도 지겨워서 다시 졸다가 쟤네들은 맨날 싸워, 하는 표정으로 시큰둥해졌다.

세 마리의 개 중에 한 마리는 사원의 개였는데, 녀석은 잠시도 가만있지 않았다. 사냥하고 날뛰는 개의 본성을 유감없이 발휘하고 있었다. 그러나 사원 마당에 앉아 꾸벅꾸벅 조는 새끼 고양이들에게는 단 한 번도 해코지하는 법이 없었다. 사원의 고양이들 또한 개가 있는 곳, 그러니까 개의 바로 코앞을 유유자적하게 걸어 다녔다. 심지어 싸움 중인 '개판' 근처를 어슬렁어슬렁 배회하기도 했다. 루앙프라방에서 이런 풍경은 어디를 가나 존재하는 것이어서 그리 특별한 것도 아니었다.

흐린 날의 고양이 대가족

라오스 루앙프라방은 길고양이의 천국이다. 라오스 사람들은 풍족하지 않은 삶 속에서도 언제나 길 위의 개와 고양이를 거두고 먹이며 이생을 함께 어울려 사는 것을 당연한 것으로 여긴다. 유럽이나 일본처럼 풍족한 삶이 아니기에 라오스의 길고양이 또한 풍족한 삶을 영위하지는 못한다. 그럼에도 이곳의 길고양이 행복지수는 상당히 높다고 말할 수 있다. 이들은 길고양이의 삶에 적당히 개입하고 간섭을 줄임으로써 길고양이의 고양이다운 삶을 보장한다.

이를테면 집으로 찾아온 고양이에게는 먹이를 내주고, 사원에 들어온 고양이에게는 공양을 하고, 다치고 병든 고양이는 선량한 불심으로 보살핀다. 누가 시킨 것도 아니고, 누구나 그렇게 하는 것을 당연하게 여긴다. 길고양이의 천국답게 루앙프라방을 여행하다 보면 길거리에서 수많은 길고양이를 만나게 된다. 이 중엔 집과 길을 자유자재로 오가는 외출냥이도 있고, 사원과 거리를 구분 없이 돌아다니는 절냥이도 있다. 이곳의 길고양이는 대부분 도망도 가지 않는데다 접대냥이의 기질을 가지고 있어 여행자라면 누구라도 고양이를 만져볼 수 있고, 안아 볼 수도 있다.

루앙프라방을 여행하던 중 칸 강변 마을에서 고양이 대가족을 만난 적이 있다. 모두 여덟 마리로 가족을 이룬 고양이 대가족. 어미는 흰색 바탕의 삼색 고양이였고, 아빠는 목과 가슴이 하얗고 등과 머리가 까만 흑두건 고양이였다. 이들 부부 고양이 사이에는 무려 여섯 마리의 새끼가 있었는데, 온몸이 하얗고 꼬리만 살짝 검은 '검은꼬리흰냥이' 한 마리, 삼색 고양이 한 마리, 아직 털이 별로 없지만 삼색 고양이가 될 가능성이 높은 어설픈 녀석이 또 한 마리, 온 몸이 까

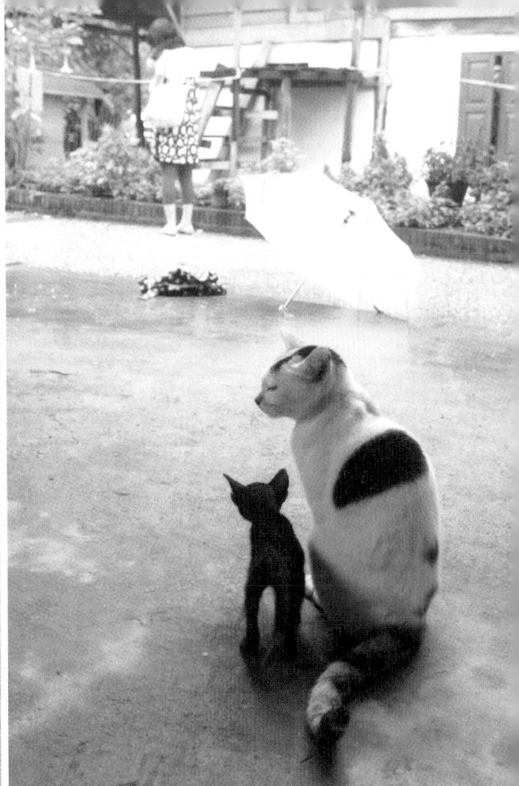

만 깜장이 두 마리, 아직은 젖소무늬가 희미한 젖소 고양이 한 마리.

이 고양이 대가족은 칸 강변 마을의 한 허름한 집에 머물고 있었다. 그 집에서는 고양이 대가족을 위해 생선을 발라 버무린 밥을 마당에 내놓고 있었다. 내가 그 집 앞을 지날 때, 아빠인 흑두건 고양이가 먼저 아는 체를 하며 다리에 부비부비를 하고 발라당을 하는 거였다. 녀석은 마치 오래 전부터 아는 사이라는 듯 나에게 다가왔다. 내가 마당으로 들어서자 여섯 마리 아기 고양이는 일제히 내 발밑으로 꼬물꼬물 모여들었다. 보아하니 이 아기 고양이들은 그야말로 눈을 뜬 지도 얼마 안 된 갓난냥이들이었다. 아직 솜털이 보송보송하고 핏덩이 살이 훤히 비치는 갓난냥이들. 그래서인지 걷는 것도 아직은 뒤뚱뒤뚱, 아장아장거렸다.

하지만 요 녀석들도 고양이는 고양이인지라 벌써부터 장난이, 장난이 아니었다. 물고, 할퀴고, 점프하고, 뒹굴고 하는 것들이 여느 아기 고양이와 다를 바가 없었다. 그러나 이 녀석들 이렇게 잘 놀다가도 어미가 안 보이면 금세 냥냥거리며 어미를 찾았다. 육묘에 지친 어미는 피곤한지 구석에서 꾸벅꾸벅 졸고, 그럴 때면 아빠 고양이가 나서서 아기 고양이들과 놀아 주었다. 본래 오전 중에 칸 강변 마을을 몇 군데 둘러보기로 했던 나의 계획은 요 고양이 대가족을 만나는 바람에 완전히 차질이 생겼다. 이 녀석들 구경하는 것만으로 훌쩍 두어 시간이 흘러가버린 것이다.

내가 카메라를 거두고 마당을 나서자 두어 마리 아기 고양이는 줄레줄레 마당까지 따라나섰다. 뒤에서 꾸벅꾸벅 졸던 어미 고양이는 아무나 따라가면 안 된다고 또 냥냥거렸다. 우기여서 가랑비는 흩뿌리는데, 칸 강변 마을은 적막하고 이따금 아기 고양이 우는 소리만 냥냥하게 울려 퍼졌다.

칸 강변 마을에서 만난 고양이 대가족.
겨우 걷기 시작한 아기 고양이조차
처음 보는 사람의 품을 자꾸만 파고들었다.

어느 고양이가 있는 풍경

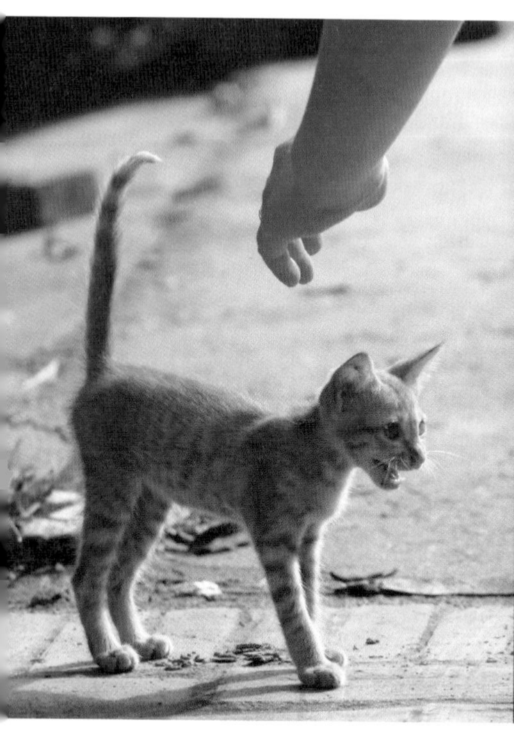

루앙프라방은 유럽의 여행자들 사이에서 '작은 유럽' 또는 '동양의 프로방스'라 불리기도 한다. 이곳에는 언제나 유럽의 여행자들로 넘쳐난다. 거리에서 만나는 70% 이상의 여행자들이 모두 유럽의 여행자라고 보아도 무방하다. 여행자들에게 루앙프라방은 여행의 베이스캠프나 다름없다. 이곳에서 여행자들은 므앙 응오이나 루앙 남타와 같은 라오스의 오지로 떠나기도 하고, 왕위앙과 같은 멋진 여행지로 떠날 준비도 한다. 루앙프라방의 여행자들은 결코 서두르지 않는다. 그들은 느긋하게 거리의 카페에 앉아서 라오스를 느끼고, 메콩강을 따라 거닐며 루앙프라방을 음미한다.

고양이를 좋아하는 여행자에게 루앙프라방은 천국이나 다름없다. 거리와 골목, 상가나 강변 어디에서나 고양이를 볼 수 있고, 고양이를 만질 수 있다. 어느 날 루앙프라방의 거리를 산책하고 있을 때였다. 눈앞에서 노랑둥이 아기 고양이가 냥냥거리며 애교를 부리고 있는 거였다. 나는 걸음을 멈추고 쪼그려 앉아 냥냥거리는 아기 고양이를 한참이나 쓰다듬어 주었다. 그런데 길가에 자리한 집에서 한 아이가 늠름하게 걸어 나왔다. 기껏해야 대여섯 살쯤 되는 아이였다. 아이는 성큼성큼 내 쪽으로 걸어오더니 내 손을 뿌리치고 홱, 고양이를 안아 올렸다.

그건 마치 “내 고양이야, 만지지 마!”라는 행동이었다. 그러고는 아기 고양이를 품에 안고 집안으로 들어가 버렸다. 집안으로 들어간 아이는 한참이나 고양이를 안고 이쪽을 바라보았다. 고양이를 좀 더 만지지 못한 게 아쉬웠지만, 그건 꽤나 행복한 풍경이었다. 아기 고양이를 안고 있는 아이. 그것이 설령 엉덩이를 위로 들어 올려 고양이를 위태로운 지경에 이르게 할지라도. 고양이는 어쩐지 아이와 있을 때 더 멋진 그림이 되었다.

종종 아이와 고양이가 함께 있는 풍경을 볼 때면 나는 마음이 아늑해지곤 한다. 아이도 고양이도 그저 귀엽고 살가운 존재이기 때문일까. 한번은 칸 강변 마을의 골목을 따라 산책을 하고 있을 때였다. 꼬리가 짧은 흰 고양이 한 마리가 골목에서 뒤집뒤집 발라당을 하고 있는 거였다. 녀석의 앞에는 네댓 살 꼬마가 있었는데, 아마도 꼬마에게 놀아달라고 보채는 모양이었다. 하지만 꼬마 녀석은 뭐가 그리도 바쁜지 고양이에게는 눈길도 안주고 시큰둥하게 화단의 꽃구경에 빠져 있었다. 시간은 칸 강을 넘어온 먹구름처럼 흘러가고, 고양이는 골목에서 그렇게 저 혼자 놀고 있었는데, 그게 그렇게 나에게는 흐뭇한 풍경으로 다가왔다. 꼬마에게 버림받은 고양이가 하나도 불쌍해 보이지 않았다.

라오스의 루앙프라방을 여행하면서 만난 고양이 중에 가장 기억에 남는 고양이가 있다면 외곽의 허름한 국수집에서 만난 고양이다. 하얀색 등에 노랑이 반점이 세 개쯤 찍힌 삼색 고양이. 녀석은 식탁에 둘러앉아 국수를 먹고 있는 사람들 틈에 떡하니 한 자리를 차지하고 앉아서 국수집 주인에게 이렇게 말하는 것만 같았다. “이보게, 주인장! 여기도 국수 한 그릇 주시오.” 그 고양이는 마치 둘러앉은 사람들의 ‘가족의 일원’처럼 보였고, 너무나 당연하게 거기가 제 자리라는 듯 그곳에 앉아 있었다. 이 아름답고 특별한 장면은 두고두고 액자에 걸어 놓고 싶은 그림이기도 해서 나는 여러 장의 사진으로 남겼고, 개인적으로도 가장 좋아하는 사진 목록에 들어 있다.

칸 강변 골목에서 만난 풍경.
네댓 살 꼬마에게 놀아달라고
발라당을 하는 고양이.

메콩강변에서 만난 회색 줄무늬 고양이도 잊을 수가 없다. 메콩강변을 지나면서 할머니가 손녀를 데리고 있는 모습이 보기 좋아 사진을 찍으려던 찰나였다. 어디선가 "잠깐만!" 하면서 고양이가 등장하더니 할머니와 손녀 사이에 끼어들었다. 고양이는 "가족사진 찍는 거야? 그렇다면 내가 빠질 수 없지."라고 말하는 것만 같았다. 할머니도 손녀도, 그 옆을 지나던 동네 사람도, 사진을 찍는 나도 한바탕 껄껄 웃어버렸다. 라오스의 고양이들은 도대체 낯선 사람을 무서워하지 않는다. 여행자가 지나다 만지면 만지는 대로 몸을 맡긴다. 사람은 고양이를 차별하지 않고, 고양이도 사람을 차별하지 않는 곳. 사람과 고양이가 함께 사는 세상의 꿈같은 모델이 거기 있었다.

몽골 알타이에서 만난 길고양이

두 번에 걸쳐 몽골을 한 달 이상 여행한 적이 있다. 여행하는 동안 길고양이를 딱 한 번 만났다. 알타이의 여인숙 같은 호텔 앞에서 녀석은 해바라기를 하고 있었다. 사막의 모래바람이 심해지자 돌풍을 피해 녀석은 호텔 처마 밑으로 피신했던 것이다.

태국 카오산로드 고양이

카오산로드를 여행할 때 가죽제품을 파는 좌판에
앉아 호객하는 고양이를 만났다. 녀석은 그곳에 앉아
있는 것만으로 사람들의 이목을 집중시켰다.
막상 사람들이 가게에 오면 녀석은 시큰둥하게
먼 산을 보며 나 몰라라 했다.

자체
모자이크

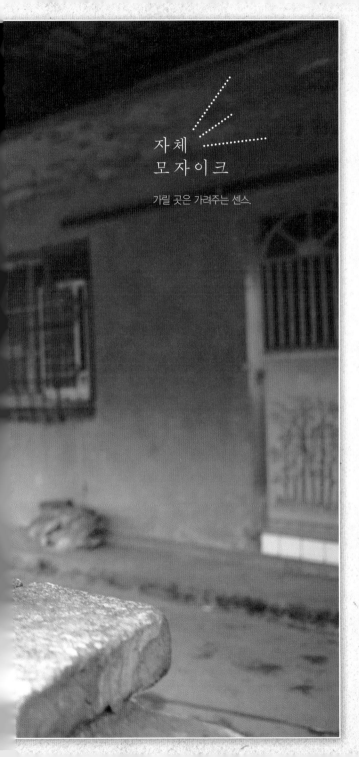

가릴 곳은 가려주는 센스.

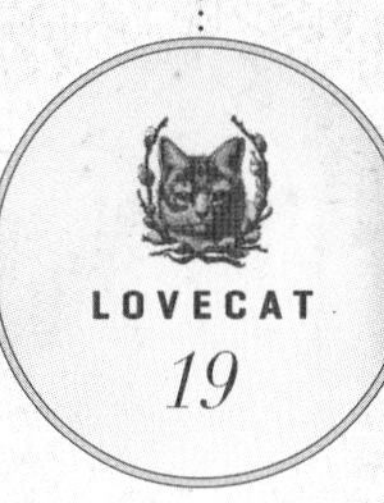

놀아주는 타이밍

"꼬마야! 저리 가라.
지금 놀아줄 기분 아니다!"

LOVECAT
20

인기모델 고양이

"어딜 가나 이놈의 인기는. 어디 한번 찍어보시던가!"

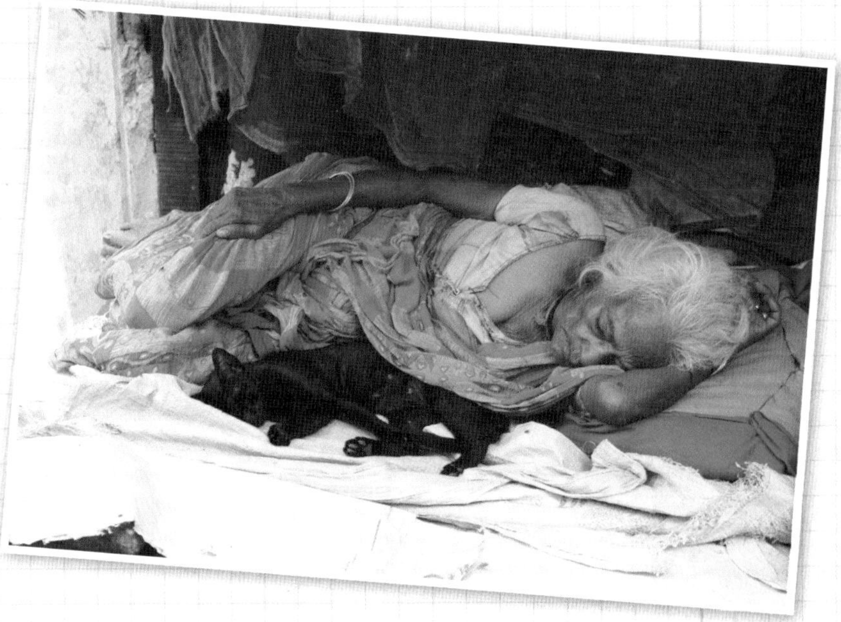

고양이와 함께 잠든 할머니

인도 산티니게탄 시장 골목에서 만난 할머니,
검은 고양이와 함께 잠들었다. 일주일에 한번 열리는 시장은 수많은 사람들로
왁자지껄한데, 아랑곳없이 할머니는 고양이와 함께 잠들었다. 시장통을
지나는 누구도 할머니의 평화와 고양이의 적막을 깨뜨리지 않았다.

권투하는 고양이

라오스 루앙프라방에서 권투하는 고양이를 만났다. 비가 추적추적 내리는 날이었고, 골목에서 젖소 고양이를 만나 아는 체를 하려고 우산을 내려놓았는데, 이 녀석 우산 끈을 보더니 주먹을 휘두르기 시작했다. 마치 녀석은 글러브도 없이 샌드백을 치듯 툭툭 우산 끈을 건드리며 장난을 쳤다. 아무래도 권투에 소질이 있어 보였다.

가슴에 탐닉하는 고양이들

경고: 루앙프라방에 도착한 여자들은 고양이를 조심하라.
이곳에는 가슴에 탐닉하는 고양이들이 제법 많고,
대부분은 상습범들이다.